首相的正义

LA JUSTICE DU VIZIR

[法]克里斯蒂安·雅克 著
Christian JACQ

颜湘如 译

重慶出版集團 重慶出版社

LA JUSTICE DU VIZIR © PLON, un département de Place des Éditeurs, 1994
Simplified Chinese language edition published by arrangement with Plon, through The Grayhawk Agency.
Simplified Chinese edition copyright ©2024 Beijing Alpha Books. CO., INC
ALL RIGHTS RESERVED.
版贸核渝字（2023）第180号

图书在版编目（CIP）数据

首相的正义 /（法）克里斯蒂安·雅克著；颜湘如译. -- 重庆：重庆出版社，2025. 3. -- ISBN 978-7-229-18893-1

Ⅰ. I565.45

中国国家版本馆CIP数据核字第2024ZR0697号

首相的正义
SHOUXIANG DE ZHENGYI
[法] 克里斯蒂安·雅克　著　颜湘如　译

出　　品：华章同人
出版监制：徐宪江　连　果
责任编辑：朱　姝
特约编辑：陈　汐
营销编辑：史青苗　刘晓艳　冯思佳
责任校对：王晓芹
责任印制：梁善池
装帧设计：SOBERswing
书名字体设计：张辰明

重庆出版集团
重庆出版社　出版

（重庆市南岸区南滨路162号1幢）
北京华联印刷有限公司　印刷
重庆出版集团图书发行有限公司　发行
邮购电话：010-85869375
全国新华书店经销

开本：880mm×1230mm　1/32　印张：11.125　字数：300千
2025年3月第1版　2025年3月第1次印刷
定价：58.00元

如有印装质量问题，请致电023-61520678

版权所有，侵权必究

目 录

致中文版读者序   III

主要人物介绍   V

第 一 幕

第 1 章   2

第 2 章   8

第 3 章   11

第 4 章   16

第 5 章   20

第 6 章   26

第 7 章   32

第 8 章   37

第 9 章   44

第 10 章   50

第 二 幕

第 11 章   58

第 12 章   66

第 13 章   73

第 14 章   81

第 15 章   88

第 16 章   94

第 17 章   100

第 18 章   107

第 19 章   115

第 20 章   122

第 三 幕

第 21 章 　　　130

第 22 章 　　　137

第 23 章 　　　143

第 24 章 　　　150

第 25 章 　　　158　　　　　第 35 章 　　　241

第 26 章 　　　166　　　　　第 36 章 　　　250

第 27 章 　　　175　　　　　第 37 章 　　　260

第 28 章 　　　186　　　　　第 38 章 　　　269

第 29 章 　　　194　　　　　第 39 章 　　　278

第 30 章 　　　202　　　　　第 40 章 　　　287

第 四 幕

　　　　　　　　　　　　　　第 41 章 　　　296

第 31 章 　　　210　　　　　第 42 章 　　　307

第 32 章 　　　218　　　　　第 43 章 　　　316

第 33 章 　　　225　　　　　第 44 章 　　　325

第 34 章 　　　232　　　　　第 45 章 　　　334

　　　　　　　　　　　　　　第 46 章 　　　342

致中文版读者序

　　这部小说是以拉美西斯二世时期（这也是埃及历史上最光辉灿烂的时期之一）为背景创作的。埃及既为世界文明之灯塔，自然拥有极为可观的资源，历代以来更是留下了许多伟大的建筑，卡纳克神庙的大柱厅，或是位于努比亚，为了纪念法老与王后奈菲尔塔莉的结合所建造的阿布辛伯双重神庙，都是最佳例证。埃及无论是精神上或物质上的蓬勃发展，皆源自对玛特的尊敬。玛特不仅是女神，也是一个概念，这个概念阐述了宇宙永恒的和谐、不分贫贱富贵的司法正义，还有每个人必须秉持正直不变的原则，方能掌稳人生的舵桨渡过生命之河。金字塔文献中写道："天上的光因法老而呈现和谐，而为法老带来和谐的则是玛特，它是法老眼中所见、耳中所闻。"拉美西斯的父亲塞提一世所建的卡纳克神庙中，有一句铭文是这么写的："司法正义是法老的力量。"事实上，在埃及人民的眼中，社会和谐、民生乐利都建筑在最宝贵的司法之上，然而这项为人民求福祉的制度却十分脆弱，因为总有一些人为达目的不择手段，不惜以贪婪的欲望、野心与谎言而戕害司法。

　　"埃及三部曲"所描述的便是一个乡下小法官的故事。他接受任命前往三角洲地区的大城市孟斐斯，却不料从此一步步走向一个欲将埃及推向险恶深渊的阴谋的核心。

　　由于不愿向强权低头，也不愿违背自己的理想，这名年轻的法官将被卷入一场风暴之中，并在忠诚的朋友与心爱的妻子——一名天赋异禀的医生——的支持下奋战不懈。

透过这部小说，读者将了解埃及司法的运作、法老的某些医疗秘密，以及埃及文化的多种风貌，想必也会因其中部分风貌的现代化程度而咂舌吧。

"罪恶永远无法获得善终。"先哲普塔赫如是说。书中的埃及法官也正是为了这个信念，而不畏强敌环伺，勇往直前追求真理。

主要人物介绍

帕扎尔 | 一名来自底比斯的地方法官,后因升迁到了孟斐斯

奈菲莉 | 一名才貌双全、医术高超的医生

苏提 | 帕扎尔的儿时好友

凯姆 | 帕扎尔到孟斐斯后为他效力的警察

布拉尼尔 | 帕扎尔和奈菲莉的老师,原本是一名医生

豹子 | 利比亚人,苏提的情人

巴吉 | 帕扎尔任孟斐斯法官时的埃及首相

孟莫斯 | 帕扎尔任孟斐斯法官时的警察局长

卡尼 | 原本是农民,后获得了自由

亚洛 | 帕扎尔任孟斐斯法官时,在他手下工作的书记官

莎芭布 | 一个啤酒店老板

塔佩妮 | 孟斐斯一家纺织厂的负责人

贝尔·特兰 ｜ 一名来自底比斯的莎草纸供应商，后移居孟斐斯

西尔基斯 ｜ 贝尔·特兰的妻子

拉美西斯二世 ｜ 古埃及第十九王朝的第三位法老

图雅 ｜ 拉美西斯二世的母亲

朱伊 ｜ 一名木乃伊工匠

勇士 ｜ 帕扎尔的爱犬

北风 ｜ 帕扎尔的驴子

杀手 ｜ 狒狒警察，凯姆的助手

小淘气 ｜ 一只绿猴，是奈菲莉的爱宠

看啊，先人的预言应验了：罪行随处可见，人们心中充满暴力，举国上下灾祸连连，血光之灾频频出现，盗贼日益增多，人民的脸上不见了笑容，秘密大白于天下，树木被连根拔起，金字塔遭恶人入侵。世风日下，以致有小人当道，法官被流放驱逐。

然而，不要忘记遵从律法，不要忘记那些循规蹈矩的日子，不要忘记先人建筑金字塔、让众神的庭园繁茂兴荣的那段快乐的时光，也不要忘记神祇当初降临的日子，一张简简单单的席子，便能使人知足常乐。

第一幕

追寻正义的道路覆满谎言与背叛，
手持正义之刃者，
需能承受信任与正义的负荷。

第1章

背叛的收获真大。身形浑圆、脸颊红润的亚洛,一边懒洋洋地喝下第三杯酒,一边庆幸自己作出了正确的选择。当初他在帕扎尔手下当书记官时,工作量很大,赚的钱却少得可怜。而自从他投靠帕扎尔的头号敌人贝尔·特兰,生活便得到了极大的改善。只要透露一点帕扎尔的行为习惯,他就会获得一笔报酬。除此之外,他还希望能借助贝尔·特兰的支持,以及贝尔·特兰手下所做的伪证,与妻子离婚并获得女儿的监护权。

亚洛因为头痛,天还没亮就醒了过来,此时夜色还笼罩着孟斐斯这个位于三角洲与尼罗河谷交界处的埃及经济重镇。

原本应该静悄悄的巷道,此刻却传来了窸窸窣窣的声音。

亚洛放下了酒杯。背叛帕扎尔之后,他酒喝得越来越凶,这倒不是因为他感到愧疚,而是因为直到如今他才买得起好酒。

听到声音后,他推开护窗板,朝外头瞄了一眼。

一个人也没有。

他嘟囔了一声,随即想到了这即将开始的美好的一天。多亏贝尔·特兰帮忙,他终于能搬到市中心附近的高级住宅区了。今晚,他将拥有一栋新房子,它有五个房间,外面还有一个小花园。明天他还将成为税务局的审查员,正式听命于贝尔·特兰。

美中不足的是,尽管贝尔·特兰获得了不少有用的信息,却还是无法击垮帕扎尔,帕扎尔背后就像有神明护佑似的。不过,帕扎尔的好运总有结束的那一天。

屋外,有人在冷笑。

亚洛有点不安,他把耳朵贴在临街的大门上仔细聆听。突然间,他明白过来:又是那群小鬼拿着赭石在墙上涂鸦。

他一气之下,打开了门。

映入眼帘的却是一只咧着嘴的鬣狗。它涎水四溢,双眼充满血丝,杵在那里长啸一声,听起来犹如阴间使者的笑声,接着它便朝亚洛的脖子扑了过去。

鬣狗通常只会待在沙漠中,以腐尸为食,很少靠近人口密集的地区。然而这一天,却有十来只鬣狗突然一反常态,侵入孟斐斯近郊,并杀害了深受邻居厌恶的酒鬼亚洛。

事发后,居民们拖着棍棒赶跑了这群不速之客,但每个人心里都觉得这是法老[①]王权即将衰败的凶兆。在孟斐斯的港口、兵工厂、码头、军营,在西莫科无花果树区、鳄鱼墙区、医学院区,在市场上,在手工作坊中,谣言四处流传:"鬣狗之年到了!"

到了那个时候,埃及将国势衰微,尼罗河的涨水量将不足,土地会变得贫瘠,果树会渐渐枯死,蔬果、衣物与香脂会大量短缺,贝都因人将进攻三角洲地区,法老的王位也将岌岌可危。在鬣狗之年,一切和谐都将出现裂缝,邪恶势力很快便会乘虚而入。

民间谣传,拉美西斯大帝已经无力阻挡灾厄。虽然九个月后的再生仪式将重新赋予法老力量,使他走出逆境,但九个月太长了。至于新任首相帕扎尔,他年轻而缺乏经验,在鬣狗之年上任,前途恐怕不乐观。

假如法老再也没有能力保护埃及子民,他和其子民便将坠入险

[①] 在埃及,"法老"是对国王的尊称。本书中多以"法老"称呼拉美西斯二世,但少数几处,结合上下文语境,为使语意更清晰,会使用"国王"一词。——编者注

恶的黑暗深渊，谁都不能幸免。

隆冬时节，矗立着左塞尔金字塔的塞加拉，扫过了一阵冷冽的寒风。布拉尼尔墓穴中的祭堂中静坐着两个人，他们穿着厚重的衣物，因此很难看出他们是谁——那是帕扎尔和奈菲莉，他们正默念着刻在一方美丽的石灰岩上的一段文字：

留在人间并行经此墓的人啊，热爱生命且痛恨死亡的人啊，请诵念我的名字使我重生，请为我念出奉献的语句吧。

布拉尼尔是帕扎尔和奈菲莉的心灵导师，却惨遭谋杀。是谁那么残忍，将贝壳细针扎进他的脖子，让他无法成为卡纳克神庙的大祭司，还把这一切嫁祸给帕扎尔呢？虽然调查工作几乎没有进展，但这对夫妻仍然发誓要不计任何代价找出真凶。

礼拜堂旁忽然出现了一个瘦巴巴的人，他的两道眉毛又浓又黑，在鼻子上方连成一条线，他嘴唇很薄，手指极长，双脚骨瘦如柴。此人正是木乃伊工匠朱伊，他大半辈子都在处理尸体，使其转变成奥赛里斯[①]。

"你想看看你坟墓的地点吗？"他问帕扎尔。

"带我去吧。"

首相帕扎尔身形瘦长，有着棕褐色的头发，前额又高又宽，绿色的眼珠略带一点浅褐色。他受拉美西斯大帝之托，肩负着拯救埃及的重任。"帕扎尔"这个名字的意思是"能预见未来的先知"。他原本是一个乡下的小法官，后来调任孟斐斯。他有着不肯妥协的个性，并使得一起惨案真相大白，最后法老亲自为他解开了该案之谜。

几名阴谋者从吉萨的斯芬克斯像两爪间的入口进入全埃及的能量与精神中心——基奥普斯大金字塔内部，杀掉了守护斯芬克斯像

[①] 在古埃及文化中，奥赛里斯（Osiris）是埃及的冥王，被视为死神，同时被视为生命、重生和再生的象征。

的荣誉卫兵，并盗走了基奥普斯金棺内的宝物，以及象征法老权力的众神的遗嘱。假如在来年第一天将要举行的再生仪式上，法老无法向祭司、大臣与其子民出示众神的遗嘱，他便不得不让位，将埃及拱手让给黑暗势力。

拉美西斯大帝之所以信任帕扎尔，是因为即使他的前途与性命受到威胁，他依然坚持司法正义，毫不妥协。而帕扎尔被任命为首相后，不仅身兼埃及最高法官、掌玺官、情报总管、工程总管等职务，还要竭尽全力拯救埃及，使其脱离魔掌。

此刻，他走在墓园的小径上，看着身旁日益美丽的妻子奈菲莉。她双目蓝如夏日晴空，头发近乎金黄，脸庞的线条清晰柔和，简直就是幸福与喜悦的化身。如果没有她，他早就向命运屈服了。

奈菲莉经过一连串艰辛的考验后，成了御医总管，她一向热衷于医道。她从精通医术与感知的恩师布拉尼尔那里，学会了如何辨识病痛与病因。她戴在脖子上的绿松石，也是布拉尼尔送给她的避邪之物。

其实帕扎尔和奈菲莉都对高官厚禄没什么兴趣，他们最大的愿望就是退隐到底比斯地区的小村落里，每天享受埃及阳光下的悠闲生活。然而众神却另有安排：他们是少数知晓法老秘密的人，自然要与恶势力奋战到底。

"就是这里。石匠们明天就会开工。"朱伊指着一处空地说。这个地方距某位前首相的墓地不远。

帕扎尔点点头。以他目前的身份地位，第一件要做的事就是挖凿自己和妻子的墓穴，修建他们死后的栖身之所。

看着朱伊拖着疲惫的脚步缓缓离开，帕扎尔心情沉重地说："我们也许永远都不会被埋在这里。法老的敌人已经明确表示要摒弃传统，他们想毁灭的是整个国家，而不是某一个人。"

他们一起走向左塞尔金字塔的露天内庭。再生仪式上，法老就要在这里向众人展示那份早已失踪的众神的遗嘱。

帕扎尔依然认为老师的死和整个阴谋有关,因此找出凶手将有助于追踪窃贼,甚至可以连带化解所有的危机。可惜他的挚友苏提因为婚后出轨被判充军一年,无法帮他。虽然他有心助苏提脱困,但他身为法官,绝不能有所偏袒,否则便会被撤职。

塞加拉的宽阔的内庭展现了埃及金字塔时代无与伦比的恢宏气势。无数法老曾在此展开心灵探索之旅,上下埃及在此处融合,构成了一个灿烂强盛的王国,并持续至今。帕扎尔轻轻搂着奈菲莉,两人都为眼前的宏伟建筑感到目眩神迷。

突然,他们身后响起了一阵脚步声。

他们闻声转过身,只见来人中等身材,脸很圆,骨架很大,满头黑发,四肢臃肿。他走得很快,显得十分紧张。他们不敢置信地交换了一个眼神。

的确是他——他们的死敌,阴谋的主使——贝尔·特兰。

因为擅于精打细算,工作认真,贝尔·特兰由一名小小的造纸商蹿升为谷仓总管,最后甚至成了白色双院的院长,掌管埃及的经济大权。这一路走来,他一直假意接近帕扎尔,以期控制帕扎尔的行动。但是当帕扎尔意外当上了首相时,贝尔·特兰便摘下了友善的面具。帕扎尔永远都忘不了他冷笑着威胁自己的模样:"什么神明、神庙、永恒的居所、宗教仪式……都是落伍、可笑的东西,你根本不知道,我们已经进入了新的世界。"

帕扎尔暂时并不打算逮捕贝尔·特兰。他必须先破坏贝尔·特兰设下的陷阱,瓦解他的阴谋,找出众神的遗嘱。贝尔·特兰真的已经腐蚀了国家的栋梁吗?还是只是在吹嘘而已?

"我们之间有点误会。"贝尔·特兰虚情假意地说,"当初我在言语上冒犯了你,真是对不起。亲爱的帕扎尔,请原谅我的冲动,我对你其实是非常尊敬且仰慕的。我考虑了一下,发现我们其实有基本的共识。埃及的确需要一位好首相,而你就是最适合的人选。"

"你的这番谄媚有何用意?"

"既然合作能避免许多不快,那么我们何必互相残杀呢?拉美西斯大帝的统治是非结束不可了。你我就一起迈向新的旅程吧。"

冬日的蓝天下,塞加拉的内庭上空,有一只猎鹰正在盘旋。

"你的道歉只不过是虚伪的故作姿态而已。"奈菲莉插嘴道,"你不用期待我们会和你合作。"

贝尔·特兰的眼中燃烧着怒火:"帕扎尔,这是你最后的机会了,你不投降就是自取灭亡。"

"你马上离开这里,你这种阴险小人不配来这个光明圣地。"

盛怒之下,贝尔·特兰转身就走。而帕扎尔和奈菲莉则手牵着手,看猎鹰向南飞去。

 # 第 2 章

这一天,埃及所有的显要都聚集在首相的法庭上。

这是一间被白墙环绕、内部宽敞的柱厅,最里边的高台是帕扎尔的座位,阶梯上四十根包覆着皮革的棍子是执法的象征。十来名戴着假发、身着短缠腰布的书记官,右手搭在左肩上,保护着这些珍贵之物。

太后图雅坐在位于第一排的镀金木椅上。这位六十岁的太后,身材瘦削,神情高傲,目光锐利,穿着一件滚了金边的亚麻连身长裙,戴着一顶假发,假发上有无数条由真发编成的及腰的小辫子。她身旁坐的是为她治好眼疾的奈菲莉。

奈菲莉的装扮十分符合御医总管的身份:身着亚麻长袍,外面披着一张豹皮,戴着有小辫子的假发,还戴着一条光玉髓项链,以及青金石手链和脚链。她右手拿着官印,左手托着文具盒。

这两个女人一直互相敬重。太后还曾帮奈菲莉打败敌人,让她登上医学界的第一宝座。

奈菲莉后面是警察局长、帕扎尔忠心的伙伴凯姆。他曾经因为被诬陷犯偷窃罪而被处以劓刑,所以他现在戴着一个木制的假鼻子。到孟斐斯担任警察之后,他和这个缺乏经验的年轻法官帕扎尔成为好友,矛盾的是,帕扎尔热爱司法正义,而他却早已不信这一套了。

无论如何,在经历了诸多波折后,他还是应帕扎尔之邀担负起了统领警力、维护秩序的责任。此时,他紧紧地握着警察局长特有的象牙杖，杖上还挂着那个刻有眼睛与狮子的护身符，心中不无骄傲。他牵着名为"杀手"的狒狒警察，这只力大无穷的狒狒由于立下不少功劳，刚刚获得升迁。它的主要任务就是保护最近屡屡受到袭击的帕扎尔。

前首相巴吉的座位离狒狒有一段距离。巴吉依然佝偻着背。他高大、严肃、脸长鼻尖、面色苍白，因性格刚毅而受人敬畏，如今他已经退休并开始安享晚年，不过依然是现任首相的顾问。

在一根柱子后面，贝尔·特兰的妻子西尔基斯正微笑着招呼周遭的人。稚气未脱的她总是为体重而烦恼，因此她做了几次美容手术，希望能留住丈夫的心。由于嗜好甜食，她经常偏头疼，但自从丈夫向首相宣战之后，她便不敢再去找奈菲莉治疗了。

为此，她偷偷在太阳穴上涂了用刺柏、松汁与月桂果实制成的香脂，不过她表面上光鲜依旧：胸前有一串蓝色的陶瓷项链，手腕上戴着精致的莲花状手链，那是由红布和金色细线制成的。

至于贝尔·特兰，虽然他用的都是孟斐斯顶尖的裁缝，但他身上穿戴的不是紧绷的上衣就是松垮的缠腰布。尤其是在这种紧张万分的时刻，他更顾不得什么优雅从容了，只是忧心地等着首相到来。没有人知道帕扎尔如此郑重其事，究竟为何而来。

首相出现时，大家都安静了下来。只见他全身裹着厚厚的、硬挺的长袍，只有双肩裸露在外，上了浆的衣服似乎更凸显了首相一职的艰难。他的装扮简单而隆重，头上戴着一顶中规中矩的短假发。

他将玛特女神[①]的小雕像挂到细金链上，便正式开庭了。

"让我们明辨是非，保护弱者不受强权欺压。"

帕扎尔以每一位法官都必须恪守的至理名言作为开场白。

[①] 玛特是古埃及神话中的真理与正义女神，也是宇宙法则的化身，寓意"正直的人""指引正确方向的人"，通常会化身为一个手持鸵鸟羽毛端坐着的女子。

开庭后,通常会有四十名书记官分站两列,警察带领被告、原告、证人穿过中央通道,走进法庭。而今天,首相只是坐在矮背椅上,他盯着面前的四十根刑棍看了好久,最后才说:"埃及正面临前所未有的危机,黑暗势力正试图吞噬我们的国家。因此我必须伸张正义,惩罚那些已经确认的罪人。"

西尔基斯紧张地抓着丈夫的手臂。首相真的敢和权大势大的贝尔·特兰发生正面冲突吗?毕竟他手中毫无证据。

只听帕扎尔又说:"吉萨的斯芬克斯像旁有五名荣誉卫兵被谋杀,这是牙医卡达什、化学家谢奇和运输商德内斯共同参与的一场阴谋。由于他们的种种恶行已经罪证确凿,理应被判处死刑。"

听到这里,一名书记官举手道:"但是……他们已经死了。"

"不错,但他们并未被判刑。他们的命运不能影响司法判决,死亡并不能免除罪犯应得的刑罚。"

众人虽感讶异,却不得不承认首相的话确实有法可循。

接下来是宣读诉状,首相一一道出这三人的罪行,但贝尔·特兰的姓名则始终没有被提及。

宣读完毕,没有人提出异议,也没有人为被告辩驳。

首相宣判道:"三名被告将遭冥世的圣蛇之火吞噬。他们的尸体不得埋于墓园中,不得接受祭拜与奠酒,并将接受狱冥界大门看护者的刀刑。他们将再一次死于饥渴。"

西尔基斯听罢不由得全身发抖,贝尔·特兰则不为所动。

凯姆心中对司法的怀疑稍稍动摇了,而狒狒却睁大了眼睛,仿佛对这次被告死后的追判十分满意。

至于奈菲莉,则像是由于深深感受到那一字一句的震撼力而心神激荡。

"所有的法老、所有的统领者若是大赦罪犯,都将失去王位与权势。"首相最后以一句古老的格言作为总结。

 # 第 3 章

帕扎尔出现在宫门前时,日出已经将近一小时了。看到首相,法老的侍卫纷纷行礼致敬。

他走进一道长廊,两边的墙上绘着莲花、纸莎草和虞美人等精致的图案,接着他穿过一个装点着鱼池的柱厅,最后才到达法老的办公室。

法老的私人秘书一见到他便招呼道:"法老在等你呢。"

首相每天早上都要向法老拉美西斯大帝报告。法老的办公环境十分宜人:这是一个宽敞明亮的房间,透过窗户可以看到尼罗河与花园,地板的瓷砖上有蓝色的莲花图案,镀金的小圆桌上摆着一束束鲜花。另外一张小桌子上,则放着摊开的纸和其他书写用具。

法老正面向东方沉思。他中等身材,十分健壮,发色几近赤红,宽宽的额头下是一个鹰钩鼻,看起来十分威严。兴建卡纳克神庙与位于阿比多斯的神庙的明君塞提一世,很早便将王位传给了拉美西斯大帝,拉美西斯大帝与赫梯人缔结和平盟约,让埃及人民享受安宁和顺的生活,其他国家的人对此无不称羡。

"帕扎尔,你总算来了!开庭结果如何?"

"死去的罪犯都得到了宣判。"

"贝尔·特兰呢?"

"他很紧张,内心多少受到了震撼,不过他表现得很顽强。我很想像往常那样说:'一切都尽在掌控中,没有什么问题',但我不能说谎。"

拉美西斯似乎有点不安。他身着样式简单的白色缠腰布，全身的饰品只有手腕上的金镯与青金石镯，镯子上有两个野鸭头造型的装饰。

"结论是什么，帕扎尔？"

"对于我的恩师布拉尼尔被谋害一案，我没有找到明确的证据，但凯姆应该可以帮我找出一些线索。"

"西尔基斯呢？"

"她是头号嫌疑犯。"

"别忘了，阴谋者中有一名女子。"

"我没有忘记，陛下。已经死了三个人，其余几个阴谋者的身份还有待确认。"

"很明显，就是贝尔·特兰与西尔基斯。"

"很有可能，但我们没有证据。"

"贝尔·特兰不是自己承认了吗？"

"是的，不过他有很强大的后盾。"

"你有什么发现吗？"

"我与各行政机构的负责人夜以继日地努力。我看了几十个行政人员的书面报告，也听了高层书记官、部门领导与普通行政人员的口头报告。结果却比我想象得还不乐观。"

"你说说吧。"

"贝尔·特兰收买了不少人。威胁、利诱、蒙骗……无所不用其极。他和其同伙的计划十分明确：控制埃及的经济，挑战并摧毁传统价值观。"

"他们会用什么方法呢？"

"我还不知道。现在逮捕贝尔·特兰，就是犯策略上的错误——我还没有把握让这个魔头无路可退、无计可施。"

"七月新年的第一天,即天狼星出现在巨蟹宫,预示尼罗河的泛滥期即将开始之际,我如果无法向人们展示众神的遗嘱,便不得不让位给贝尔·特兰。现在只剩下短短几个月了,你能摧毁他的势力吗?"

"那也只有神明才知道了。"

"帕扎尔,神明创立君主政权,正是要国王兴建庙宇宣扬其名,让人民幸福安乐,不心怀嫉妒。神给了我们一样最珍贵的宝藏,那就是我所拥有且有责任发扬的东西:光明。人生来并不平等,法老便是弱势群体的支持者。只要埃及不断兴建庙宇,储藏足够的光明能量,那我们的国土定将丰沃,国运定将昌盛,婴孩定能在母亲怀中安睡,寡妇的生活定会得到保障,运河必将得到完善的维护,正义也必将得以伸张。我们的生命其实无关紧要,重要的是要维系这份和谐。"

"我早已将生死置之度外。"

拉美西斯将双手搭在帕扎尔的肩膀上,微笑道:"你要面对的是最为繁重的工作,我相信自己并没有选错人。现在我只有你一个朋友了。我记得某位先王曾这样写道:'不要相信任何人,你绝不会有任何真正亲密的人。背叛你的往往就是你为之付出最多的人,偷袭你的就是因你而富的穷人,制造混乱的就是你扶持过的人。千万要提防你的亲信与手下。你只能靠自己。灾难临头之日,谁都不会伸出援手。'"①

"那篇文章不是也写了吗?能得到拥戴的君主,便能持续发扬自己与埃及的伟大荣光。"

"你倒是熟知先贤的训示!我并没有使你致富,我只是给了你一副一般人不愿接受的重担罢了。你要记住:贝尔·特兰比沙漠毒

---

① 节选自《对美利卡拉王的教谕》。

蛇还要危险。他竟能够使我的亲信全无警戒、毫不怀疑，并像蛀虫一样侵蚀整个体系。他甚至能假意与你亲近以知己知彼。今后，他对你的怨恨将一日甚于一日，使你永无宁日。他会躲在暗处，以那些变节的人为武器，出其不意地对你进行攻击。你还愿意迎战吗？"

"一言既出，驷马难追。"

"万一失败了，你和奈菲莉都将遭到贝尔·特兰的毒手。"

"现在就投降未免太懦弱了，我们一定会坚持到最后。"

拉美西斯大帝坐在镀金的木椅上，面朝旭日缓缓问道："那你有什么计划？"

"等。"

这个回答显然令法老十分震惊："我们的时间已经不多了。"

"这样贝尔·特兰才会以为我已经一筹莫展，进而才有可能逐步摘掉他的面具，那样我才能做出适当的反击。为了让他相信我找错了方向，我决定先把精力集中在次要问题上。"

"这是很冒险的策略。"法老犹豫地说。

"如果我有助手，风险就小多了。"

"你说的是谁？"

"我的朋友苏提。"

"我们可以信任他吗？"

"他因婚后出轨而被判到努比亚充军一年。这是依法下达的判决。"

"那我也无能为力了。"

"他如果逃走了，能否让我们的士兵专心于守护边界，不去追捕他？"

"换句话说，你要我下令，让边关将士坚守城墙，以防努比亚族人入侵。"

"陛下，人心难测啊，尤其是那些风沙游人。以您的英明，想必已经察觉到那一带即将发生叛变。"

"可是，到时候如果没有发生叛变……"

"那就是努比亚人看到我军严密防守，因此胆怯、退缩了。"

"那你就替我下令吧，帕扎尔首相，但绝不可以主动协助你的朋友逃跑。"

"他只能听天由命了。"

 # 第 4 章

来自利比亚的金发女子豹子在农田中找到一个牧羊人的小屋，作为她的藏身之处。一个男人已经跟了她两个小时。那人身材高大，顶着一个圆滚滚的肚子，浑身脏兮兮的。他大半辈子都在泥土中打滚，以采纸莎草为生。他窥伺着正在沐浴的豹子，并慢慢地爬了过去。

豹子时刻都很警觉，因此才能成功脱身，然而她那条在寒夜里不可或缺的披肩，却在途中遗失了。当初，苏提为协助帕扎尔调查，娶了塔佩妮，豹子却又明目张胆地与他同居，因此才会在受审之后被逐出埃及，但她并没有向命运屈服。她下定决心，绝不会丢下爱人不管，她要到努比亚救他出狱，然后两个人重新过日子。她离不开精力旺盛的苏提和他火热的爱抚，更无法容忍他投向另一个女人的怀抱。

漫漫长路并没有吓住豹子。她利用自己的美色，让那些货船的船主允许她搭便船，她就这样一站一站地向前走，最后终于到达象岛与第一瀑布。在这里，成堆的岩石阻断了货船的航程，石堆的另一侧，有一弯细流奔向农田，豹子跳入水中，打算放松一下。

她并不打算甩掉跟踪她的人，因为他对此地了如指掌，无论她躲到哪里，他都能很快发现。她也不担心意外——遇到苏提之前，她可是一名盗匪，还和埃及士兵有过无数次"战斗"。可惜这个采纸莎草的工人实在太不讨人喜欢了，而她所剩的时间也不多了。

当那个男人悄悄潜入小屋时，豹子正光着身体躺在地上沉睡。

看到她披散在肩膀上的金发和迷人的身体，他再也按捺不住，直接冲了过去，不料却一脚踩进了豹子设在地上的陷阱，那是一条打成活结的绳子，他重重地摔了一跤。这时候，豹子身手矫捷地翻身坐到他背上，紧紧地掐住了他的脖子。一等他昏死过去，她便立刻夺走了他的外衣，以便夜里有衣物御寒，然后便朝着南部继续前进。

在努比亚中心的扎鲁堡，指挥官一把推开厨子刚刚端上来的那碗稀稀的汤，并骂道："没用的家伙，关你一个月的禁闭。"

随后他喝了一杯棕榈酒，怒气才稍稍平息。这里离埃及那么远，实在难以吃到什么像样的食物，不过这样的职务有助于晋升，并能获得丰厚的退休金。在这片贫瘠的荒漠，尼罗河偶尔泛滥，耕作困难，他在此负责管理一些被判充军一至三年的罪犯。通常来说，他对他们还算宽厚，只会派给他们一些不耗费精力的简单工作，这些可怜的家伙大多也不是什么十恶不赦的罪人，刚好可以在服苦役期间反省反省。

可是苏提却与那些罪犯大不相同。他倔强、不服从命令，因此指挥官便将他调到了最前线，让他负责监视努比亚人的一举一动，倘若发现有人叛变，便立即汇报。让他做吸引敌人的诱饵，也算是给他一个下马威。当然了，假如敌军果真来袭，指挥官还是会马上出兵相救的，因为他可不希望他手下的罪犯有什么损伤，那会在他优良的工作记录上留下污点。

忽然，副官给他拿来一份从孟斐斯送来的文件，并说道："特别文件。"

"是首相的封印！"指挥官吃惊之余，立刻扯断线，撕开了封印。那位副官则在一旁静待他的指示。

"努比亚方面似乎有所动作，上级要求我们提高警觉，加强防卫。"

"也就是说我们要紧闭所有城门，不许任何人离开？"

"是的，立刻下达命令。"

"那犯人苏提怎么办？"

指挥官迟疑了一下，反问道："你说呢？"

"士兵们都很讨厌那个家伙，他只会惹麻烦。就把他留在那里吧，也许会对我们有帮助。"

"要是出了什么事……"

"在报告上就说是不幸的意外事件。"

苏提外貌英俊，他有长长的脸，坦诚的眼神，还有一头乌黑的长发，举手投足无不流露出强悍、迷人而优雅的气质。自打逃出了孟斐斯的书记官学校后，他便过着梦寐以求的冒险生活，结识了不少美丽的女子。他发现了阿舍将军叛国的事实，并协助好友帕扎尔调查案情，因此成了英雄。他虽然年纪轻轻，却有多次出生入死的经历。他曾在亚洲与一头黑熊恶战，身负重伤，如果没有奈菲莉精湛的医术，他早就不在人世了。

此时，他坐在尼罗河中央一块岩石上，身上捆着链子，只能遥望那神秘且令人难以捉摸的南方，以防勇猛的努比亚战士出现。由于周遭空气清透，因此堡垒中的卫兵很容易就能听到他警示的叫声。

不过苏提是不会出声的，他才不想让指挥官和其爪牙称心如意呢。虽然他一点都不想死，但他也不打算自取其辱。他想起了当初——叛国贼阿舍将军正打算携带黄金潜逃，却因为他的出现而没有成功——那真是个美妙的时刻。

后来，他和豹子把那笔黄金藏了起来，准备好好地过下半辈子，没想到如今他被锁在这里，而豹子也被永远驱逐出埃及。现在，回到家乡的她，想必早已投入其他男人的怀中，把他忘得一干二净了。

帕扎尔的首相身份让他束手束脚，只要他进行不当的干涉，就会遭受惩罚，更不要说下令释放自己了。苏提之所以沦落至此，也是为了进行调查——他当年为此娶了美丽热情的塔佩妮，原以为轻而易举就能解除婚约，谁知这个织造厂主人竟如此难缠，告他通奸，害他要充军一年，而且，等他回到埃及之后，还得为她工作，以此负担赡养费。

苏提气愤地捶打着岩石，拉扯着绳链。每一次他都希望链子会忽然断开，然而这座没有墙壁和栅栏的监狱却比铜墙铁壁还要牢固。

他想到那些女人，想到他的幸与不幸……不，他还是不会后悔！也许带领努比亚战士前来进犯的是一个乳峰坚挺浑圆的女子，也许她会对他一见钟情，也许她会放了他。无论如何，在经历了这么多冒险、战斗与胜利之后，如果就这样死去，真是太不值得了。

当头的太阳开始向天边下沉。已经好久都没有士兵给他带食物和水来了。他趴在石头上，用双手捧起河水解渴。幸好他手脚灵活，曾抓到一条鱼，才没有被饿死。不过，他们为什么对自己改变态度了呢？

第二天，他不得不接受他们已经放弃他的事实。士兵们都躲在堡垒中，该不会是怀疑努比亚人即将来袭吧？在饮酒狂欢之后，那些久未作战的努比亚士兵偶尔会突发奇想，他们有可能会侵犯埃及并展开一场大屠杀。

天啊，他就在敌人来犯的路线上！

他一定要在敌人到这里之前弄断链子，逃离此地，可是他手边连一块坚硬的石头都没有。此时他脑中一片茫然，怒火攻心，不禁大声叫起来。

当傍晚的夕阳染红了尼罗河水时，眼尖的苏提突然发现，河岸的灌木丛似乎有些不对劲。

有人正在灌木丛中窥视他。

 # 第 5 章

贝尔·特兰在他左脚的红斑和四周的水疱上，抹了一种以金合欢花和蛋白调制而成的药膏，并喝了几滴芦荟汁，不过他对疗效没有抱太大的希望。这位掌管白色双院的重要人物根本没有时间进行治疗，自然也不愿承认自己的肾脏与肝脏都出了问题。

对他来说，最佳治疗方式就是不停地忙碌。他有用之不竭的精力，有十足的自信，有多得能让听者筋疲力尽的话，他简直就像一股来势汹汹的洪流。再过几个月，他们就能达成最后目标，获得最高权力了，一点病痛又怎么能阻挡得了他胜利的步伐呢？

不错，他们是死了三个伙伴，但是还有其他人呀！中途失败的人都是能力不足的，甚至是愚蠢的，这样的人不是迟早都要被除掉吗？看看他自己吧，自从这个计划开始实施，到今天为止，他从没有犯过错。每个人都以为他是拉美西斯忠心的下属，以为他的所有努力都是为了拉美西斯所统治的埃及，以为他为工作付出的心力，可以媲美昔日那些为神庙而奉献自我的圣贤。

对书记官亚洛的死，他丝毫没有感到难过，因为亚洛也差不多没有利用价值了。那群鬣狗倒是为他消除了一大负担。

贝尔·特兰想到自己竟能在众人不知不觉中编织起一张如此牢固的网，不由得面露微笑。即使是帕扎尔这么精明的人，现在如果想要反击也太迟了。

这些天以来，贝尔·特兰不断穿梭于各省的省府与主要城市之间,联络并安抚其同党,让他们相信埃及的这场革命很快就要爆发,而他最后会让他们获得梦想不到的财富与权势。他以三寸不烂之舌针对人性贪婪的弱点下手,绝对没有人不动心。

他将金合欢叶捣烂,又加入牛油,然后把混合物涂抹在粗肥的脚趾上,那东西有止疼与消除疲劳的作用。他嚼着两片能使口气清新的糖块,那是以乳香、芳香的油莎草、笃耨香脂与腓尼基芦苇混合蜂蜜制成的,味道十分甘甜。

他心满意足地看着自己在孟斐斯的豪宅。这栋宽敞的房子坐落于花园中央,四周环绕着高高的围墙;石门的过梁上装饰着棕榈叶;屋前整齐地排列着又高又细的柱子,形状正像他赖以起家的纸莎草;门厅与几个会客室富丽堂皇,令访客瞠目结舌;此外,这栋房子里还有安装着几十个衣柜的衣帽间、石料铺就的厕所、十间卧室、两个厨房、一个面包房、一口井、几个谷仓、几个马厩;大庭院里的水池四周还种满了棕榈树、无花果树、枣树、牛油果树、石榴树与柽柳。

有钱人才住得起这样的豪宅。他真为自己的成功感到骄傲;他原先只不过是个小小的职员,一个暴发户,曾受尽高官显贵的蔑视,如今他们却不得不对他俯首称臣。唯有物质上的财富,才能造就永久的幸福和至高无上的功勋。神庙、神祇、宗教仪式全都是虚幻缥缈的空谈。因此贝尔·特兰与其同谋才决定让埃及脱离过去,走上以经济为主的康庄大道。在这方面,没有人比得过他,拉美西斯大帝和帕扎尔毫无还击的能力,只能挨打认输。

贝尔·特兰拿出了一个用河泥封口的酒坛,酒坛外面覆有一层黏土,因此可以保留住啤酒的新鲜风味。去除封口的黏土后,他将一根带滤网的管子插入酒坛,过滤掉杂质以后,便能得到有助于消化的清凉啤酒。

此时他忽然很想看看他的妻子。那个原本笨拙甚至丑陋的乡下姑娘，在他的努力之下，不也改头换面，成了孟斐斯的贵妇吗？她所佩戴的珠宝，更是招来了不少羡慕与嫉妒的目光。不错，那些美容手术的确花了他不少钱，不过看到西尔基斯容貌上的转变，看到她身上的赘肉不见了，他还是觉得十分满意。尽管他妻子的情绪变幻无常，甚至偶尔还会歇斯底里，以至于需要解梦师的安抚，但她毕竟稚气未脱，而且对他言听计从。从今以后，参加所有的宴会与官方聚会时，他都会带着这只美丽的花瓶出席，她只需要打扮得光彩照人就行了，一句话也不能说。

西尔基斯用葫芦巴油和雪花石膏粉按摩身体后，又在脸上涂了一种含有蜂蜜、红色天然苏打与北方盐等成分的面霜。她给嘴唇涂上了红色的赭石颜料，并给眼睛四周涂上了绿色的眼影。贝尔·特兰看着她，不由得赞叹道："亲爱的，你真美。"

"把我最美的假发递给我，好吗？"

贝尔·特兰听罢便打开贝壳纽扣，打开了由黎巴嫩雪松制成的古董箱子，从里面拿出一顶以真头发制成的假发，西尔基斯则推开化妆箱的滑动箱盖，取出了一条珍珠手链和一把金合欢木梳。

"你今天早上觉得怎么样？"贝尔·特兰一边帮她调整假发，一边问道。

"我的肠胃还是不太舒服。我还在喝那种由角豆果荬啤酒加油和蜂蜜制成的药水。"

"如果情况恶化，就去找医生看看吧。"

"奈菲莉会治好我的。"

"不要再提奈菲莉了！"

"她是个很好的医生。"

"她和帕扎尔一样，都是我们的敌人，他们都不会有好果子的。"

"你就不能放过她吗？就算是为了我嘛。"

"再说吧。你猜我给你带了什么。"

"是个惊喜!"

"是专供你柔细肌肤使用的刺柏油。"

她高兴得抱着丈夫的脖子亲个不停,然后问道:"你今天要留在家里吗?"

"可惜不行。"

"你要是能跟孩子们说说话,他们会很高兴的。"

"他们也听家庭教师的话,这才是最重要的。他们很快就会成为宫中显要了。"

"你难道不怕……"

"不怕,西尔基斯,我什么都不怕,因为谁都动不了我,谁都不知道我最厉害的武器是什么。"

这时候,一个仆人走进来打断了他们的谈话:"主人,有人找你。"

"谁啊?"

"孟莫斯。"

是前警察局长孟莫斯,如今凯姆取代了他的位置。为了除掉帕扎尔,孟莫斯曾以谋杀罪诬陷帕扎尔,并将他送往监狱。虽然孟莫斯并没有参与那些野心家的阴谋,却帮了他们不小的忙。贝尔·特兰原以为他会永远被困在黎巴嫩的比布鲁斯,当一个造船工,没想到他竟出现在这里。他吩咐下人道:

"请他到花园旁的莲花厅,给他送上啤酒,我马上就来。"

西尔基斯有点担心地问:"他想干什么?我不喜欢他。"

"放心吧。"

"明天,你还是要出远门?"

"我非去不可。"

"那我怎么办?"

"继续打扮得漂漂亮亮的,没有我的允许,不许和任何人说话。"

"我还想再跟你生个孩子。"

"你会的。"

五十来岁的孟莫斯头顶又秃又红,鼻子很尖,他一生起气来,浓重的鼻音就会变得尖锐异常。身材肥胖的他十分狡猾,前些年他官运亨通、红极一时,都是踩着别人一路上去的。他用心良苦,丝毫不敢大意,不料如今竟落得如此凄惨的下场。帕扎尔不仅瓦解了他的关系网,还将他的无能公之于众。如今,这个头号敌人坐上了首相的位子,孟莫斯重拾往日荣光的机会就更加渺茫了。现在,他只剩下贝尔·特兰这最后一线希望。

"你不是被剥夺了埃及的居留权吗?"

"我的确是非法入境来到这里的。"

"你为什么要冒险?"

"因为我还有一些关系,而帕扎尔却要孤军奋战。"

"你想让我怎么做?"

"我是来帮你的。"

贝尔·特兰有些不解,孟莫斯便提醒道:"当初帕扎尔被捕的时候,他一再否自己认杀害了布拉尼尔。我从来都不认为他有罪,而且我还发现我被人利用了,不过这样的形势却对我有利。事发之前,有人向我告密,所以我才能在犯罪现场适时地逮住帕扎尔。我后来回忆了一下。这个告密的人如果不是你或你的同谋,还会有谁呢?卡达什、德内斯和谢奇都死了,你却毫发无伤。"

"你怎么知道他们和我是一伙的?"

"有人走漏了风声,还说你是埃及未来的主人。我跟你一样恨帕扎尔,我可能还握有几样对你不太有利的证据。"

"什么证据?"

"帕扎尔一口咬定他收到了写着'布拉尼尔有危险。速来'的字条,因此才赶到了布拉尼尔家。假如我并没有销毁这个证物,而且有人认出了字条上的笔迹,怎么办?假如我还保留了罪犯作案的凶器,而且那枚贝壳细针刚好属于你的枕边人,又怎么办?"

贝尔·特兰想了想问道:"你想怎么样?"

"你要给我在城里租一个房子,让我对付帕扎尔。你成立自己的政府之后,还要给我安排个位置。"

"你的要求就是这样?"

"我相信你就是我的未来。"

"你的要求倒还算合情合理。"

孟莫斯向贝尔·特兰深深地鞠了个躬。现在他只需要专心报仇就行了。

第 6 章

孟斐斯中央医院紧急征调奈菲莉去完成一台艰难的手术，帕扎尔只得亲自喂绿猴"小淘气"了。虽然这个小家伙总是找仆人的麻烦，还常常到厨房偷东西吃，但帕扎尔对它极为宽容。因为当初他第一次遇到奈菲莉时，要不是小淘气把水溅到了他的爱犬"勇士"身上，他怎么会有勇气上前与奈菲莉攀谈呢？

勇士将右爪搭在帕扎尔的手腕上。这只身材高大、毛色土黄的狗有一条长长的尾巴，一双耳朵平常总是垂着，但一到吃饭的时候，它的耳朵便竖得直直的。它的脖子上还戴了一个粉白相间的皮制项圈，上面写着："勇士，帕扎尔的伙伴。"

小淘气嗑棕榈籽的时候，勇士正尽情享用着蔬菜泥。如今它们已经达成了协议：一天之内，勇士可以让小淘气拉十几次它的尾巴，不过一旦它睡上帕扎尔的那张旧草席，小淘气就不能再吵它了。这张草席是帕扎尔初到孟斐斯时身上唯一宝贵的东西，它既可以当床和桌子，又能铺在地上，甚至还可以裹尸，相当实用。帕扎尔曾经发誓，无论如何都要保留这张席子。如今，既然勇士宁愿放弃舒适的软垫，也要睡在这张席子上，想必也会好好保护它。

郁郁葱葱的树木与花圃里的花在冬日的暖阳下苏醒，把首相官邸点缀得仿佛是正直之士死后居住的天堂。帕扎尔朝小径走了几步，被露水打湿的地面散发出阵阵香气，沁人心脾。忽然，他感觉胳膊湿湿热热的，原来是他忠心的驴子"北风"正跟他打招呼呢。这头驴子眼神温和、聪明绝顶，方向感好得连帕扎尔都自叹不如。自打帕扎尔收留它之后，它就再也不需要背负重物当苦力了。

驴子忽然抬起头来。门外似乎出现了几个不速之客，它立刻快步跑过去，帕扎尔跟在它后面。

原来是警察局长和狒狒警察来了。凯姆一向不喜奢华，无论冷热，身上都围着那么一条短短的缠腰布，跟一般的平民并无两样。他腰间插着一个木制刀鞘，鞘中的匕首是帕扎尔送他的礼物：刀刃是铜制的，刀柄则由琥珀混合金银制成，上面还有青金石与天河石镶嵌而成的玫瑰花饰纹。不过，凯姆更喜欢他出席正式场合时需要带上的象牙杖。他还是跟以前一样，受不了办公室的束缚，因此他仍然会外出执行勤务。

狒狒警察脑袋硕大，背和尾巴上的毛乱蓬蓬的。此时的它看起来很平静，其实它一发起怒来，就连凶猛的狮子都抵挡不住。一只体形、力气与它不相上下的狒狒曾试图与它决一死战——那是一名暗影吞噬者的撒手锏，他想要借此除掉狒狒，以期有机会袭击帕扎尔。最后狒狒虽然打败了对手，却也身负重伤，多亏奈菲莉的照顾，它才在短时间内恢复过来，这让它心里万分感激。

"目前毫无危险。最近并没有人监视你。"凯姆对帕扎尔说。

"我真是欠你一条命啊。"

"我也欠你一条命，首相。我们的命运是相连的，所以你不用再白费口舌说道谢的话了。猎物已经回笼，我确认过了。"

北风仿佛猜到了主人的心思，立刻朝他们要去的方向出发了。它迈着优雅的碎步跑在孟斐斯的街道上，狒狒、帕扎尔与凯姆跟着它，走在几米之外的地方。狒狒一边径直向前走，一边巡视着周遭，所经之处，路人无不噤若寒蝉。

他们来到孟斐斯最大的织造厂前，眼前是一片热闹的景象：织布女工在门前闲聊，搬运工送来了亚麻线团，一名女监工正仔细地检查着。北风在一堆草料前停了下来，而狒狒则跟着首相与警察局长，走进一个通风良好的放置织布机的房间。他们向工厂负责人塔佩妮的办公室走去。

三十多岁的塔佩妮身材娇小，黑发碧眼，模样迷人，性格却十分强硬，管理工厂全然是一派铁腕作风，是个事业至上的女强人。

看到这三名访客，她有点不知所措，结结巴巴地问道："你们……你们想见我？"

"我相信你一定可以帮我们。"帕扎尔沉着地说。

此时此刻，工厂里已经传得沸沸扬扬：埃及首相与警察局长亲自拜访塔佩妮！她是即将高升还是犯了重罪？既然凯姆也来了，后者的概率恐怕更高一些吧。

"我要提醒你一点，"帕扎尔继续说道，"我的恩师布拉尼尔是被一枚贝壳细针杀死的。依据你提供的信息，我作出了几个假设，可惜一无所获。不过，你曾表示你握有关键的线索，现在总可以坦白相告了吧？"

"那是我夸口的。"

"谋杀守护斯芬克斯像的卫兵的阴谋者之中，有一名女子，她的手段凶狠决绝，绝不逊于其同党。"

狒狒双目血红地瞪着美丽的女厂长，她的神情似乎越来越焦躁不安。

"塔佩妮女士，我们可以假设这名女子也是个用针高手，并奉命杀害布拉尼尔，使他的调查无疾而终。对此你怎么看？"

"这与我无关。"

"我希望你把秘密说出来。"

"不！"她近乎歇斯底里地大喊，"我害你的朋友苏提被判刑，所以你想报复。是他自己做错了事，我只不过是伸张我的权利而已。不要威胁我，否则我会去告你的。出去！"

"你应该注意一下你的措辞,"凯姆说,"你可是在跟埃及的首相说话。"

塔佩妮全身发抖,果然降低了音量:"你根本没有证据指控我。"

"我们总会找到的,塔佩妮女士,你自己多保重吧。"

"你还满意吗?"

"相当满意,凯姆。"

"我们这是一脚踢翻了蚂蚁窝……"

"她非常紧张,因为她很在意自己的社会地位,而我们的到访对她的声誉却有负面影响。"

"这么说,她会有所行动喽?"

"很快就会的。"

"你觉得她有罪?"

"如果就恶毒与吝啬而言,她罪证确凿。"

"那你认为贝尔·特兰的妻子西尔基斯更可疑吗?"

"她就像个大孩子,很可能会因为任性行事而成为罪犯。而且,西尔基斯也是个用针高手。"

"可是她看起来很胆小。"凯姆十分不以为然。

"她对她丈夫言听计从,贝尔·特兰如果要求她当诱饵,她一定会顺从的。守护斯芬克斯像的卫兵长很可能就是在黑夜中看到她的出现,才一时丧失心智。"

"可是杀人罪……"

"在尚未找到证据之前,我不会妄下断言。"

"你要是永远都找不到证据呢?"

"我们要有信心,凯姆。"

"你隐瞒了一个重要的事实。"

"我不得不这么做,但请不要怀疑我,我们的确是在为拯救埃及而奋斗。"

"跟着你工作真的很麻烦。"

"我其实只希望有奈菲莉、勇士和北风相陪,到乡下过平静的日子。"

"那你只好耐心等着了,帕扎尔首相。"

塔佩妮开始坐立不安了。她知道帕扎尔有多么固执,也了解他对真理的执着,以及他和苏提之间深厚的友谊。也许她对自己的丈夫苏提做得确实过分了一些,可是她既然嫁给了他,就不能容忍他在外面拈花惹草。他敢和那个利比亚女人鬼混,就要付出代价。

在可能遭受首相制裁的威胁下,塔佩妮必须尽快找到靠山,一刻也不能等。

于是塔佩妮跑到财政部的办公处。她询问了门口的警卫,然后等了大约半个小时,看到门口来了一顶空轿子。轿子里椅子的椅背很高,椅子前面有一个搁脚凳,两侧有巨大的扶手,后面还有一把遮阳伞。二十几名轿夫在轿夫长雄浑的命令声中,飞快地向前走着。他们只接短途生意,而且价格还不低呢。

此时,贝尔·特兰从白色双院的大门里走了出来,快步走向轿子。塔佩妮立刻拦住了他:"我要跟你谈谈。"

"塔佩妮女士!你的工厂出了什么事吗?"

"首相想找我的麻烦。"

"他总以为自己是正义的使者。"贝尔·特兰不屑地说。

"他指控我杀人。"

"你?"

"他怀疑我杀了他的老师布拉尼尔。"

"他有什么证据?"

"没有,可是他恐吓我。"

"只要你问心无愧就没什么好怕的。"

"帕扎尔、凯姆和那个狒狒警察，让我非常害怕。我需要你的帮助。"

"我要怎么……"

"你是个有钱有势的人，大家都在说你还会继续往上爬。我希望加入你的阵营。"

"怎么个加入法？"

"现在整个织造业都在我的掌控之中，精美的布料可是贵妇们最不能少的，就连你的夫人也不例外。我知道如何让买卖获得最大的利润，这可是一笔不容忽视的利润。"

"你的营业额数目够大吗？"

"以你的能力，绝对很快就能增长。另外，我一定会帮你毁掉那个该死的帕扎尔。"

"你有详细的计划吗？"

"还没有，不过，一切包在我身上。"

"那好吧，塔佩妮女士，我会保护你的。"

第7章

暗影吞噬者①听令于阴谋者,犯下种种恶行并获取财富。他是个完美主义者,既然答应了雇主要除掉帕扎尔,那不论失败多少次,他都会坚持到最后,直到成功为止。不过,已经注意了他许久的警察局长,却相信他一定会失败。事实上,他独自行动,没有同伴,身份也许永远都不会暴露。靠着那些酬金,他很快就能在乡下拥有一栋豪宅,享受平静的退休生活了。

如今,暗影吞噬者和他的雇主已经完全断了联系,因为已经死了三个人,而贝尔·特兰与西尔基斯又难以接近。他回想起那次西尔基斯前来传达命令的情景,她要他让帕扎尔瘫痪时,看起来倒是毫无惧色。在他发泄兽欲时,她既没有发抖,也没有大声呼救。贝尔·特兰夫妻很快就会登上埃及的王位,因此,暗影吞噬者觉得自己有必要尽快献上帕扎尔的人头。

前几次的失败让他学乖了,这次他不再从正面进行攻击,因为凯姆和他的狒狒实在是太难缠了。狒狒对危险的气息特别敏感,而凯姆则寸步不离地保护着帕扎尔。因此他决定设一个陷阱,采取迂回战术。

午夜时分,他沿着高墙爬上了孟斐斯中央医院的屋顶,然后顺着梯子潜入医院。他穿过飘满药香的走廊,走向存放危险物品的实

---

① 埃及人这样称呼杀手、刺客。

验室。这里有蟾蜍和蝙蝠的唾液、粪便和尿液,蛇、蝎子和胡蜂的毒液,以及其他从植物中萃取的用于制造特效药的毒剂。

实验室的卫兵并没有对暗影吞噬者的行动造成影响。他将卫兵击昏后,顺利地偷走了一瓶毒药,还偷走了一条关在篓里的黑色角蝰蛇。

得知医院失窃,奈菲莉大为吃惊。她顾不上检查实验室的损失,先询问了卫兵的伤势,幸好他伤得不重。他连攻击者的影子都没看到,颈肩处就遭到了重重一击,然后便昏死过去了。

"都丢了什么东西?"她问院长。

"几乎没有什么损失……只丢了一条关在篓里的黑色角蝰蛇。"

"毒药呢?"

"不好说。医院刚刚来了一批药物,本来要今天上午清点的。小偷倒是什么都没弄坏。"

"从今晚开始,加强防范,我会通知警察局长。"

奈菲莉想到丈夫曾多次险遭杀害,不由得忧心忡忡,这起不寻常的意外事件,会不会预示着未来的另一起谋杀案呢?

首相带着沉重的心情,在凯姆与狒狒的陪同下来到国库门口。

这是他上任以来,第一次前来检视国库里的贵金属。其实他天还没亮就被从医院来的人吵醒了。妻子还没来得及和他说话,便匆匆忙忙地赶到医院去了。后来他也睡不着了,干脆洗了个热水澡,准备出发,前往位于孟斐斯市中心的国库。这一带有层层警力守护,闲杂人等是不能随意进出的。

帕扎尔在登记簿上盖了章。国库的门房上了年纪,是个做事小心谨慎的人,他虽然认得首相,却还是仔细地进行了核查。他比较了首相盖好的章与王宫在新首相上任时交给他的印鉴,检查它们是否相符。确认之后,他问首相:"你想看什么?"

"所有的库存。"

"那很费时间。"

"但那是我的职责。"

"谨遵吩咐。"

帕扎尔先检查了来自努比亚与东方沙漠矿区的金条与银条。在这座偌大的建筑中,所有储藏室都按顺序编了号,一切显得井井有条。

有一批金属马上就要被送到卡纳克神庙去,以供工匠装饰两扇大门。

帕扎尔眼花缭乱,然后他突然发现国库几乎是半空的。

"现在的储藏量是有史以来最低的了。"国库管理员说道。

"为什么?"

"是上级的命令。"

"是谁下的命令?"

"白色双院。"

"让我看看公文。"

果然,管理员在行政工作上完全没有纰漏:这几个月以来,金条、银条与大量的稀有矿物,都在贝尔·特兰的命令下,被定期运出了国库。

看来他不能再继续观望下去了。

帕扎尔向不远处的白色双院快步走去。白色双院有两座建筑,中间还有一些小园子。和平常一样,白色双院里是一片热闹的忙碌景象;自从贝尔·特兰坐镇埃及的经济总部以来,他对自己手底下的书记官一向十分严苛。

开阔的围场里,养着供神庙专用的肉牛,这些牲畜都是农民缴的税,有专人为它们进行检查。一座仓库四周围着砖墙,还有士兵守护，会计人员就在那里称金条，然后再把它们放入箱中。白色双院内部指令的传达，从早到晚经久不息；有几名跑得快的年轻人，专门负责传送紧急文件。还有总务人员负责管理工具与装备、制造面包与啤酒，以及接管并分配香脂、大型工地所需用品、护身符与仪式用品，等等。此外，还有一个部门专门负责管理书记官的文具台、芦苇笔、莎草纸、黏土与木制书板。

经过各柱厅时，帕扎尔注意到有数十名职员正在埋头写记录与报告。贝尔·特兰一步步地蚕食了埃及的各个政府机关，如今，整个体系已在他的控制之下，他这才从暗处现身。

工作小组的组长见到首相纷纷行礼致敬，但他们手下的人仍继续干着活。和首相比，他们似乎更畏惧白色双院的领导者。一名总管带着帕扎尔来到六柱大厅门口，贝尔·特兰正在里面一边来回踱步，一边下达指令，三位书记官在一旁快速地记录着。

帕扎尔打量着他这位公开的敌人。他的衣着打扮、他的一言一行，无不显露出他对权势的野心与欲望，他对自己和未来的胜利充满了信心。他一看到帕扎尔，便立刻停了下来，冷冷地遣退了书记官，并让他们随手关上门。

"你的到访使我感到无比荣幸。"

"虚伪的客套话就免了吧。"

"你参观过我的这个部门了吗？在这里，最重要的就是努力工作。你完全可以撤我的职，重新任命院长，不过那样的话整个行政流程的运行就将戛然而止，而第一个受害的人就是你。因为想重启这台庞大的机器，使它恢复正常运转，至少需要一年的时间，而如今，距离重新选定国王的日子只有几个月了。放弃吧，帕扎尔，我劝你还是投降吧。"

"你为什么搬空了储藏在国库里的贵金属？"

贝尔·特兰得意地笑了笑，"你该不会是去检查过了吧？"

"那是我的职责。"

"你真是太尽职了。"

"我要你解释清楚。"

"我是为了埃及的利益着想！为了与利比亚、巴勒斯坦、叙利亚、赫梯、黎巴嫩等附庸国与友邦保持友好的关系。要维系和平，当然得满足这些国家的需求。而这些国家的元首最喜欢接受赠礼，尤其是我们的沙漠出产的金子。"

"可是，调走的金属数量实在多得太不寻常了。"

"有时候，我们总得表现得慷慨一点嘛。"

"从现在起，没有我的允许，不许再从国库调走任何金属。"

"悉听尊便……不过，之前的程序可是完全合法的。我知道你心里一定在想：我该不会是利用合法程序中饱私囊吧？我承认，这个指控确实很犀利。我呢，也就暂时不公布答案了，不过可以确定的是，你根本找不到任何证据。"

第 8 章

苏提被锁在尼罗河中央的一块石头上，他注视着河岸上的灌木丛，那里似乎躲着一个努比亚人，那人正在暗中窥视。苏提这个诱饵实在是太诱人了，因此那个努比亚人自然更加小心，他似乎唯恐有陷阱，便一动也不敢动。

过了一会儿，那个努比亚人动了起来——看来他还是决定行动了。和其族人一样，这个努比亚人深谙水性，于是打算从水里突袭他的猎物。

苏提心中生出一股绝望的愤怒，不禁猛扯身上的锁链，锁链发出声响，却还是没有断。他竟然就要如此窝囊地死在这里了，连自卫的能力都没有。他不停地转身，想知道对方会从什么地方冒出来，然而河水笼罩在漆黑的夜色里，他什么也看不见。

突然，一个瘦长的身影出现在他身边。他把头一低，奋力冲了过去，锁链被绷得紧紧的。来人躲过了他的攻击，但还是脚下一滑，跌进水里，当那人再度浮出水面时，低低地怒骂了一声："别动，笨蛋！"

这个声音……苏提就算到了地狱都忘不了！

"是你……豹子？"

"还有谁会来救你？"

她向他靠了过来，身上一丝不挂，金色的长发披在肩上。月光下，她更是显得娇艳而性感。

她用双手环抱住苏提,吻了吻他说:"我好想你,苏提。"

"我被锁住了。"

"至少你没有背着我和别人鬼混。"

话音刚落,她便向情人扑了上去,苏提当然抵挡不住豹子这突来的热情。在努比亚的天空下,在尼罗河狂野的澎湃声中,他们再度恣意交欢。激情过后,她满足地趴在苏提身上,苏提则轻抚着她的金发。

"幸好你雄风不减,不然,我可能就不要你了。"

"你是怎么来的?"

"搭船、坐车、走小路、骑驴……我就知道一定会成功。"

"一路上遇到麻烦了吗?"

"偶尔会遇到一些强奸犯和强盗。不过倒也没什么特别大的危险,埃及还算是个平静的国家。"

"我们要尽快离开这里。"

"我觉得在这里很好啊。"

"要是现在有一群努比亚人朝我们冲过来,你就不会这么说了。"

豹子听罢便站起身来,跳入水中,回来的时候她手里多了两块锋利的石头。她用力地切割锁链,动作又狠又准,而苏提则猛击紧扣着的手环。

一番努力之后,他们终于弄断了锁链。恢复自由的苏提高兴得一把抱起豹子,豹子的双脚缠在苏提的腰际,这再次激起了他的欲望。二人亲热之际,不慎脚下一滑,跌入河中,接着他们禁不住放声大笑。

滚上河岸时,他们的身体仍然紧密地结合在一起。他们拥抱着彼此,心荡神驰,欲念不由得又激发起他们体内一股新的力量。他们就这样缠绵了一夜,直到破晓时分,寒意才让他们冷静下来。

"我们该走了。"苏提忽然严肃地说。

"去哪里？"

"向南走。"

"那是个陌生的地方，还有野兽和努比亚人……"

"我们要远离这个堡垒和埃及士兵。他们一旦发现我逃跑，一定会派出巡逻队，还会通知他们的密探。我们得先躲起来，避避风头。"

"我们的金子怎么办？"

"放心，会拿回来的。"

"恐怕不容易。"

"只要我们齐心协力，一定会成功的。"

"你要是再背着我和那个塔佩妮鬼混，我就杀了你。"

"你快杀了她吧，那我就解脱了。"

"你要对这场婚姻负全责！谁让你信了那个毫不讲义气的帕扎尔的话！我们就是因为他才沦落到这种地步的！"

"我会把这笔账算清楚的。"

"那也得逃得出沙漠才行。"

"我不怕。你有水吗？"

"有两大袋，挂在一棵柽柳上。"

他们走上一条狭窄的小路，两边矗立着焦黑的岩石和险峻的悬崖。豹子沿着干涸的河床向前走，河床上长了几簇小草，刚好可以果腹。一路上，他们脚底是滚烫的沙石，头顶上则盘旋着几只秃鹫。

他们走了两天，一个人影也没看到，到了第三天中午，远处忽然传来一阵马蹄声，他们赶紧躲到一堆风化得圆圆的花岗岩背后。这时候，出现了两名努比亚骑手，其中一匹马的尾巴上系着一条绳子，另一端拖着一个赤裸的小男孩，他早已经跑得上气不接下气。两名骑手停下马来，扬起了漫天的红沙。接着，他们杀了小男孩，然后扔下尸体，向营区扬长而去。

豹子的眼睛睁得大大的，只听苏提说："亲爱的，你看我们的未来有多么艰险，这些努比亚强盗一点同情心也没有。"

"只要不被他们抓到就行了。"

"躲在这里可真是不安全，我们还是走远一点吧。"

黑色岩石之间的荒地上稀稀拉拉地长着几棵棕榈树，他们胡乱吃了点棕榈树的嫩枝后，忽见远处刮起了一阵强风，风沙很快便阻断了他们的视线。他们迷失了方向，只得蹲坐在地上，紧紧搂着对方，等待风暴平息。

不知过了多久，苏提在睡梦中突然觉得痒痒的，便醒了过来。他清了清塞满鼻子和耳朵的沙子。但豹子还是一动不动。

"起来吧，暴风过去了。"

她还是没有动。

"豹子！"苏提慌张地抱起她，而她还是瘫软无力。"你快醒醒，求求你！"

"你应该还是有一点爱我的吧？"她突然神采奕奕地问。

"你竟然和我开玩笑！"

"当我们成为爱情的奴隶，而爱人却可能不忠的时候，就得考验考验对方。"

"没水了。"

豹子往前走去，希望能在沙地上找到一点湿意。傍晚时分，她终于杀死了一只啮齿动物。

她在地上插了两片棕榈叶，然后跪在上面，用膝盖固定住叶子，接着在叶子间用力搓一根干木棍；重复几次后，便可以用掉下来的木屑生火了。煮熟的肉虽然不多，却也能让他们稍稍恢复一些力气。

可是太阳一升起来，这简陋的一餐和夜晚的凉爽舒适很快就被他们抛到脑后，他们必须尽快找到水井，否则非渴死不可。但该到哪里去找呢？眼前根本看不到一点绿洲的影子，甚至连几棵草、几丛荆棘都没有，又哪来的水呢？

"现在只有一样东西能救我们。"豹子说，"坐下来，静静地等吧。反正往前走也没有用。"

苏提点头同意。他并不怕沙漠，也不怕太阳，更不怕死在这片火海当中，至少他已是自由之身。阳光在岩石上跳跃，时间在酷热里消融，这炙热难耐的时刻仿佛定格成了永恒。此刻，他身边还有一位金发美女作陪，这不也和得到山里的金子一样，都是难能可贵的幸福吗？

"看那边，你的右手边。"豹子小声地说。

苏提慢慢地回过头。他看到了，它就在一座山丘顶上窥探着，看起来骄傲而胆怯。那是一只公剑羚，至少有两百千克重，它头上那对长长的角，刺穿狮子的身体都绰绰有余。生活在沙漠里的羚羊一向十分耐热，即使烈日当空，它也能悠游于沙地之中。

"跟着它。"豹子作出决定。

一阵微风轻轻撩起了剑羚黑色的尾巴。这种长角羚羊代表主宰暴风雨的赛特神，也是大自然的精力的化身；它们呼吸的频率会随着温度的升高而渐渐加快，无论是多么稀薄的空气，它们都能善尽其用，以利于血液的新陈代谢。那只高大的羚羊用蹄子在沙地上画了一个十字，然后便沿着山脊离开了。

他们沿着同样的路线，远远地跟在后面。剑羚画在地上的是一个"×"，在埃及象形文字里，这是"通过"的意思；难道它在告知他们离开这片荒漠的方法？这只离队的羚羊迈着坚定的步子，避开一片片流沙向南走去。

苏提不得不佩服豹子。她不抱怨，也不叫苦，靠野兽般的毅力，一心求生存。

太阳快下山时，剑羚忽然加快了脚步，消失在一座巨大的沙丘背后。苏提拉着豹子爬上沙丘,可是他脚下只要一用力,沙子就会塌陷。她摔倒了,他扶她起来,然后自己又摔倒了。他们就这样带着满腹的怒气和酸痛的四肢,跌跌撞撞地爬上了沙丘。

沙漠一片赭红。热气不是来自天上的,而是从沙石中散发出来的。温暖的风让他们的嘴唇和喉咙更干、更灼热了。

剑羚不见了。

"剑羚是不会累的。"豹子说,"我们根本不可能追上它。它要是发现了草木的踪迹,甚至可以连续几天不眠不休地向前走。"

苏提盯着远方的一个小点,疑惑地说:"我好像看到……不,一定是幻觉。"

豹子顺着他的视线看过去,眼睛为之一亮:"来,我们走。"

尽管双腿疼痛难忍,但他们还是挪着步子往前走;如果苏提看错了,那他们在渴死之前也只能喝自己的尿了。

"是剑羚的蹄印!"

蹦跳着走了片刻后,剑羚慢了下来,一步一步地向苏提看到的那处海市蜃楼走去。这一次,豹子开始怀抱希望,因为她似乎看到了一个深绿色的小点。

他们忘记了疲惫,跟着剑羚的蹄印走。那个绿点越变越大,越变越大,最后变成了一片小小的金合欢林。

剑羚找了一处最大的树荫乘凉。它打量着他们,而他们也欣赏着它浅褐色的毛和黑白相间的脸。苏提知道它绝不会因危险而退缩,他们如果对它产生威胁,它马上就会用角刺穿他们的身体。

"你看羊须……是湿的!"

剑羚刚刚喝过水。它正在咀嚼金合欢的荚果,有一些果实没有消化,会完整地被羊排出体外,因此羊所到之处,又会长出新的金合欢树。

"土质很松软。"苏提注意到。

他们慢慢从剑羚面前走过，走进树林，想不到这片林子比看上去的还要大。在两棵海枣树之间，码着几块扁平的石头，中间是一口井。

　　苏提和豹子兴奋地紧紧地拥抱了片刻，这才取水喝。

　　"真是天堂啊。"苏提赞叹道。

第 9 章

前任首相巴吉家所在的巷弄，正笼罩在一片愁云之中。巴吉一向刚正不阿，对一切谗言都无动于衷。他曾做过土地测量工作，因此做事精准无比，对待属下更是冷酷、严厉，绝不通融。由于他对繁重的工作感到不胜重负，便请求拉美西斯大帝解除他的职务，让他在市区的小屋中安享余年。

其实，法老很早就注意到了帕扎尔担任法官时的表现，以及他与某些显要之间的冲突，因此便把希望寄托在这个一心追求真理的年轻法官身上，希望他能拆穿阴谋，拯救埃及，而巴吉在自己心有余而力不足的情况下，也同意了法老的选择。因为帕扎尔无论是调查，还是履行职务，都表现得无懈可击，的确值得他鼎力支持。

巴吉的妻子有一头深色的头发，长相极不讨喜。她一看到丈夫的病情加重了，便急忙通知左邻右舍。巴吉通常起得很早，他会独自在城里散步，直到快吃午饭才回来。可是这天早上，他一直抱怨腰痛。他相信疼痛只是暂时的，并不打算找医生，不过由于妻子非常坚持，他最后还是让步了。

附近的居民一听到消息便纷纷聚集起来，七嘴八舌地提供秘方，并诅咒那些让前首相生病的恶魔。突然间，大家都安静下来，原来是御医总管奈菲莉来了。她穿着一袭亚麻连身长裙，全身都散发着一种圣洁的美，她只带了一头驮着医药箱的驴子北风，北风径直向前走，穿过人群向巴吉家走去。它到了目的地之后便停了下来。由于奈菲莉越来越得民心，因此有许多家庭主妇上前说了许多赞美的话，但奈菲莉着急进屋，便没有多说，只是以微笑回应。

巴吉的妻子似乎很失望。她本希望来的是个男医生，而不是这样一个迷人的女子。

"你实在不必亲自跑一趟。"

"巴吉先生曾经在我丈夫有困难的时候帮了我们很大的忙，我一直很感激他。"

奈菲莉走进了这栋两层的白色房子。她穿过了一个幽暗且毫无装饰的门厅，然后跟着女主人沿狭窄的楼梯来到二楼。巴吉正在房间里休息，房间内通风很差，墙壁也很久没有重新上漆了。

"是你！"他看到奈菲莉，不由得失声惊呼："你实在不该浪费宝贵的时间……"

"不久前，我不是治好过你的病吗？"

"你救了我的命。要不是你，我的病可能已经要了我的命了。"

"可是你现在却不信任我了？"

"当然不是。"巴吉直起身体靠在墙上，然后对妻子说："你先出去一下。"

"还需要什么吗？"

"医生要给我检查了。"

女主人带着些许敌意迈着沉重的脚步离开了。

奈菲莉为病人检测了几处的脉搏，并用手钟监测了各个器官的反应时间与律动。

她又听了听病人的心跳，检视其冷热循环运行是否正常。巴吉则一直保持着安详而近乎冷漠的态度。

"诊断结果如何？"

"等一等。"

奈菲莉拿出一条细而结实的线，线的一端系着一小块花岗岩，随后她用占摆检查病人身体的各个部位。有两次，石块不断地绕着大圈。

"你老实说吧。"前首相对她说。

"我了解这种病，我会帮你治的。你的脚是不是经常又肿又胀？"

"没错。每次我都会用温盐水泡一泡。"

"那样会舒服一些吗？"

"最近效果不太好了。"

"你的肝脏很肥大，血液也变得黏稠。你饮食过于油腻了，对吧？"

"我太太已经习惯那样做饭了，现在想改也难了。"

"你要多吃点菊苣，还要服用以泻根、无花果汁、葡萄汁、牛油果与西克莫无花果所制成的药水。要尽量增加排尿量。"

"我已经忘了这个药方了。我相信我还有其他的病，对吧？"

"你试试能不能站起来。"

巴吉使劲站了起来，奈菲莉将一把特制的木椅挪到他身边；这把椅子由几根横木作支架，中心略微凹陷的座位是由鱼刺绳编成的。巴吉动作僵硬地坐下去，压得椅子嘎吱作响。他刚一坐定，奈菲莉又拿起了占摆。

"这是肾脏病变的初期症状；你要开始喝用水、啤酒酵母加新鲜枣汁混合制成的饮料，每天喝四次；用普通的陶土罐装就可以，要用干泥巴封住罐口，然后再盖上一块布。这个药方很简单，但是很有效，要是没有马上生效，而且出现排尿困难，就立刻通知我。"

"这次治疗又得靠你了。"

"不见得，如果你隐瞒了什么事情，我恐怕也无能为力。"

"你为什么这么说？"

"我感觉你内心有很严重的焦虑，我必须知道原因。"

"你真是个了不起的医生，奈菲莉。"

"你愿意说说吗?"

巴吉迟疑了一下,才说:"你也知道,我有两个孩子。我儿子让我很烦恼,不过他对熟砖的鉴定工作似乎还挺有兴趣的。至于我女儿……"他垂下双眼,然后接着说:"我女儿只在神庙里待了很短的时间,因为她觉得那些仪式很无聊。后来她到农场当了统计员,农场主对她的表现很满意。"

"你对她要求很严吗?"

"不,他们幸福快乐才是最重要的事。所以,为何不尊重他们的选择呢?我女儿想建立家庭,我也很鼓励她。"

"那又是什么使你不快呢?"

"真是愚蠢至极!可悲啊!我女儿听信谗言,竟然到法庭上要求提前分家。我除了这栋房子,还能给她什么呢?"

"这我帮不了你,不过我知道有个人一定有办法。"

勇士不断讨要着点心,帕扎尔最后只得向它屈服。一旁的巴吉则安坐在舒适的座椅上,头顶还特意撑着一把阳伞,因为他一向都怕日晒。

"你的花园实在太大了,虽然有园丁认真地照顾,但还是很麻烦!我还是喜欢城里的小屋。"

"不过狗和驴子喜欢宽敞的地方。"

"你刚开始当首相,情况怎么样?"

"这份工作真辛苦。"

"在就职典礼上你就应该对此有所警惕了:这是一项比胆汁还要苦的职务。你还年轻,不用着急,你有的是时间学习。"

帕扎尔真想告诉他,这个想法实在是大错特错,但他换了个说法:"我越无法掌控形势,国家就越容易陷入动荡不安。"

"你未免太悲观了。"

"国库里有超过一半的贵金属已经被人私吞了。"帕扎尔老老实实地说。

"超过一半……不可能！我最后几次检查时，并没有发现这种情况。"

"贝尔·特兰动用了所有的行政资源，以合法流程掩护非法行为，将国库的一大半库存运到国外去了。"

"他的理由是什么？"

"维系埃及与邻国、附庸国之间的和平。"

"他果然老奸巨猾，我早就该多防着他一点。"

"他总是一副积极努力、工作认真、满腔热忱的样子，所有上层官员都被他蒙蔽了。谁能想到他会如此虚伪呢？"

"真是一次莫大的教训。"巴吉显得十分沮丧。

"至少，我们已经知道危险在哪里了。"

"你说得对，"巴吉表示认同，"虽然你的老师布拉尼尔是无人能取代的，不过我也许可以帮你一点忙。"

"我之前太过自负，以为自己当了首相，就能迅速掌控全局，可是贝尔·特兰却设了许多关卡，恐怕我并没有什么实际权力。"

"如果你的属下也都这么想，那你的地位就岌岌可危了。你是首相，你要主导一切。"

"但我的所有决定，都被贝尔·特兰的爪牙们阻拦住了。"

"你要绕过障碍。"

"怎么个绕法？"

"每个部门都有一个经验丰富的重要人物，但其职位不一定是最高的。找出这些人，以他们为依靠，如此一来，你就能对行政机关的一切工作了如指掌了。"巴吉说了几个人名，吩咐了一些细节，然后又叮嘱道："你向法老说明情况时，一定要特别谨慎，拉美西斯大帝是非常聪明的，谁也骗不了他。"

"如果遇到困难,我真希望能多听听你的意见。"

"虽然我家不像你这里这么豪华,但还是欢迎你随时来找我。"

"心意可比外表重要多了。你身体好点了吗?"

"你妻子是个了不起的医生,只可惜我这个病人有时候并不听话。"

"你要好好保重。"

"我有点累,我想我也该告辞了。"

"送你回去之前,我想向你坦白一件事:我见过你女儿了。"

"这么说,你知道……"

"奈菲莉让我出面解决,我当然义不容辞。"

巴吉似乎不太高兴,帕扎尔连忙解释:"这绝不是使用特权。你是前任首相,理应受到一定程度上的尊重。我有责任为你解决这个问题。"

"我女儿是什么反应?"

"不用开庭了。你可以保留你的房子,我会为她担保,让她贷款盖她自己的房子。她既然已经如愿以偿,你们一家人便又能和睦相处了。你呢,就好好等着当外公吧。"

巴吉严肃的神情一瞬间消失得无影无踪,他难掩内心的激动:"你一下子给我太多的好消息了,帕扎尔首相。"

"这跟你对我的帮助比起来,实在太微不足道了。"

第 10 章

孟斐斯的大市集每天都人声鼎沸，有人做买卖，有人谈是非。市集上的商贩有不少都是多嘴多舌的妇人，她们会利用做生意之便，东家长西家短地说个没完。偶尔会有人扯开嗓门和别人争执，不过一般最终买卖双方还是能完成交易，皆大欢喜。

警察局长也带着狒狒警察到市集的广场上闲逛。杀手一出现，窃贼便不敢轻举妄动了，凯姆则竖起了耳朵，希望能从市井小民的交谈中了解民意。此外，他还会悄悄地用暗语询问线人一些信息。

这一天，凯姆来到一个卖腌制品的摊贩面前，他想买一只腌鹅，鹅是在风干后被捆扎起来腌在罐子里的，但坐在草席上的商贩却低着头不理他。

"你生病了吗？"凯姆问道。

"比生病更糟。"

"被偷了？"

"你看看我的货就知道了。"

地上摆的土罐是用产自埃及中部的黏土制成的，上面装饰着美丽的花环，鲜亮的蓝色表面非常吸引人。用这种土罐保存食物效果极佳。凯姆看了看那些土罐上的标签：有水，有酒，就是没有肉。

"货没有送过来，"商贩坦言道，"真是惨到家了。"

"为什么？"

"不知道。反正运输商就是空着船来的。我从来都没碰到过这种倒霉事！"

"还有其他类似的情况吗？"

"所有干这一行的都遇到了这种事！有的人已经卖了一部分存货，但就是没人进得来新货。"

"也许只是时间延误罢了。"

"要是明天再没有货，我敢说一定会发生暴动。"

凯姆不敢轻视这件事，因为富人办宴会需要肉制品，穷人也需要用鱼干果腹。因此，他亲自来到了集中储存腌肉的仓库。

仓库的负责人正两手背后，盯着尼罗河水看。

凯姆问道："怎么回事？"

"已经八天没有货船进港了。"

"你竟没有向上级报告！"

"我当然报告了。"

"向谁报告了？"

"我的直属上级——腌货官。"

"去哪里可以找到他？"

"他工作的地方就在普塔神庙的屠宰场附近。"

屠宰场里的屠夫通常都要为挂在长竿上的鹅和鸭除毛、清除内脏，再进行腌制，最后再放到贴着标签的大土罐里。今天他们却一边喝啤酒一边聊天。

凯姆见状便问道："你们为什么不工作？"

"我们有鸭、有鹅，也有土罐，可是我们没有盐，"其中一个人回答，"我们什么都不知道，你去找负责人吧。"

腌货官又矮又胖，头顶几乎都秃了，他正在和助手玩骰子。看到警察局长和狒狒，他自然再无心玩乐，声音颤抖地辩白道："这不是我的错。"

"我说过是你的错吗?"

"可是你人都来了……"

"你为什么不把盐发给屠夫?"

"因为没有盐可发。"

"你把话说清楚。"

"这些盐来自两个地方:尼罗河谷地和绿洲地区。炎热的夏天过后,赛特神的涎沫在河流附近的地面凝结成了固体,整片地都白茫茫的,尼罗河谷地的盐就是这么来的。这种盐含有一种成分,可能会让神庙的石材着火,所以很快就会被收起来。在孟斐斯,我们也会用产自绿洲的盐,因为我们要制作很多腌货。可是现在,什么都没了……"

"为什么?"

"因为存放尼罗河盐的仓库已经被查封,而绿洲的沙漠商队也不再来了。"

凯姆得知这个消息后,立刻便赶到了帕扎尔家。不料首相的办公室里却挤满了怒气冲天的高层官员。他们一共有十几个人,每个人都抢着说话,一个比一个声音大,他们的抱怨早就淹没在嘈杂的噪声中了。最后,帕扎尔喝令了一声,他们这才一个一个地轮流开口。

"现在经过加工的皮革和没有经过加工的皮革竟然是同一个价!工匠们威胁说,你要是再不出面调价,他们就罢工了。"

"送到哈托尔神庙供农民使用的锄头,不是有瑕疵,就是不够结实。而且价格还涨了——从原来的两德班[①]涨到了四德班。

"现在连最普通的鞋子也要三德班,是以前的三倍,其他贵重物品就更不用说了。"

---

① 在当时,一"德班"相当于九十一克的铜,这是埃及人那时候用来衡量货物价值的标准。

"一只母羊,从五德班涨到了十德班;一只肉牛,从一百德班涨到了两百德班!要是再这么涨下去,大家都没办法吃东西了。"

"牛腿的价格涨得太离谱了,连有钱人都买不起。"

"青铜器和铜器就更不用说了!过不了多久,就得用整个衣橱换一个容器。"

帕扎尔听罢站起来安抚道:"请各位冷静下来。"

"首相,物价涨得实在是太离谱了!"

"我知道,但这是因谁而起的呢?"

官员们面面相觑,其中最激动的一个人这才说:"这……是你啊!"

"命令的公文上盖了我的章?"

"没有,可是有白色双院的章啊!首相和经济部长的意见总不可能不一致吧?这可是前所未闻的事。"

帕扎尔十分清楚这些官员的看法。贝尔·特兰设下的这个圈套果然厉害:人为的通货膨胀导致民怨沸腾,进而让首相成为众矢之的。

"我犯了错,但我会马上去纠正的。你们现在马上列出一张标准价目表,我来正式核准。如果有人擅自提价,将会受到惩罚。"

"是不是应该调整一下德班的价值?"

"不需要。"

"那商家会抱怨的!因为这次的错误已经让他们赚了不少钱。"

"我觉得这对商业并无影响。请各位动作快一点,明天我就会派使者前往各个都市乡镇宣布我的决定。"

官员听罢一一行礼离开了。凯姆看着偌大的办公室,以及那些被纸轴和书板压得摇摇欲坠的书架,说道:"我没猜错的话,我们这次是侥幸逃过一劫了。"

"我昨晚就得到了消息。"帕扎尔说,"我花了一整夜的时间,才想出拦截这股洪流的办法。贝尔·特兰想让每个人都不高兴,以证明我的政策是错的,而法老也已无力治理国家。我们虽然躲过了这次的灾难,但他还会变本加厉,并在某几个特定的行业中牟利。他的目的就是分化埃及人民,让穷人和富人对立,散布仇恨情绪,再利用这股负面的力量让自己扎根,因此我们随时都要提高警惕。你有好消息吗?"

"恐怕要让你失望了。"

"又发生了什么事?"

"盐缺货了。"

帕扎尔的脸不禁白了。没有盐,人民就没有了腌货、肉、鱼干等日常食品。

他不解地说:"可是盐收成颇丰啊。"

"仓库的大门都贴上了封条。"

"我们这就去给揭下来。"

封条是白色双院贴上去的,帕扎尔在凯姆与两名书记官的见证下揭下封条。书记官立刻将这一行动记录下来,并注明了日期,然后由首相签名确认。盐官亲自为他们打开了门。

"怎么那么潮!"

"这些盐的采收与储存的过程中有疏漏。"凯姆说:"盐全都被污水弄湿了。"

"马上派人来过滤。"帕扎尔下令道。

"已经太迟了。"

帕扎尔在盛怒之下质问盐官道:"是谁糟蹋了这些盐?"

"我不知道。贝尔·特兰检查以后,认为这些盐不适合食用或腌渍食物,记录上都写得明明白白的,完全是符合规定的。"

盐官感觉到狒狒锐利的目光正盯着自己,因此不停地打哆嗦,但他的确什么都不知道。

负责和绿洲地区进行贸易往来的部门,是外交部底下的一个附属机关。虽然这些偏远地区很早就是埃及的领土,但对尼罗河谷地的居民而言,这些地方依然十分神秘且陌生。但绿洲却是天然苏打与高级盐的主要产区,而前者是维护公共卫生与制造木乃伊的必备材料。长久以来,一直都有大批驴队驮着这些珍贵的东西,穿梭在沙漠的小径间。

在这里负责行政工作的人,从前曾负责驱逐贝都因劫匪,他方方正正的脸上布满了被阳光晒出来的皱纹,胸膛厚实。他看起来十分了解努力与危险的含义。

看到狒狒,他不免有点担心:"把这只野兽拴起来,否则它发起脾气来怎么得了?"

"杀手可是宣过誓的警察。"凯姆回答道,"他只会找罪犯的麻烦。"

绿洲区官听了这话不禁勃然大怒:"从来没有人敢怀疑我的人品。"

"你还没有向埃及的首相行礼呢。"

区官不得不用僵硬的姿势勉强地行了个礼。

首相问:"你的仓库里有多少盐?"

"很少。绿洲的驴队已经好几个星期没有向这里和底比斯运盐了。"

"你不觉得惊讶吗?"

"我也下令中止了一切交易。"

"你自己作出的决定?"

"我接到了一个命令。"

"是贝尔·特兰向你下达的?"

"是的。"

"为什么?"

"为了压低价格。绿洲人民一口回绝,他们相信白色双院最终一定会改变想法，结果形势就陷入了僵局。他们对我的要求毫无反应，幸好我们还有谷地里的盐，运气还不错。"

"运气还不错。"帕扎尔心惊之余，重复着区官的最后一句话。

暗影吞噬者剃了个光头，用一顶假发遮住半个额头，外面又罩了一件宽大的长袍，看起来完全变了个样子。他用一条长绳牵着两头驴子，来到帕扎尔的住处，站在厨房附近。

他向总管推销了一些新鲜的干酪、装在瓦罐里的咸奶酪和加了明矾的凝乳。总管一开始有点怀疑，后来发现这些东西似乎不错。正当他俯下身来想看个仔细时，暗影吞噬者立刻将他击昏，然后把他拖到了院子里。

他终于要展开行动了。

第二幕

智慧与勇气终将为迷途者带来指引，
并将助其逃脱命运之渊，
走出失落之城。

第 11 章

暗影吞噬者手上有一张首相官邸的平面图。向来谨慎的他早已打听清楚，这个时候仆人们都在厨房里为园丁准备吃的，狒狒和凯姆也陪帕扎尔进城去了，此时开始行动可以说是风险最小的。

暗影吞噬者虽然对大自然并无特别的好感，但看到庭院中花木枝繁叶茂的景象，也不禁为之着迷。在这座长一百腕尺、宽二百腕尺①的庭院中，有几片梯田，它们被灌溉渠隔成了几方田地，庭院中还有一个菜园、一口井、一个戏水池和一个避风亭。尼罗河边，有一排修剪成锥形的灌木丛，还有两排棕榈树，它们之间有一条林荫小路、一个棚架、几个种植着矢车菊与曼德拉草的花坛、一个葡萄园，还有西克莫无花果树、柽柳、海枣树、牛油果树，以及一些从亚洲进口的、赏心悦目且芳香宜人的稀有树木。不过，暗影吞噬者并没有逗留太久，他蹲了下来，沿着蓝色的莲花池慢慢向房子靠近。

不一会儿，他停了下来，仔细倾听四下的动静。狗和驴子都在房子的另一侧吃东西，它们没有听到有人接近。平面图显示，他此刻就在客房外面。他钻进矮窗，溜进一个长方形的房间，里面有一张床和几个置物箱。他左手紧紧地握着一个篮子的提手，篮子里有

---

① 腕尺是埃及人早期的测量工具，也用于希腊和罗马，用身体的一部分作为测量单位，是指从肘到中指端的距离。埃及王室钦定的一个腕尺约等于 52 厘米，埃及民间的一个腕尺约等于 45 厘米。文中这座庭院面积约为 5400 平方米。

条黑色的蛇正在不安地动来动去。

出了房间,是一个美丽的四柱厅,墙上的彩绘图案是十几种色彩绚丽的鸟在园中嬉戏。

暗影吞噬者决定,将来他的房子也要这样装潢。

突然间,他僵住了。

他听见右边的浴室里传来轻柔的说话声,原来有一名女仆正在为奈菲莉冲水淋浴。奈菲莉听仆人絮絮地诉说她家里的问题,偶尔开口安慰她两句。暗影吞噬者倒很希望能见见这位美丽动人的女主人,不过眼下还是任务重要。于是他往回走,打开了一个大房间的门,里面的几张小圆桌上摆着插满蜀葵、矢车菊和百合的花瓶。房间里两张床的床头都有镀金的木制床头柜,帕扎尔和奈菲莉就睡在这里。

任务完成后,暗影吞噬者穿过柱厅,经过浴室,进入一个长长的房间,里面是各式各样的瓶瓶罐罐。

这里是奈菲莉的私人实验室。

每个药罐上都标着她的名字,并注明了药物所应对的症状。他很快便找到了自己的目标。

女人的说话声和水声再度从隔壁的浴室传来。这时他发现墙壁左上方的角落里有一个洞,他再也按捺不住,便爬上一张矮凳探着头向浴室里看。

他看见她了。

奈菲莉正站在那里,女仆则站在高高的长砖椅上,将温度恰到好处的水往女主人身上冲淋,淋浴完毕,身材姣好的女主人便放松地躺在了铺着草席的长石椅上。

女仆一边抱怨自己的丈夫和小孩,一边用香脂轻轻地给女主人按摩背部。暗影吞噬者满意地欣赏着这一幕。他最后一次强暴的女人是那个胖胖的西尔基斯,她和奈菲莉一比可真是天差地别。忽然,一个念头闪过他的脑海,他竟然对这个身材姣好的女人想入非非,但是时间太紧迫了。

女仆正用食指从一个裸泳女孩造型的盒子里挖了一点香膏，抹在奈菲莉的小腹，以消除肌肉的疲劳与紧绷感。暗影吞噬者最终还是压制住了自己的欲望，离开了首相官邸。

快到傍晚时，帕扎尔才回到家中，刚到门口他就看到总管匆匆忙忙地跑过来，对他说："主人，我被人暗算了！今天早上，有一些流动商贩经过这里，其中有一个卖奶酪的。刚开始我还有点提防他，因为我不认识他，不过他的奶酪的确不错，结果我刚一解除戒心，就被他打晕了。"

"你告诉奈菲莉了吗？"

"我不想惊动夫人，所以就自己查了查。"

"有什么发现吗？"

"没什么值得担心的。没有人在家里看到过他，他偷袭我之后就走了。他大概是想偷东西，后来却发现难以得手，就知难而退了。"

"你现在觉得怎么样？"

"头还有点晕。"

"那你去休息吧。"

帕扎尔可不像总管这么乐观。如果偷袭总管的人，就是曾经三番五次对他行刺未遂的神秘杀手，那他很有可能已经进过屋内了。他想做什么呢？

经历了一整天的辛劳，气都还没喘过来的帕扎尔，现在只想赶快见到奈菲莉。他快步走过庭院中的小径，头顶上的无花果与棕榈树枝繁叶茂，在风中摇曳着，发出悦耳的沙沙声。在这个园子里，井水、椰枣与无花果都是那么甘甜，而西克莫无花果树的树梢发出的声音，总会令人想到蜂蜜的甜美滋味，牛油果的形状美得像颗心。上帝对他何其宠幸啊！不但赐给他这美妙的一切，还让他对之一见钟情且深爱不已的妻子能和他一起分享这一切。

奈菲莉正坐在一棵石榴树下,弹着一把七弦琴。这棵树也和她一样,常年都是那么美丽动人,只要有一朵花掉落,便马上有另一朵绽放开来。她用纤细的嗓音唱着一首古老的歌曲,这首歌描述的是一对永远忠贞且幸福的爱侣。帕扎尔走向她,在她脖子最敏感的地方吻了一下。她全身微微颤抖着说:"我爱你,帕扎尔。"

"我更爱你。"

"那你就错了。"

话音刚落,他们便热情地拥吻起来。

"你脸色不太好。"奈菲莉忽然说。

"感冒和咳嗽的症状又开始了。"

"那是因为你工作压力太大,操劳过度。"

"最近情况实在是糟透了,两次大灾总算都有惊无险地过去了。"

"是贝尔·特兰干的?"

"除了他还有谁?"帕扎尔叹了口气说,"他哄抬物价,想制造恐慌,而且还中止了盐的贸易。"

"所以总管才一直买不到腌鹅和鱼干?"

"孟斐斯已经没有存货了。"

"大家一定会让你负责的。"

"那是当然的。"

"你打算怎么办?"

"马上让一切恢复正常。"

"价格方面,下一道政令就行了,可是盐呢?"

"仓库里并不是所有的盐都受潮了,不久之后,绿洲的驴队就会再度出发。除此之外,我还打开了法老在三角洲、孟斐斯与底比斯设置的粮仓。腌制品不会短缺太久的,不过,为了安抚民心,这几天我还是让谷仓官依照荒年赈灾的模式,免费发粮。"

"商人们呢？"

"作为补偿，他们会得到布。"

"这么说，就是平安无事了。"

"在贝尔·特兰下次有小动作之前，是没事了。不过他绝不会善罢甘休的。"

"他难道没有犯错？"

"他可以推脱说自己是为了白色双院的利益，也就是法老的利益着想；因为抬高食品价格，强迫商人降低盐价，都能使国库获利。"

"可是这却苦了人民。"

"贝尔·特兰才不在乎呢。他宁可和有钱人勾结，这样他夺权的时候就会有更多有力的靠山。在我看来，这些都只是小插曲，可以借机试试我的反应能力。既然他有比我更强大的经济后盾，下次他出击时恐怕就不是那么简单了。"

"别这么悲观；你只是太累了，才会暂时感到绝望。如果有个好医生，你就会痊愈的。"

"你有什么妙方吗？"

"到按摩室去吧。"

帕扎尔乖乖跟在她后面，好像第一次来似的。他洗了手和脚，脱掉官服和缠腰布，便躺到了石椅上。奈菲莉用手轻轻地给他按摩，减轻了他背部的酸痛与脖颈的僵硬感。转身后，帕扎尔定定地看着妻子，轻薄的亚麻长衣掩不住她玲珑的曲线，她全身散发着香气。他情不自禁地将她拉进怀里，说道："我不能骗你，也不能有所隐瞒。今天早上，总管被一个冒牌的奶酪商贩偷袭了。事后，总管找不到他，家里也没有人看见过他。"

"是曾对你行刺，却一直让凯姆找不到行踪的那个人？"

"很有可能。"

奈菲莉想起那名神秘的暗影吞噬者曾经在鱼肉里下毒，企图毒杀帕扎尔,便立刻决定:"今晚的菜单要变更一下。"

看到妻子如此冷静,帕扎尔深感佩服,由心底升起的那股欲望,使他忘记了烦忧与危险。他故意问道:"我们房间里的花换过了吗?"

"你想去看看吗?"

"求之不得。"

他们经由中间的走道从按摩室直接进入房间,帕扎尔缓缓地脱下奈菲莉的衣服,然后覆以无数热吻。他们每回做爱,他都会细细凝视她柔软的嘴唇、细长的脖子、优雅的臀部和修长的腿。叫他怎能不感谢上天赐给他了一位这样的爱侣?奈菲莉回应着他的热情,他们一起享受着爱神哈托尔施与其忠实信徒的那份喜悦。

宽敞的房间里,一片寂静。帕扎尔和奈菲莉手拉着手,一并躺在床上休息。忽然,帕扎尔好像听到一个奇怪的声音,便问:"好像有木棍敲击什么东西的声音,你听到了吗?"

奈菲莉侧耳聆听,那个声音响了片刻,房间内又恢复了安静。她沉思着,一些遥远的回忆慢慢浮现在她的脑海。

"是从我右边传出来的。"帕扎尔说。

奈菲莉将油灯点亮。往帕扎尔说的地方一看,那是一个装缠腰布的箱子。

就在帕扎尔打算打开箱子时,那记忆中遥远的一幕清晰地闪过她的脑际。她立刻用右手抓住丈夫,拉着他向后退。

"叫一个仆人过来,顺便让他带一根木棍和一把刀子。我知道那个冒牌货是来干什么的了。"

她回想起当初接受考验时的每个片段:她必须抓住一条蛇,取出它的毒液调配药方。那条蛇的尾巴打在篓子上,发出的正是她刚刚所听到的、帕扎尔所说的那个声音。

片刻后,帕扎尔便带着总管和一名园丁回来了。

"小心点,"她提醒道,"箱子里有一条被惹急了的蛇。"

总管用长棍挑起箱盖,果然有一条黑色的角蝰蛇探出头来,还发出"咝咝"的声音。向来善于对付这种不速之客的园丁,一刀就把它砍成了两截。

见帕扎尔连打了好几次喷嚏,还咳个不停,奈菲莉说:"我去帮你拿药。"

厨子准备了极丰盛的晚餐,可是他们俩却碰也没碰,不过勇士倒是结结实实地吃了一顿烤羊排大餐。心满意足的它,趴在主人脚边,把头放在交叉着搭在一起的前爪上,安安静静地休息着。

在奈菲莉的实验室里,摆满了形形色色的药瓶,有木制的、象牙制的、彩色玻璃制的和雪花石膏制的,形状也是各式各样的:石榴、莲花、纸莎草、鸭子……。她拿起泻根药水,这可以减轻帕扎尔慢性充血的症状。

"从明天起,"帕扎尔说:"我会叫凯姆派几个可靠的人来守护我们的房子。这样的意外不会再发生了。"

奈菲莉往杯子里倒了几滴药水,加水稀释后,她对帕扎尔说:"把这杯药喝了,一个小时后,再喝一杯。"

帕扎尔一边若有所思地接过杯子一边说:"这名暗影吞噬者一定是受雇于贝尔·特兰的,他会是潜入基奥普斯大金字塔的阴谋者之一吗?我不这么想。这应该是阴谋之外的计划。这么说来,应该还有其他人。"

就在这时候,勇士忽然龇牙咧嘴地咆哮起来。

他们俩不禁大吃一惊,勇士从来不会在他们面前如此放肆。帕扎尔喝了一声:"别叫了。"

可是勇士反而站起身来,而且叫声更大了。

"你这是怎么了?"

只见勇士往上一蹿,对着帕扎尔的手腕咬了一口。帕扎尔诧异至极，连忙松开杯子，正准备向勇士挥拳，却被奈菲莉立刻制止了。她面无血色地说："别打它！我想我明白了……"

勇士舔着主人的脚，眼中充满了对主人的爱。

奈菲莉声音颤抖着说："这不是泻根药水的味道。那个暗影吞噬者把你常喝的药水换成了从医院偷来的毒药。我用这种药给你治病，反而可能会杀了你。"

第 12 章

豹子正在烤一只野兔，苏提则忙着用金合欢木做一把简单的弓箭应急。这把弓和他最喜欢的武器差不多：以直线射出时，射程可达六十米；以弧线射出时，射程可达一百五十多米。从青少年时期开始，苏提就证明了自己在射箭上天赋异禀，即便目标又远又小，他也总是能正中红心。

这片小小的绿洲水源充足，甜美的椰枣唾手可得，还有猎物常常前来饮水。苏提在这里称王称霸，日子过得如鱼得水。他喜欢沙漠，喜欢它的力量，喜欢它那股噬人的火热——它可以将人的思绪拉向永恒。他经常呆呆地看着沙漠中的日升日落，看着沙丘细微不可辨的移动，以及随风起舞的细沙。他独自沉浸在寂静之中，眼前这个只属于太阳的、广阔而灼热的国度，已经与他心灵相通。此时的苏提仿佛超越了众神，触及一切的极限。他真的一定要离开这片被世人遗忘的土地吗？

"我们什么时候走？"豹子靠着他坐下并问道。

"也许不走了。"

"你想在这里定居？"

"有什么不可以呢？"

"这里是地狱啊，苏提！"

"可是我们什么也不缺，不是吗？"

"那金子怎么办？"

"你现在不快乐吗？"

"这样的快乐是不够的，我要在大宅子里过富裕的生活，还要让一大群仆人伺候我。我要让你帮我倒上等的美酒，用香油帮我按摩双腿，然后听我为你唱恋曲。"

"还有什么宅子比沙漠更大呢？"

"可是这里没有花园、人工湖、乐队、宴会厅……"

"那都是一些不必要的东西。"

"你说得倒好听！想让我苦哈哈地过日子，门儿都没有！我救你出来可不是为了窝在这个鬼地方的！"

"我们在这里才能真正地自由。你看看四周，没有任何让人烦恼的人和事物，沙漠呈现的是最真、最美的一面。为什么要离开这么美好的地方呢？"

"可怜的苏提，被关了这么久，你都变得懦弱了。"

"不要蔑视我的话，我是爱上沙漠了。"

"那我呢？我算什么？"

"你啊，你是个在逃的利比亚女人，是埃及的宿敌。"

"你真没良心！蛮不讲理！"

她边骂边用拳头捶他，苏提抓住她的双手，将她压倒在地。她虽然奋力抵抗，力气毕竟还是不如苏提。

"要么你就当我的沙漠之奴，要么我就抛弃你。"

"你无权这样对我，我宁愿死也不愿听你摆布。"

他们一直都赤裸着身体。酷热难耐的时刻，他们就躲到棕榈树荫下乘凉；欲望一升上来，他们就开始享受云雨激情。

"你还想着那个女人——你的合法妻子塔佩妮！"豹子愤愤地说。

"偶尔会想，我承认。"

"你对我不忠。"

"你错了！塔佩妮要是在我手里，我马上把她交给沙漠的恶魔。"

豹子听罢，忽然皱起眉头，忧心忡忡地问："你看到过恶魔？"

"夜里，你睡觉的时候，我会凝视大沙丘的顶端，它们就是在那里出现的。一个是狮身蛇头，一个是狮身鹰头，一个长了翅膀，另一个尖嘴大耳，还有一条分叉的尾巴。[①]没有箭能射中它们，没有绳索能套住它们，也没有狗能追上它们。"

"你在开玩笑。"

"这些恶魔会保护我们的，因为我们跟它们是同类：凶狠且难以驯服。"

"那是你在做梦，根本不存在什么恶魔。"

"那又怎么会有你的存在？"

"走开，你太沉了！"

"你确定吗？"

他轻轻抚摸着豹子，却听见她大喊一声："不要！"并用力将他推到一边。

一把斧头擦着苏提的太阳穴砍入地面，离他们刚才躺着的地方只有几厘米。苏提瞥见攻击他们的是一个魁梧的努比亚人，他再次抓起斧柄，然后跳到他的猎物面前。

他们四目相交，眼神中都透着想置对方于死地的决绝。此刻废话已不必多说。

努比亚人把斧头抡得团团转，他脸上带着微笑，对自己的力量与敏捷充满自信，逼得苏提一步步地往后退。

苏提最后撞上了一棵金合欢树。努比亚人举起斧头正要进攻，不料却被豹子扼住了脖子，但他没有把这个女子放在眼里，他手肘向后朝她的胸部一撞，想撞开她。谁知豹子根本没有理会身上的疼

[①] 这些沙漠神怪动物的画像，最著名的位于埃及中部贝尼哈桑，是贵族墓园中墓碑上的雕刻。

痛，伸手就去抠他的眼睛。努比亚人痛得大叫，立刻拿起斧头乱挥，不过这时候豹子早已松手，翻身滚到一边去了。

苏提见有机可乘，低头朝努比亚人猛冲过去，一头便将他撞倒在地。

豹子连忙拿起木棍死死地抵住努比亚人的喉咙，努比亚人挥舞双臂想把她推开，却没有成功。

苏提在旁边看着爱人靠自己赢得了最后的胜利。

他们的敌人最后因喉管破裂而气绝身亡。

"他只有一个人吗？"豹子担心地问。

"努比亚人通常都是成群结队的。"

"你挚爱的绿洲恐怕就要成战场了。"

"你真是个女魔头，是你把他们引来的，破坏了我的宁静。"

"我们应该赶快离开吧？"

"要是他只有一个人呢？"

"你刚刚才说那是不可能的。清醒一点，我们走吧。"

"往哪走？"

"往北走。"

"那会被埃及士兵抓回去的，他们一定布下了天罗地网。"

"你跟着我，就可以躲开他们，还能找回金子。"

说到金子，豹子不由得兴奋地紧紧抱住爱人，接着说："他们会以为你迷失在沙漠，甚至会以为你死了，很快就会忘了你的。到时候，我们就能穿过边界，绕过堡垒，然后成为富翁！"

豹子想到即将展开的冒险，心中的兴奋转为激动，现在，只有爱人的双臂能让她冷静下来。苏提本来也打算抱住她，却无意瞥见沙丘上似乎有人影在晃动。

"他的同伴来了。"他立刻小声说。

"有多少人？"

"不知道。他们正往这边爬过来。"

"我们沿着剑羚离开的路线走。"

话刚说完,豹子就发现有好几个努比亚人躲在沙丘顶上的大岩石后面。

她只好失望地说:"还是往南走吧!"

可是现在往南走也行不通了,因为敌人已经把这片绿洲围住了。

"我做了二十支箭,可还是不够。"苏提忽然想到一个问题。

豹子没有回应,她沉着脸说:"我不想死。"

他把她抱入怀中,说出了自己的计划:"我会爬到最高的树枝上,能杀多少算多少。不过,我会放一个人过来,待他走近后,你用斧头砍死他,然后把他的箭袋拿给我。"

"不可能成功的。"

"我对你有信心。"

苏提居高临下,把敌人的阵势看得清清楚楚。

对方有五十多人,有的手持木棍,有的背着弓箭。想要逃出去是不可能的。但他会坚持到最后一刻,如果真的守不下去了,他也会用最后一支箭杀死豹子,以免她遭受被强暴的凌辱。

在努比亚人身后,远处的沙丘顶上,带领他们来到绿洲的那只剑羚,正与越来越猛烈的风搏斗着。沙丘吐出了几道沙舌,向天际席卷而去。一瞬间,羚羊不见了。

三名努比亚勇士怒吼一声,向前冲来。苏提本能地拉满了弓,连射三箭。每一箭都射穿了一个敌人的胸膛,那三人纷纷应声倒下。

随后又有三个人跟了上来。苏提又射中了其中两人,这时候,另一个人怒气冲冲地冲进了绿洲。他朝树梢射了一箭,却连苏提的衣角都没碰到,这时豹子冲他猛扑过去,他们一起滚出了苏提的视线外,然后便没有了任何声音。

树干突然动了一下。有人正在往上爬。苏提着弓等着。

只见树枝中探出了一只手,那只手提着一个装满箭的箭袋。接着他听到了豹子颤抖的叫声:"我拿到了!"

苏提伸手把她拉到自己身边,问道:"你没受伤吧?"

"我的动作比他快多了。"

他们还来不及相互道贺,另一波攻击又开始了。苏提的弓虽然简陋,却丝毫没有影响他的命中率。不过,有一回,他射了两箭才射中一个正在冲他瞄准的弓箭手。

他解释道:"风把我的箭吹偏了。"

刚刚扬起的风暴已经让树枝扭曲变形,天变成了赤铜色,空气中沙尘弥漫。一只朱鹭被困在风暴中,整个身体几乎都贴在地面上了。

"我们下去吧。"苏提说。

树发出嘎吱嘎吱的声音,仿佛在痛苦中呻吟一般,还有几棵棕榈树被连根拔起,然后被卷进一股黄色的旋风中。

苏提刚一下地,就有一个努比亚人高举着斧头向他砍来。

然而,沙漠旋风的力量实在惊人,那人只砍了一半就被风刮得停住了动作。

不过锋利的斧刃还是划伤了苏提的左肩,苏提握紧双拳,用力冲他的鼻子一挥。这时候,一阵狂风袭来,他们被吹得分隔开来。那个努比亚人转眼间便消失了。

苏提用力握着豹子的手。他们就算逃得过努比亚人的袭击,恐怕最后也会在沙漠狂怒的风暴中丧生。

一阵猛烈异常的风沙刺痛了他们的眼睛,将他们吹得寸步难行,只能停在原地。豹子放下斧头,苏提也放下了弓,他们蹲在一棵棕榈树下,眼前的树干在风沙中模糊难辨。无论是他们还是敌人,现在都动弹不得。

风呼啸而过,他们脚下的沙地渐渐下陷,仰头望天,只能看到一片迷茫。苏提和豹子紧紧地靠在一起,沙子打在他们身上,仿佛为他们盖上了一层金黄色的裹尸布。此时,他们只觉得自己已经身陷一片汹涌的怒海之中。

苏提闭上眼睛,心里想起了帕扎尔——他的心灵伙伴:为什么不来救他呢?

第13章

凯姆走在孟斐斯的码头边上，看着货品被卸下船，以及那些要运往上埃及、三角洲与外国的食品被装上船。盐已经恢复了正常运输，人民的怒气也平息了。不过，凯姆还是担心。民间仍流传着一些谣言，说拉美西斯大帝的健康每况愈下，国运也日趋衰微。

凯姆实在生自己的气：他怎么就是抓不到那个企图杀害帕扎尔的人呢？没错，现在官邸四周已经有警力日夜严加防备，暗影吞噬者再也无法潜入，可是自己手上却一点线索也没有。那些线人也没有提供什么重要的信息。暗影吞噬者单独行动，没有帮手，也没有向任何人透露行踪。到目前为止，这样的策略确实对他有利。什么时候他才会露出破绽？什么时候他才会留下重要的线索？

狒狒警察却是一副处之泰然的样子。不过，面色平静的狒狒还是在严密地监视着四周，任何动静都逃不过它的眼睛。到了负责木材运输的松院前，杀手忽然停了下来。

凯姆将狒狒的一举一动都看在眼里，他没有去推狒狒。

杀手红通通的眼睛正盯着一个人。只见那人匆匆忙忙地踏上一艘巨大的货船，船上的货全都用篷布盖着。那人身材高大，穿着一件红色的羊毛外套，神情十分紧张。他一面训斥船员，一面让他们加快动作。他的态度确实有点奇怪：船就要远航了，他为什么不举行出航仪式，反而要找这些船员的麻烦呢？

凯姆走进松院，里面的书记官正忙着在木制书板上编写货品清单，并记录船出入港口的情况。凯姆在这里正好有个朋友，他是三角洲地区的人，个性相当随和。凯姆找他来问道："这艘船是去哪儿的？"

"黎巴嫩。"

"船上装的是什么？"

"水罐和羊皮袋。"

"那个匆匆忙忙的人是船主吗？"

"你说的是谁啊？"

"就是穿红色羊毛外衣套的那个人。"

"他是船主。"

"他总是这么紧张吗？"

"他平常十分谨慎、从容，今天大概是你的狒狒吓着他了。"

"他归谁管？"

"白色双院。"

凯姆走出松院时，狒狒正大剌剌地站在舷梯下方，不让船主下船。船主冒着摔断脖子的危险，想跳到码头上逃走，却被狒狒一把拉住衣领，压到甲板上。

"你在怕什么？"凯姆问道。

"它会掐死我的。"

"只要你如实回答问题，就不用怕。"

"这艘船不是我的。放我走吧。"

"但你是这些货物的主人。为什么你要到松院来运水罐和羊皮袋呢？"

"因为其他码头都满了。"

"你说的不对。"

狒狒用力拧着船主的耳朵。凯姆警告他说："杀手最痛恨说谎的人了。"

"篷布……掀开篷布！"

狒狒监视着船主，凯姆则上船去掀篷布。

他的发现的确太惊人了。

篷布下竟然都是松木和雪松木，还有金合欢和西克莫无花果木板。

凯姆真是太高兴了，这一次，贝尔·特兰总算出岔子了。

奈菲莉在阳台上休息，她已经从上次的惊吓中渐渐恢复过来，只不过偶尔还是会做噩梦。

她把实验室里的药全都重新检查了一遍，以防暗影吞噬者在其他药罐里下毒，结果她发现暗影吞噬者只在帕扎尔的药里头动了手脚。

此时，帕扎尔刚刚让一名高明的理发师给他细细地修了面。他走上阳台，温柔地亲了亲妻子，问道："今天早上你觉得怎么样？"

"好多了！我今天就回医院去。"

"凯姆派人送了口信来，说是有好消息要告诉我。"

她伸手搂住丈夫的脖子说："你外出时一定要有人保护。"

"放心，凯姆派狒狒来了。"

凯姆竟然失去了一贯的冷静，不断地敲着他的木鼻子，显得异常紧张。

"这回我总算逮到贝尔·特兰了。"他说："我当时就自作主张发了传讯令。待会儿将有五名警察把他带到你的办公室。"

"有确凿的证据吗？"

"这是我的调查记录。"

帕扎尔十分清楚关于木材交易的法令。贝尔·特兰这次确实犯了大错，应该受到严厉的惩罚。

可他脸上还是一副不屑的神情，似乎一点也不担心。

他说："为什么这么兴师动众的？据我所知，我可不是什么江洋大盗。"

"坐下。"帕扎尔说。

"不坐了,我还有工作要做呢。"

"凯姆扣住了一艘要开往黎巴嫩的货船,船主归白色双院管,也就是说,他是你手底下的人。"

"我手底下可不止他一个人。"

"依照惯例,运往黎巴嫩的大多是雪花石膏瓶、盘子、亚麻织物、牛皮、莎草纸、绳索、小扁豆、鱼干,我们会用这些东西换我们缺乏的木材。"

"你到底想说什么?"

"可这艘船上装的却是松木和雪松木,甚至还有我们自己的金合欢和西克莫无花果木板,这些都是禁止出口的货物!换句话说,你是想把我们花钱买来的木材退回去,让我们没有办法建造房屋、神庙大门前的横梁及棺木!"

贝尔·特兰仍然不慌不忙地回答:"你不了解全部的情况。那批木板是比布鲁斯的王子预定的,他要为大臣们制作棺木,他对我国金合欢木与无花果木的质量评价极高。如果拒绝给他这份礼物,不仅是对他极大的侮辱,也是政策上的错误,将对我国的经济产生严重的负面影响。"

"那雪松木和松木呢?"

"像你这么年轻的首相,对我们的交易细节自然是不熟悉的。当初,黎巴嫩方面保证会向我们提供能抗菌防虫的木材,可这些雪松木和松木却没有这些功效,因此我才下令退货。这一情况已经由专家证实过,也有相关的数据供你参考。"

"你说的应该是白色双院的专家吧?"

"他们可都是公认的最为优秀的专家。我现在可以去安排这件事了吗?"

"我可不是笨蛋,贝尔·特兰。你安排了这次和黎巴嫩的交易,以便从中获利,还可以得到我们最重要的经济伙伴的支持。不过,你的如意算盘打错了。以后,木材的进口将由我全权负责。"

"随便你吧。再这样下去,你迟早会因为责任过重而垮掉的。麻烦你帮我叫一顶轿子,我赶时间。"

"对不起,让你出丑了。"凯姆简直惊呆了。

"多亏了你,"帕扎尔却说,"我们削去了他的一项权力。"

"他就像个多头怪兽……我们究竟要剁掉他几个头,才能削弱他的势力呢?"

"越多越好。我已经下令让各省的省长多种些树木,供民众休憩乘凉。此外,没有我的允许,一棵树也不准砍。"

"你有什么想法?"

"我们要让被谣言所惑的埃及民众重拾信心,也要向大家证明,我们的未来将如树叶一般欣欣向荣。"

"你自己相信这句话吗?"

"难道你不信吗?"

"你是个不会说谎的人,首相。贝尔·特兰一直在觊觎王位,不是吗?"

帕扎尔没有说话。凯姆又说:"你就继续保持沉默吧,我能理解,但这改变不了我的一种直觉:你正在打一场生死攸关的硬仗,而且根本没有赢的可能。这件事从一开始就错了,我们一直束手束脚的,无法全力发挥。我不知道个中原因,但我还是会陪在你身边。"

贝尔·特兰为自己的谨慎暗自庆幸不已,幸好他做了万全的防范措施,也收买了不少人,因此无论什么样的攻讦都伤不了他半根汗毛。首相输了,而且还会继续输下去。尽管自己的一部分策略已经被首相识破，但那都只是微不足道的小小失误罢了。

贝尔·特兰身后跟了三名仆人，他们手上都抱着给西尔基斯的礼物：一种专供假发使用的、十分昂贵的芳香发油，一种由雪花石膏粉、蜂蜜、红色天然苏打制成的、使皮肤变得细致的化妆品，以及大量对消化不良与腹痛极为有效的孜然。

西尔基斯的贴身女仆一脸气恼，因为西尔基斯本应自己出来招呼丈夫，并为他按摩双脚。

"她人呢？"贝尔·特兰问道。

"夫人在床上休息。"

"她又怎么了？"

"她肠胃不舒服。"

"你让她吃什么了？"

"吃的是她让我准备的东西：一小块蜜枣果酱夹心金字塔蛋糕和一杯芫荽茶。治疗也没什么效果。"

西尔基斯刚刚在房间里接受了烟熏治疗，已经开了窗子通风。西尔基斯本人则一脸苍白，痛得蜷缩在床上。一看到丈夫进来，她立刻撒起娇来。

"你又吃多了什么？"贝尔·特兰不悦地问。

"没有，只是一点儿点心……我觉得越来越痛了，亲爱的。"

"明天晚上你必须下床，而且要容光焕发。我请了几位省长到家里来，你可别丢我的脸。"

"奈菲莉会治好我的。"

"不要再依赖那个女人了。"

"你答应过我……"

"我什么也没答应。帕扎尔根本不低头，我们会一直缠斗下去。这个不知死活的家伙！你要是去求他的妻子，不就等于向他示弱吗？绝对不行。"

"就算是为了救我也不行吗?"

"你的病没有那么严重,只不过是稍有不适罢了。我立刻找几个医生来,你现在只需要专心地想想明晚该怎么诱惑那些重要人物。"

奈菲莉正在和一个皮肤黝黑、满脸皱纹的老人聊天。老人滔滔不绝地向她介绍一个陶土容器,她似乎颇感兴趣。

帕扎尔走近之后才发现,原来老人就是那个被误判入狱又被他救出的养蜂人。

老人看到他立刻起身行礼:"首相!真高兴再见到你……进你的官邸可真不容易。卫兵盘问了我无数的问题,让我证明我的身份,还要检查我的蜂蜜罐!"

"沙漠里的蜜蜂怎么样?"

"好极了,所以我才到这里来。快尝尝这美味的供品吧。"

传说众神常因人类的行为而感到苦恼,吃了蜂蜜之后,便能恢复愉快的心情。据说,拉神的眼泪落到凡间变成了蜜蜂,蜜蜂会将植物的花粉转变成这种可以食用的黄金。

蜂蜜的滋味让帕扎尔惊讶不已。

"收成从来都没这么好过,"养蜂人说,"不论是品质还是产量,都是如此。"

"要供应给所有的医院。"奈菲莉插话道,"这样我们就有充足的储备了。"

蜂蜜具有镇痛、舒缓的功效,经常被用于眼科、妇科、血管与肺部疾病的治疗,也是许多药方的重要成分之一。护士使用的敷料大多也含有蜂蜜。

"但愿御医总管不会太过失望。"老人补充了一句。

"你在担心什么?"帕扎尔问道。

"消息传得太快了。自从蜂蜜丰收的消息传开之后,我和助手养蜂的沙漠地区，就不再像以前那么平静了。我们清除蜂巢、把蜂蜜倒入罐中、用蜡封住罐子，整个过程都有人虎视眈眈。我担心我们的工作一结束，可能就会遭到抢劫。"

"没有警察保护你们吗？"

"人数不够。这些蜂蜜确实是一笔可观的财富，那些警察恐怕是保护不了的。"

贝尔·特兰当然也知道这个情况，如果医院得不到这批宝贵的药材，将会引发重大的危机。

"我会通知凯姆，运输方面一定不会出问题。"

"你知道过两天是什么日子吗？"奈菲莉问道。

见帕扎尔没有回答，她便自问自答道："过两天就是花园节了。"

听到她的话，帕扎尔的眼神突然亮了起来："你真是哈托尔神的传话天使，我们要让大家高兴一下。"

花园节那天早上，订了婚的和新婚的男女都会在花园里种一棵无花果树。在城市和村庄里的广场上、河流边，众人会互赠糕点、鲜花，并畅饮啤酒。那些美丽的女舞者会给彼此抹上香脂，然后随着笛子、竖琴与铃鼓的声音起舞。青年男女会互相倾诉爱意，年长者则会闭上眼睛。

当书记官把蜂蜜罐交给市镇和村落的首领时，众人齐声欢呼法老和首相之名。蜜蜂不正代表着埃及法老吗？对大部分家庭而言，这种可食用的黄金实在是太过昂贵了，享用它几乎是个遥不可及的梦想。而这个梦想却在拉美西斯大帝统治之下，于花园节这一天成为现实。

奈菲莉和帕扎尔在阳台上愉快地听着远处传来的歌声。那些准备偷袭蜂蜜运输队的武装强盗被警察一网打尽。养蜂人与朋友们聚在一起庆贺，他坚信埃及的管理措施健全无虞，庆典上的蜂蜜也将驱除所有的灾难。

第 14 章

绿洲全被毁了。

棕榈树断了头。那些金合欢树成了断枝残干,枝叶破败。清泉被横栏截断,污浊不堪。沙丘上满目疮痍,沙堆覆灭了路径……周遭一派凄凉萧索的景象。

苏提微微睁开眼,这个原本平静的避风港已经消失得无影无踪。漫天的黄沙遮蔽了光线,恍惚间他好像来到了暗无天日的地狱。

忽然,他左肩感到一阵剧痛,原来那里被斧头砍伤,有一处伤口。他试着把脚伸直,脚却痛得像是断了一般,不过幸好只是轻微的划伤。他身边有两个努比亚人,他们被一棵倒下的棕榈树压了个正着,其中一个人没有被压死,竟还在挥舞匕首。

豹子……豹子到哪去了?虽然他的意识有点模糊,但他依稀记得之前有努比亚人来袭,记得暴风狂扫之下那发了疯似的沙漠。豹子本来是一直靠着他的,后来,一阵狂风把他们吹散了。他跪在地上,一边喘气,一边用手挖沙子。

挖了半天,他还是没看到豹子的踪影。苏提仍然没有放弃,不找到那个还他自由的女人,他绝不离开这个该死的地方。

他寻遍了每个隐蔽的角落,推开那些努比亚人的尸体,最后抱起一棵巨大的棕榈树。豹子仿佛美梦正酣的少女,闭着双眼躺在那里。她浑身赤裸,只有脖子后面有些肿,除此之外,毫发无伤。

苏提轻轻地抚摸着她的眼睛,她这才苏醒过来。

"你……你还活着?"

"放心吧,你只是受到了惊吓。"苏提柔声说。

"我的手,我的脚!"

"一点伤也没有,只是暂时发麻而已。"

她伸手抱住他,孩子气地撒娇:"我们赶快离开吧!"

"要先找到水才行。"

他们花了好几个小时,终于挖通了水井,虽然井水带着红色的泥巴,但他们还是装了满满两袋。接着苏提又做了一把新的弓和五十多支箭。美美地睡了一觉之后,他们从那些尸体上扒下了华丽的衣服,以求在夜里避寒,然后便借着满天的星光向北走去。

豹子的韧性让苏提惊讶不已。逃过一死之后,她变得更坚强,更有毅力了。现在,她一心想拿回金子,成为一个富有、受人敬重且可以为所欲为的贵妇人。她只相信自己一点一滴创造出的命运。她竭尽所能地撕去了所有包裹住她生命的外衣,将灵魂赤裸裸地展现出来,丝毫不觉得羞愧。除了担心压制不住自己内心的恐惧之外,她什么都不怕。

一路上,她只做短暂的休息,精确地控制着饮水量,并在乱石与沙丘之间,小心翼翼地选择他们的方向与路径。苏提乖乖地跟随着她,整个人却像着了魔一样,沉醉于四周的景致之中。他抵挡不了这种诱惑。这个由风、太阳与炎热构成的国度,没有一处是他不喜爱的。

豹子一直保持着戒心,一有埃及巡逻队靠近,她就立刻提高警觉。而苏提却变得有些烦躁,因为他正一步步地远离真正的自由,以及他希望与高贵的剑羚共享的广阔荒漠。

正当他们在一口水井旁装水时,忽然有五十多个努比亚战士围成一圈,向他们逼近。这些战士手上拿着短棍、短剑、弓和弹弓,悄然袭来,豹子和苏提甚至没有听到任何声响。

豹子愤怒地握紧了拳头，不甘心就这样失败。她低声对苏提说道："我们要尽力脱困。"

"根本毫无希望。"

"那你有什么打算？"

苏提缓缓转头看了看四周：他们确实逃脱无望。他甚至连拉弓的时间都没有。

"众神是不容许人自杀的，如果你愿意的话，我可以在他们敲碎我的脑袋之前掐死你，否则他们一定会用惨无人道的手段轮流侮辱你。"

"我会杀了他们。"

他们周围的敌人开始向中间聚拢。

苏提决定向两个并肩前进的努比亚人冲过去，至少那样他可以算是光荣战死的。

突然间，一名努比亚长者大声问道："是你杀了我们的弟兄？"

"是我和沙漠联手打败了他。"

"他们都是勇士。"

"我也是。"

"你是怎么办到的？"

"用我的弓。"

"你说谎。"

"你不信可以让我试试。"

"你是谁？"

"苏提。"

"你是埃及人？"

"是的。"

"你到我们的国家来做什么？"

"我刚从扎鲁逃出来。"

"逃出来？"

"我是个囚犯。"

"你又在说谎。"

"他们把我锁在尼罗河中央的大岩石上，想引诱你们这些人过去。"

"我不相信，你是个奸细。"

"我躲在绿洲里，你的族人偷袭了我们。"

"要不是刮起了大风，你是不会赢的。"

"可是他们死了，我还活着。"

"你很骄傲嘛。"

"要是我能和你对决，你就会知道我这么骄傲不是没有原因的。"

那个努比亚人看了看其他的同伴，又说："你这样挑战我有什么用？你在绿洲杀了我们的首领，逼得我这个老头子不得不担任族长。"

"你可以让我和你们最好的勇士决斗，如果我胜利了，就还我自由。"

"你要和他们所有的人决斗。"

"你这个懦夫。"苏提骂了一声。

此时，有人用弹弓射出一颗石子，苏提被打中太阳穴后，便晕了过去。他一开始瞄准的那两个努比亚人慢慢向豹子走去。豹子怒目圆睁，一动不动。他们一把扯下了她身上的衣服和头上的破布。

然而，眼前的景象让他们大吃一惊，连连倒退。

只见豹子双臂自然下垂，毫不遮掩自己的身体，依旧昂然地往前走。在场的努比亚人无不纷纷向她行礼。

为黄金女神所举行的参拜仪式持续了整整一夜。努比亚战士们认出了她就是祖先所说的那个神力强大的可怕人物。传说，黄金女神来自遥远的利比亚，由于心中不满，便到处传播流行病、灾厄与饥荒。为了安抚女神,努比亚人奉上了椰枣酒、用炭烤的蛇,以及对付蚊虫叮咬十分有效的新鲜大蒜。众人围着头戴棕榈叶冠、身上涂有香脂的豹子跳舞,并默念世代相传的祷词。

大家都把苏提忘了。他也和其他人一样,侍奉着黄金女神。豹子完美地扮演着女神的角色,仪式结束后,她率领这支队伍绕过扎鲁堡垒,经由一条小径向北而行。出乎他们意料的是,这几天来,埃及士兵一直躲在城墙内,不再四处巡逻。

他们来到一道岩石累累的崖壁下面,这道崖壁可以遮风挡日,他们便想停下来歇一歇。苏提向豹子走去。她原本由四名男子欢天喜地地抬着,刚刚走下轿椅。

"我实在不敢抬头看你。"苏提说。

"这样最好,否则你会被他们碎尸万段。"

"这样的形势实在让人难以忍受。"

"一切都进行得很顺利啊。"

"可是方式不对。"

"你要有一点耐心。"

"我的性格不是那样的。"

"当几天奴隶你就习惯了。"

"你想都别想。"

"你要知道,谁也逃不过黄金女神的神力。"

苏提只得带着满腔怒气和他的新伙伴们练习打弹弓。他技术娴熟,立刻便赢得了其他人的敬佩。接着,他又在几场摔跤和射箭比赛中获得了胜利,更是博得了努比亚人的好感。这些勇士开始对他惺惺相惜。

晚餐之后,努比亚人讲起了黄金女神前来教授他们音乐、舞蹈与做爱的故事。大家说得正起劲,却有两个人在一旁生起了火,放在火上加热的罐子里装着由羚羊油制成的胶脂。罐子烧到一定的温度时，里面的胶脂便化成了液体胶水，其中一个人拿起刷子蘸了蘸，另一人则将一个由乌木制成的腰带扣放到他面前。拿刷子的人小心翼翼地给皮带扣涂上胶水。苏提觉得有些无聊，便打了个哈欠，正打算走开，忽然看见一道微光在黑暗中闪了一下。他顿感好奇，便又回到那两个人身边，只见涂胶水的那个人正专注地给皮带扣安一片金属叶子。

苏提俯身仔细一看——他果然没看错，那是一片金叶子。他连忙问道："你是在哪里找到这东西的？"

"是族长送的。"

"那又是谁给他的？"

"他每次从失落之城回来，都会带回一些珠宝和腰带扣。"

"你知道失落之城在哪里吗？"

"我不知道，但长老知道。"

苏提立刻摇醒了长老，让他在沙地上画出失落之城的地图，然后把所有的人都叫到火边。

苏提对他们说："大家听着！我本是埃及军队里的战车尉，极善使大弓。我曾经杀了数十名贝都因人，还除掉了叛国的将军，但是我的国家却不感激我所做的一切。所以，现在我只想变成一个有钱有势的人。你们需要一个身经百战且屡战屡胜的人来担任你们的族长，我就是最合适的人选。你们跟着我，将来一定不会后悔的。"

苏提热切的神情、飘逸的长发、宽阔的肩膀和威武的仪表，打动了这些努比亚人的心。长老此刻却说话了："可你杀了我们的首领。"

"那是因为我比他强，弱肉强食本来就是沙漠的法则。"

"我们未来的族长要由我们自己指定。"

"我会带你们到失落之城去，我们一起消灭敌人——你无权保守失落之城的秘密——这样，要不了多久，我们就会成为努比亚境内最受敬重的一族。"

"以前我们的族长总是会独自前往失落之城。"

"以后我们一起去,你们也可以得到金子。"

支持与反对苏提的人开始争论起来。然而,上一任族长的影响力实在太大了,苏提成功的概率自然十分渺茫。于是他拉过豹子,一把扯去她身上的衣服。火光照亮了她金色的胴体。

"你们看,她并没有反抗我!只有我能做她的情人。如果你们不答应让我当首领,她将会再发动一阵狂暴风沙,到时候你们一个都活不了。"

此时此刻,苏提的命运全然掌握在豹子手里。她若是拒绝他,努比亚人便会知道他只是在虚张声势,并会立刻杀了他。豹子如今一跃登上了黄金女神的宝座,谁知道她会不会已经被虚荣心冲昏了头呢?

只见她挣脱了苏提的手,那些努比亚战士立即将矛头与匕首对准了苏提。

看来他确实不该轻易相信利比亚女子。不过,至少他在死前还是欣赏到了她完美无瑕的胴体。

只见豹子走到火堆旁躺了下来,浑身柔若无骨,然后她向他伸出了手,微笑着说:"过来吧。"

第15章

帕扎尔蓦然惊醒。他梦见有一头百首怪兽正张开无数利爪,拼命想推翻基奥普斯大金字塔。怪兽的腹部有一张脸,那是贝尔·特兰的脸。尽管二月的夜晚相当凉爽,帕扎尔还是吓出了一身汗。他摸索着床沿。这张木床的床面是用由植物制作的绳索编织而成的,床脚还刻成了狮首的形状。

他转过身看了看奈菲莉的床。

床是空的。

他掀开蚊帐,起身披上一件外套,打开面向花园的窗户。冬日柔和的暖阳已经唤醒了花草树木,山雀也开始展开歌喉。他看到妻子了,她正披着厚厚的毛毯,打着赤脚站在露水中。

奈菲莉整个人似乎都融在晨曦之中,光晕萦绕着她。当她将莲花放上祖先的祭坛时,忽然有两只猎鹰从拉神的小舟中冲了出来,在她身边飞来飞去。在空中翱翔的猎鹰让埃及与天空之船结合,然后又飞回了凡人肉眼看不到的船首。

这个仪式结束后,帕扎尔环抱住妻子说:"你就如同幸福的一天即将展开之际那黎明的太阳,光辉灿烂,无与伦比,你的眼睛和你的双唇一般柔和。你怎能如此美丽?你的秀发也闪耀着哈托尔女神的光芒。我爱你,奈菲莉,我比任何人都爱你。"

在充满柔情蜜意的破晓时分,他们再度合二为一。

帕扎尔站在驶向卡纳克的船首，欣赏着矗立在日光与河水交接之处的埃及，它看上去金碧辉煌。河畔有农民在疏通灌溉渠，还有一群专家在治理运河——这是埃及的命脉。一些人正在肥沃的黑色土地上辛勤耕作，棕榈树的树冠为他们提供了一片阴凉。看到首相的船经过，孩子们都跑到河岸与拉纤的小路上，热情地欢呼并挥动着手臂。

狒狒站在主船舱的舱顶守护着帕扎尔。凯姆则拿来了几颗新鲜的洋葱。

"还没有暗影吞噬者的消息？"帕扎尔问道。

"没有。"凯姆答道。

"塔佩妮有什么行动吗？"

"她去见贝尔·特兰了。"

"贝尔·特兰又多了一个同党……"

"我们要提防她，她的破坏力可是不容忽视的。"

"我们又多了一个敌人。"

"你害怕吗？"

"感谢众神，我感觉迟钝，这也算是一种勇气吧。"

"更正确的说法应该是，你并没有选择的余地。"

"医院那边没有出现什么意外吧？"

"你的夫人尽可以安心地工作。"

"她应该尽快改革公共卫生政策，由于前任御医总管玩忽职守，如今已经出现了重大的疏漏。有时候，我和奈菲莉的责任真的是太重了，这实在是我们当初始料未及的。"

"我又怎么能想到自己会当上警察局长呢？那些警察还是割去我鼻子的罪魁祸首呢。"

河风十分强劲，船体行进困难，水手们便偶尔用手划桨，他们没有撤下桅杆，也没有降下高高挂起的狭长船帆。常年驾船游弋于尼罗河之上的船长，对河里的一切陷阱都了然于胸，并深谙如何利用一点点风力快速地将船上这些重要的乘客送往目的地。小船的造型像一只无脚公鸡，船的两端微微翘起——这可是王宫里的木匠精心研制出来的，最利于航行。

"你觉得暗影吞噬者什么时候会再度出手？"

"这个你不用担心，凯姆。"

"这事关我的个人荣誉，我怎么能不关心呢？我的名声都被那个恶魔毁了。"

"你有苏提的消息吗？"

"全面戒备的命令已经下达到扎鲁了，士兵全都躲在堡垒中，等待下一道指令。"

"那他逃走了吗？"

"报告上说，犯人们都还在牢里，不过我得到一个奇怪的消息：听说有一个勇敢的人被锁在了尼罗河中央的一块大石头上——这是引诱努比亚人出现的诱饵。"

"那一定就是他。"

"这么说，我们是不能太乐观了。"

"他会脱险的。苏提是不会就这样进入幽冥世界的。"

帕扎尔的思绪一下子飞向了挚友，片刻后才被底比斯美丽的景色拉回现实。尼罗河两岸的狭长地带，是河谷地区最大、最繁盛的农耕区。这里有将近七十个村庄为巨大的卡纳克神庙工作，包括祭司、手工艺匠人与农民在内，为之工作的人多达八万以上。接下来，出现在他眼前的是祭祀阿蒙神的广场，它外围的砖墙如波浪般起伏，那雄伟堂皇的气势，竟让四周富庶的景象黯然失色。

神庙的人事总管、庙务总管与内侍都在码头上等待着首相的到来。行过礼之后，他们便提议带帕扎尔去见老友卡尼，也就是那个在一夜之间晋升为埃及第一神庙——卡纳克神庙大祭司的菜农。

走了一会儿之后，帕扎尔请诸位总管留步，这才独自踏上了柱厅的中央走道，无法识破玄机的人是不能进入这里的。凯姆和狒狒留在两道金色大门之外等他。每逢重大的节日，庙方都会开启这两道大门，让阿蒙神的船驶离圣殿，用光芒浸润大地。

帕扎尔在托特神雄伟的神像前沉思良久，托特神伸长的手臂便是工匠们用来度量长度的标准。

帕扎尔默念柱子上的象形文字，解读着知识之神所传达的信息：依照神明的指示，其信徒必须尊重万物恒常的秩序。

首相每天所要努力维护的正是这份和谐，以使得埃及呈现天堂之态；而阴谋者所要摧毁的也正是这份和谐，那样他们才有机会用冷酷无情的手段残害人民，最大化地满足他们的个人私欲。贝尔·特兰和他的同谋，难道不比残酷的阴谋者更可怕吗？

帕扎尔走出了柱厅，在小小的中庭欣赏着卡纳克上空纯净的蓝天。庭院中心有一座花岗岩祭坛，上面注明了神庙多年之前的落成日期，这个祭坛甚为神圣，因此上面经常摆满鲜花。帕扎尔心里有一些遗憾——为什么他一定要离开这种置身于时空之外的深沉的平静呢？

"很高兴能再见到你，首相。"理了光头的卡尼手持金杖，向帕扎尔鞠了个躬。

"应该是我向你行礼。"

"我也该向你致敬啊，首相不是代表了法老的眼与耳吗？"

"但愿这双眼睛、这对耳朵能敏锐无比。"

"你好像有心事。"

"我是来请你帮忙的。"

"我也正想请首相帮我的忙。"

"怎么了？"

"恐怕是个大麻烦。我带你去看看神庙刚刚整修好的地方。"

卡尼和帕扎尔走进阿蒙神广场上的一道大门，沿着围墙走向玛特女神的小礼拜堂,他们这一路上还不时地和正忙着工作的画师与雕刻师打招呼。

由砂岩建造而成的礼拜堂中有两张长石椅,那是首相审判宗教高层人士时的座位。

"我是个很单纯的人。"卡尼说,"我一直都没有忘记,大祭司这个位子应该是你的恩师布拉尼尔的。"

"可是布拉尼尔被杀了,法老指定你来担任大祭司。"

"法老也许选错了人。"

帕扎尔从来都没有见过卡尼如此消沉的样子,虽然他原本只是个与无常的大自然搏斗的平民,最终却博得了下属与祭司学院众人的尊敬。

"我不配当大祭司,但我不会逃避责任。过不了多久,我就会在这里接受你的审判。"

"这样随随便便地开庭,未免太草率了吧!可以让我调查调查吗?"

卡尼坐到了石椅上,说道:"不会太费劲的,你只要看看最近的账目就知道了。我当大祭司才几个月而已,卡纳克就要毁在我手上了。"

"什么意思?"

"只要看看粮食、乳制品、水果的入库情况你就明白了……无论哪一种食物,都会证明我的管理的确是一场彻底的失败。"

帕扎尔实在摸不着头脑,"也许是你的属下做了手脚。"

"不会的,报告十分可靠。"

"是气候原因吗?"

"涨水量很充足,农田也没有遭受虫害。"

"那到底是什么原因?"

"因为我无能。我通知你是希望你能转告法老这件事。"

"不要着急。"

"真相终究会暴露的。你也看到了,我实在帮不上你什么忙,过不了不久,我便会是个遭人鄙弃的老头了。"

帕扎尔把自己关在卡纳克神庙的档案室中,比较着卡尼与前几任大祭司在任时的财政情况。其中的差异果然让人吃惊。

他坚信,一定是有人想毁掉卡尼的声誉,逼他引咎辞职。而取代他的人想必会是与拉美西斯大帝敌对的某一位显贵。如果没有卡纳克的支持,掌权者是不可能控制整个埃及的。但是,谁能想到贝尔·特兰与他的心腹竟敢拿这个无懈可击的大祭司开刀呢?卡尼一定会受人非难,因为卡纳克、卢克索和河西的其他神庙,很快就要没有供品了。祭祀仪式将无法顺利举行,众人谴责的声音将此起彼伏、无处不在:卡尼,大罪人!

帕扎尔陷入了绝望。他到这里来,是想寻求老友的帮助,却没想到自己将在这里判老友的罪。

"不要再研究那些资料了,我们到现场去看看吧。"凯姆提议道。

他们首先巡查了神庙附近的几个村落,村民仍然遵照时令过着平静的生活,询问村长与农田书记官之后,他们并没有发现什么异常。经过三天的调查,他们依然一无所获,帕扎尔只得向事实屈服。他必须返回孟斐斯,将情况向法老如实汇报,然后开庭审判大祭司卡尼。

由于风力猛烈,船难以航行,因此他们又多了一天的调查时间。这一次,他们带着狒狒与随从动身前往位于科普托斯省界的一个村子,这里离神庙比较远。和其他地方一样,这里的农民们也正忙于耕作,女人们则在家里照顾孩子、准备三餐。尼罗河畔,一名漂白工人正在洗涤衣物;无花果树下,一位乡下医生正在看诊。

忽然,狒狒变得焦躁不安,它鼻孔微微翕动,利爪还不断地刨地。

"它发现什么了吗?"帕扎尔问道。

"这里有危险的力量,我们这一趟没有白来。"

第 16 章

这个村子的村长有五十来岁,挺着一个啤酒肚,待人亲切有礼。他有五个小孩,他家世世代代都是村里的望族。村长很快就得知有陌生人到来,他不得不中断了午睡,接见这群不速之客,身边还跟着一个帮他打遮阳伞的人。

当他和红着眼的狒狒目光交会时,惊得立刻停下了脚步。

"各位朋友,你们好。"

"你好。"凯姆回答。

"这只狒狒听话吗?"

"它是宣誓过的警察。"

"真的?那你是……"

"我是警察局长凯姆,这位则是首相帕扎尔。"

村长大吃一惊,连忙躬身行礼,他将两手伸得笔直以示敬意:"太荣幸了,真是太荣幸了!承蒙首相大人不嫌弃我们这个小地方,您大驾光临,真是太荣幸了!"

直起身体后,村长滔滔不绝地说了一大堆恭维、谄媚的话,直到狒狒低吼一声,他才急忙住嘴。接着,他忧心忡忡地问凯姆:"你真的能控制得了它吗?"

"是的,除非它闻到了罪犯的气息。"

"幸好在我这个小村子里没有罪犯。"

仔细想想,其实这个人高马大、声音低沉的努比亚籍警察,似乎和狒狒一样可怕。村长以前就听说，这位警察局长完全不理会行政事务，总是深入民间，因此所有作奸犯科的人都逃不出他的手心。如今，在自己的地盘上看到他，可不是什么值得高兴的事。至于首相嘛！他只是太年轻、太严肃、太爱查问了。

帕扎尔天生就威武严肃，眼神深邃而锋利，态度一丝不苟，这一切都带着一点不祥。

"恕我斗胆问一问：两位的身份如此尊贵，怎么会到我们这个偏僻的小村子里来？"

"你这里的农田辽阔无边，"凯姆说，"灌溉得也非常好。"

"这只是假象，这一带的土地其实很不容易耕种。真是苦了那些可怜的农夫。"

"可是去年夏天，河流的涨水量很充沛啊。"

"我们的运气不好，这里的水势太猛了，我们的洼地都遭了殃。"

"可是据说这里获得了大丰收。"

"没有的事！比去年差多了。"

"葡萄的收成呢？"

"更让人失望！成群的害虫把葡萄的藤、叶和果实咬得支离破碎。"

"可是其他村子并没有这个问题。"帕扎尔的声音里充满了怀疑，村长没有想到他会如此单刀直入。

"或许是其他村长吹牛吧！也可能是我们这个村子特别倒霉。"

"牲畜的情况怎么样？"

"病死了不少，虽然请了兽医，却还是太迟了。这个地方实在太偏远了，而且……"

"这里路况很好啊。"凯姆反驳道，"卡纳克神庙派来专人，把道路修得很好。"

"虽然我们资源有限，但我还是希望两位能够赏光，留下来和我一起用餐。也希望两位看在我诚心诚意的分儿上，不要介意寒舍的粗茶淡饭。"

没有人会忍心拒绝主人的殷勤好客，凯姆便代表首相接受了邀请，村长便遣仆人回去通知厨子备餐。

帕扎尔发现，这个村子看上去一派繁荣：好几间房子刚刚重新刷了白漆，牛和驴被喂得饱饱的，毛色光亮，孩子们身上都穿着新衣。打扫得干干净净的街角供奉着神像，村长办公室对面的广场上还有一个面包坊和一个磨坊，都是最近才开张的。

"恭喜，你真是治理有方。"帕扎尔说，"村民们衣食无忧。这是我见过的最美的村子。"

"首相谬赞，我实在不敢当！请进！"

走进村长的房子后，帕扎尔发现，这里无论是房间大小、房间数目，还是房间内的装潢，都不输给孟斐斯贵族的豪宅。村长的五个孩子前来向贵客行礼，他的妻子也特意化了妆，并换上了优雅的连衣裙，这才出来见客。她低着头，将右手放在胸前表示敬意。

他们坐在高级草席上，享受着甜美的洋葱、胡瓜、蚕豆、大蒜、鱼干、烤牛排、羊乳干酪、西瓜和浇了角豆荚果汁的甜点。此外，还有香醇的红酒佐餐。村长的胃口简直好得不能再好了。

"谢谢你的热情款待。"帕扎尔说。

"这是我无上的荣幸！"

"我可以找农田书记官谈谈吗？"

"他回孟斐斯北边的老家去了，要一个星期后才会回来。"

"我总可以看看档案吧。"

"可惜不行。他办公室锁上了，我不能……"

"我可以打开它。"

"你是首相，当然可以这么做，但这样会不会有一点……"村长顿了一下，唯恐自己说错话，"这里到底比斯还有一段路，而且这个时节太阳很早就下山了,现在看这些无聊的档案,恐怕会耽误你们的时间。"

一旁的狒狒刚好吃完了烤牛肉,它啪的一声折断了牛骨头,把村长吓了一跳。

"档案在哪里?"帕扎尔坚持问道。

"嗯……我也不知道。大概是被书记官带走了。"

狒狒忽然站了起来。此刻,它仿佛一名高大魁梧的运动健将,那双红通通的眼睛盯得肥胖的村长双手抖个不停。

"求求你,把它拴起来吧!"

"把档案拿来。"凯姆冷冷地说,"否则如果我的这个伙伴做点什么,我可不负责。"

村长的妻子跪在丈夫面前,哀求道:"你就实话实说吧。"

"在我这里……文件在我这里。我马上去拿。"

"我和杀手陪你去,我们可以帮你搬。"

帕扎尔刚等了一会儿,村长就把一卷卷纸轴摊在他面前了。

村长嘟嘟囔囔地说:"一切都合乎规定。这些观察报告都是按时完成的,实在没什么好看的。"

"让我安安静静地看一会儿。"帕扎尔说。

村长焦躁不安地离开了,他的妻子也走出了餐厅。

为了清点牲畜与粮袋的数目,做事近乎吹毛求疵的农田书记官曾经来了这里好几趟。他清楚地记录了这个村子里地主的姓名,以及牲畜的种类、重量与健康情况。对菜园与果园的记录也极为详细。最后他用红色墨水写下结论:这里各类作物收成极佳,产量高于平均数。

帕扎尔对这个结果感到十分惊愕,他简单地计算了一下。此地农田甚广,作物的收成几乎足以弥补卡尼的亏损了,为什么这些收成没有被记录在案呢?

"我一向都非常尊重人。"帕扎尔说。村长点了点头。

帕扎尔继续说:"但是如果有人执意隐瞒真相,那他也就不再值得我尊重了。你该不会是这样的人吧?"

"我已经把一切都告诉你了!"村长激动地说。

"我不喜欢使用暴力,不过,在某些迫不得已的情况下,法官还是得用一用强硬的手段,对不对?"

狒狒仿佛和首相心意相通,立刻扑了上去,并用力将村长的头往后拉。

"快叫它住手,我的脖子要断啦!"

"把其他文件拿出来。"凯姆用平静的语调说。

"没有了,真的没有了。"

凯姆转身对帕扎尔说:"我看我们还是出去散散步,让杀手好好问问他吧。"

"不要丢下我不管!"

"给我们其他的文件。"凯姆又重复了一次。

"先叫它把爪子拿开!"

狒狒得令后松开手,村长不断抚摸着疼痛的脖子,并抱怨道:"你们简直像野蛮人一样!你们不能为所欲为,你们这种对地方官员严刑逼供的卑劣行为,应该受到谴责。"

"那我也要控告你伪造行政公文。"

村长一听这话,脸都白了:"如果我交出其余的文件,你就得保证我是清白的。"

"你犯了什么错?"

"我是为了全村的利益才这么做的。"

他从放餐具的箱子里拿出了一卷封住的纸轴。此刻他脸上原本畏畏缩缩的表情,竟忽然变得凶残而冷酷:"你们拿去看吧!"

文件中写着,这个村子的资产都被送到身为一省首府的科普托斯去了。农田书记官还写明了送走的日期并签了名。

"这个村子可是卡纳克神庙的属地啊。"帕扎尔提醒道。

"你弄错了,首相。"

"可是,在大祭司的资产清单上,的确有你的村子。"

"那个老卡尼也和你一样,根本没搞清楚状况,他的清单有误,一切要以地籍信息为准。你到底比斯查一查就会明白的,这个村子的经济管辖权隶属于科普托斯,而不是卡纳克。公定的地界可以证明。我要控告你蓄意殴打伤害地方官员,我的诉状一旦呈上去,先要受审的人恐怕是你自己,帕扎尔首相。"

第 17 章

底比斯地政处的卫兵在睡梦中被一阵突如其来的声音吓醒了，他本以为自己在做噩梦，后来才发现是有人在敲门。

"谁啊？"

"是警察局长，还有首相大人。"

"我最讨厌别人恶作剧，尤其是三更半夜。快走吧，不然你们会后悔的。"

"你最好马上来开门。"

"滚开，否则我要叫人来了。"

"你去叫吧，刚好让他们帮我们把门撞开。"

卫兵满腹狐疑地从石窗棂往外看，只见月光下伫立着两个巨大的身影——是凯姆和他的狒狒！他们的名声早就传遍了整个埃及。

卫兵立刻拉下门闩说："对不起，但这实在是太意外了……"

"把灯点上，首相要检查地籍图。"

"我想我最好通知一下处长。"

"那就请他过来吧。"

地政处的负责人沉着脸怒气冲冲地跑了过来，一看到首相便怒气尽消，原来卫兵并没有胡说八道，首相的确在这个令人意想不到的时刻出现在他的办公室中了！他立刻谄媚地问："不知首相大人想看哪些地籍图？"

"卡纳克神庙属地的地籍资料。"

"可是……那些资料很多。"

"从最远的村子开始。"

"是北边的还是南边的?"

"北边的。"

"是小村子还是大村子?"

"最主要的那些村子。"

处长听罢将地图摊在长长的木桌上,地图上清楚地标示了各个地区的界限、运河的河道与人口聚集点。

帕扎尔没有找到他刚刚造访的那个村子,便问道:"这是最新的资料吗?"

"当然了。"

"最近有过什么变动吗?"

"有,有三名村长曾来要求变更归属地。"

"为什么?"

"因为他们的界碑被水冲坏了,需要重新测量并划定归属地。这项工作由一个专家执行,我的部下则负责记录他的观测结果。"

"他把卡纳克的属地变小了!"

"这与我们地政处无关,我们只负责记录。"

"你们该不会是没有通知卡尼大祭司吧?"

处长退后几步,似乎不愿将自己脸上的表情暴露在灯光下:"我正打算送给他一份完整的报告。"

"现在才去送,你不觉得太迟了一点吗?"

"那是因为人手不足……"

"那名丈量专家叫什么名字?"

"苏美努。"

"他住在哪里?"

处长犹豫了一下说:"他不是这里的人。"

"他不是底比斯的人？"

"不是，他是从孟斐斯来的……"

"谁派他来的？"

"当然是王宫里派来的，还能有谁呢？"

通往卡纳克神庙的大道两旁，月桂树上开着粉白相间的花朵，散发出温柔迷人的气息，圣殿四周高大的围墙带来的肃穆感也因此被淡化了不少。见帕扎尔再度来访，卡尼便走出了幽静的圣殿与他交谈，这两个权势仅次于法老的大人物，缓缓地走在两排守护着圣殿的狮身人面像之间。

"我的调查有进展了。"帕扎尔先说了自己的好消息。

"调查又有什么用呢？"

"可以证明你的清白。"

"但我并不是清白的。"

"你被蒙骗了。"

"我只是被我自己的能力蒙骗了而已。"

"你错了！有三个最远的村子将本村的收成送到科普托斯去了，所以你的资产才会减少。"

"那三个村子是由卡纳克管辖吗？"

"上次涨水之后，那些地方的地籍信息被篡改了。"

"在没有征求我的同意的情况下吗？"

"是一名来自孟斐斯的土地丈量专家干的。"

"太不可思议了！"

"我已经派人前往孟斐斯了，我让他把这个叫苏美努的人带回来。"

"如果真是法老亲自下令把这些村子从我的管辖范围中撤出去，你这么做又有什么用呢？"

在圣湖的湖畔沉思，参与晨间、午间与傍晚时分的仪式，投身于在神庙屋顶进行的占星工作，阅读古老的神话与冥世的相关资料，与退隐于阿蒙神庙中的要人交谈……帕扎尔在神庙中的生活就是这么度过的。他感受着雕刻在石头上的那份光辉的永恒，聆听着神祇与历代君王的声音，并沉浸在那些浮雕所展现的亘古不变的生命当中。

他数次在恩师布拉尼尔的塑像前沉思。这座雕像是一个上了年纪的书记官，他膝上还摊着一本歌颂天地万物的书。

当凯姆带回消息之后，帕扎尔立刻前往地政处。处长显得十分高兴：首相再度到来，表示自己的地位确实相当重要。

"你把孟斐斯那个土地测量员的名字再说一遍。"帕扎尔说。

"苏美努。"

"你确定吗？"

"是啊……是他告诉我的。"

"我去查过了。"

"其实这并不需要，因为一切都合乎规定。"

"我在地方上当小法官时，就有寻根究底的习惯，这么做通常十分耗费时间，不过却很有意义。你说他叫苏美努，是吗？"

"我可能是搞错了。"

"宫里的土地测量员苏美努已经在两年前过世了。是你冒用了他的名字吧？"

处长半张着嘴巴，一点声音也发不出来。

"擅改地籍信息是犯罪。你难道忘了吗？首相有权决定村落与土地归属。收买你的人觉得卡纳克神庙的大祭司和我缺乏经验，但是他想错了。"

"弄错的人是你啊。"

"我们很快就会知道是谁弄错了，立刻请盲人公会复查鉴定。"

底比斯盲人公会的会长是一个外表严肃的人，他天庭饱满，下巴相当厚实。每当泛滥的河水冲垮界碑，弄乱了土地的归属地而使人们存在争议时，行政机关便会向他或其他会员求助。身为会长，他对土地可以说是了如指掌，由于他跑遍了所有的田野与耕地，因此想要知道土地正确的面积，只要问他的双脚就行了。

此刻，他正在藤架下吃无花果干，忽然听到有脚步声接近，便说道："你们总共有三个：一个人高大魁梧，一个人中等身材，还有一个是只狒狒——该不会是警察局长和他闻名全埃及的下属吧？另一人难道是……"

"是首相帕扎尔。"

"这么说你们来找我是因为国家级的事务了。又有人想偷土地？不，不要告诉我！我的鉴定必须绝对客观。这次要复查的是哪个地区？"

"是科普托斯省界附近的那些富足的村落。"

"那个地区的农民抱怨不断啊。听说那里的农作物遭受虫害，还遭到了河马的践踏，收成也被老鼠、蚱蜢和麻雀吃了个精光。真是撒了个弥天大谎！那里的农田好得不能再好了，今年还是大丰收呢。"

"负责那个区的专家是哪位？"

"就是我。我是在那里出生和长大的，二十年来，那个地区的地界从来都没有变过。我想你们一定很着急吧，那我就不请你们吃无花果、喝啤酒了。"

盲人会长手持一根权杖，上端刻着一个尖嘴长耳的动物的头[①]，身边则跟着一名测量人员，他正依照他的指示放线测量。

[①] 这根权杖与"瓦斯"神杖造型相同，除了盲人会长之外，只有神明有权持有，权杖上雕刻的是风暴之神赛特的象征。

会长毫不迟疑地确切指出了每块田地四角的位置，并找到了界碑，还有以农作物保护神蟒蛇为主的神像，以及宫廷赠送给卡纳克神庙作为界碑的石柱。一旁的书记官则忙着记录、绘图、编辑成册。

鉴定之后，一切都真相大白：由于地籍信息被篡改，原本属于卡纳克的收成，如今却归到了科普托斯名下。

"'首相有责任界定每一处省界，还要注意供品的供应情况，并要让所有非法占有土地者无所遁形'——这是法老在我的就职典礼上给我布置的任务，就像所有法老对所有首相的期许一样，对吗？"

科普托斯所在省的省长有五十来岁，是名门世家之后，面对首相的质问，不由得脸色发青。

"快说话！"帕扎尔喝道，"你当时也在场。"

"是的……法老的确这么说过。"

"那你为什么接受不属于你的财富？"

"那是因为地籍信息已经改了……"

"那是伪造的，我和卡纳克神庙大祭司都没有盖章！你应该通知我的。你在等什么？等这几个月赶快过去，等卡尼辞职，等我被革职，将首相之位拱手让给你的同党吗？"

"你可不能血口喷人……"

"你明明已经为阴谋者与杀人凶手提供了帮助。贝尔·特兰心机颇深，一定已经事先撇清了你和白色双院之间的关系，我也将无法证明你们有关联。不过，单是贪污这条罪名就够你受了——你根本不配当省长！你就等着被撤职吧！"

帕扎尔在底比斯卡纳克神庙前的门殿开庭了。虽然凯姆一再提醒他要小心，但他还是没有接受被告所提出的"禁止旁听"的请求。法庭四周挤满了人。

首相简单地报告了他主要的调查经过，并宣读诉状，然后证人

——出席应讯，书记官也照实记录了这一切。

至于陪审团，则由两名卡纳克神庙的祭司、底比斯市长、某位贵族之妻、一名助产士与一名高层官员组成，他们一致认为首相的裁决完全符合法令的规范与本质。

判决是这样的：科普托斯所在省的省长被免职，获刑十五年，并向神庙缴纳一大笔补偿金；三名村长因隐瞒事实及私自挪用公粮，就此被贬为农夫，他们原本所持有的家产被平均分给其所在村最贫困的农户；至于底比斯地政处处长，则被判处劳役十年。

首相并没有加重处罚，这些罪犯也没有提出上诉。

贝尔·特兰布下的大网终于出现了一处裂痕。

第 18 章

"你看沙漠的天空,"长老对苏提说,"宝石就是从那里诞生的。天空将星星撒落到人间,然后星星又衍生出了金属。如果你能够与星星对话,听到它们的声音,那你就会知晓金银的秘密。"

"你懂得它们的语言吗?"

"在与族人走向不归路之前,我以饲养牲畜为生。有一年,闹旱灾,我的妻儿都死了,所以我才离开家乡,把命运交给未知的明天。所以,那个人人都有去无回的地方,对我来说又有什么意义呢?"

"失落之城难道只是个梦吗?"

"前一任族长去过那里好几次,也带回了金子,这是事实。"

"我们走的这条路对吗?"

"如果你是个战士,就应该知道路对不对。"

这一带极为偏僻和荒凉,他们已经好几个小时都没看到羚羊的踪迹了。于是长老再度走到队伍前面,步伐沉稳地带着族人往前走,苏提则退到豹子身边。她原本躺在一顶简陋的轿子上,此时她对那六名因能为黄金女神抬轿而深感荣幸的努比亚人说:"让我下来吧,我想走一走。"

那六名战士照着她的吩咐做了,随后唱起声音震天的战歌,威胁要将敌人碎尸万段,让敌人威力尽失。

见豹子一直绷着脸,苏提便问:"你为什么生气?"

"冒这种险太愚蠢了。"

"你不是想赚大钱吗?"

"可我们知道我们的金子在哪里,何必要冒着渴死的危险,垂涎一笔虚幻的财富?"

"绝对不会有任何努比亚人渴死的,而我也并不是垂涎这笔虚幻的财富。我这么说难道你还不满意吗?"

"我要你发誓——你一定会陪我去找回我们的金子。"

"你为什么这么固执呢?"

"为了这笔金子,你差点没命,要不是我救了你,而你又杀了叛国的将军,咱们怎么可能得手呢?人即便向命运挑战也要有个限度。"

苏提听罢不禁面露微笑:豹子把这些事看作个人利益问题,其实,他并不是觊觎那个叛贼的金子,只不过是想替沙漠行道,除掉一名背信弃义、逃脱法庭制裁的杀人凶手罢了。而这笔自动送上门来的财富,恰好证明他做得没错。

"也许失落之城到处都是黄金,而且……"

"我不想听你那些疯狂的计划!我只要你发誓,你一定会陪我回山洞取金子。"

"我一定会的。"

黄金女神这才心满意足地坐回了轿子上。

他们来到一座山脚下,发现路断了,山坡上岩石遍布,那些石头都黑黢黢的。风横扫沙漠,烟尘弥漫的天空中,既没有猎鹰,也没有秃鹫。

长老坐了下来,其他族人也跟着坐下了。

"不能再往前走了。"他对苏提说。

"你在害怕什么?"

"我们以前的族长能和星星对话,我们却不行。过了这座山,就再也找不到水源了。那些不信邪、硬要闯入失落之城的人，最后都逃不过被沙石吞噬的命运。"

"可你们的族长却没事。"

"因为他有星星带路，但是他的秘密也跟着他消失了。总之，我们不能再往前走了。"

"你不是想死吗？"

"但我也不希望是这种死法。"

"你们以前的族长从来都没有向你们透露过什么吗？"

"族长并不多话，他只会径自行动。"

"他每次大概会去多久？"

"有月亮上升三次那么久。"

"黄金女神会保护我的。"

"她要跟我们在一起。"

"你想违抗我的命令？"

"你想死在沙漠里，那是你的自由，但我们只会在这里待到月亮第五次升起的时候，然后我们就回绿洲。"

苏提走向豹子，此时的她看起来更迷人了，在风的吹拂与太阳的照射下，她的皮肤透出琥珀般的光泽，她的头发越发金黄，更显得她桀骜不驯。

"我要走了，豹子。"

"你要找的那座城根本不存在。"

"那里黄金遍地。我要寻求的不是死亡，而是另一种生活。那是当初我被关在书记官学校里就梦寐以求的生活。那座城不仅存在，而且还属于我们。"

"我只要有我们的金子就够了。"

"我想得比你长远，而且要长远得多！也许那个被我杀死的努比亚族长的灵魂已经附到了我身上，并且正在引导我走向一笔莫大的财富,有谁会笨到拒绝这样的机会呢?"

"又有谁会笨到随随便便就去冒险呢?"

"吻我吧,黄金女神,你会为我带来好运的。"

她的唇炽热得如同南风。最后,她只说了一句话:"既然你敢离开我,就必须成功地回来。"

苏提带着两袋水、几片鱼干、一把弓、几支箭和一把匕首上路了。他没有骗豹子,前任族长的灵魂,的确会为他指引前路。

他站在山顶凝视眼前这片气势惊人的景象:一道红土峡谷蜿蜒地穿过两面陡峭的悬崖之间,另一头则是一望无垠的沙漠。苏提义无反顾地走进了峡谷,就像一个泳者潜入一波巨浪当中。他可以感觉到有个陌生国度在呼唤他,那里投射出的万道光芒令他无法抗拒。

他轻轻松松地穿过了峡谷;这里没有鸟,没有野兽,没有爬虫类,一切生物仿佛都不存在似的。喝了几口水之后,他找了一块岩石,在它的阴影下休息,直到夜晚降临。

星星出来后,他抬头仰望,希望能解读其中的奥秘。星群之中似乎有一些怪异的图案,他便在脑中用假想线将星星连在一起。忽然,一颗流星划过天空,留下一条轨迹,苏提把它的位置牢牢地记在了心里——那就是他要走的方向。

尽管苏提与沙漠有着心灵上的默契,但酷热逼人,每走一步都痛苦不堪。他紧紧跟随着那颗肉眼看不到的星星,好像他的灵魂已经跳脱出那副痛苦的躯壳一般。最后,水袋终于空了。

苏提跪了下来。遥不可及的远方有一座红色的山,他已经没有力气到那里去找水了。不过,至少他并没有弄错,此时的他多希望自己能变成剑羚,一跃而上,完全忘却身体的疲劳。

为了向沙漠证明自己重新获得了力量,苏提站起身来,继续往前走,他的两条腿已经因沙地的火热而褪了一层皮。当他再度跪倒在地时，膝盖竟压到了一片陶土碎片。他难以置信地将碎片捡了起来。

有人在这里活动过，可能是游牧部落。他往前走了几步，却连续听到几声咔咔的碎裂声，这里竟然有成堆的瓦罐、瓦盘、瓦瓶碎片。虽然他的脚步越来越沉重，但他还是努力地爬上一座挡住他视线的瓦砾堆。

他往下一看，下面正是那座失落之城。

那里有一间砖砌的岗哨，已经半倾圮，还有几栋破落的房子，和一间没有屋顶、墙壁也摇摇欲坠的庙宇。

红山之中坑道纵横，一旁则有可以接冬天雨水的水池、几张用来淘金的倾斜石桌，以及矿工放置工具的几间小石屋。到处都覆盖着红沙。

苏提迈开发抖的双腿，用尽最后的力气跑到水池边。他双手攀住池沿，让整个身体滑入水中。

温温的水，感觉真是美妙极了。他让水滋润了全身的毛孔之后，才开始饮水止渴。

喝完水，他带着一种莫名的兴奋与激动，开始探索这座城池。

到处都找不到人或动物的遗骸，整座城的居民就这样突然间弃城而去，只留下无数被开采出来的矿藏。每间屋子里，都有由纯金纯银打造的宝石、杯盘与护身符，光是这些东西就是一笔巨大的财富。

苏提想确定矿脉依然可以开采，因此他便经由那些坑道，深入山的核心地区。他手眼并用地查验着那些又长又容易开采的矿脉。山中金属之多，实在是任何人也想象不到的。

他要教努比亚人将这笔不可思议的宝藏挖掘出来。他相信，只要稍加指点，他们便一定会成为杰出的矿工。

当努比亚的太阳升上红光粼粼的山巅之际，苏提已经成了世界的主宰。此刻,富可敌国的他,带着沙漠的秘密在属于他的黄金之城中来回穿梭,突然间,这座城的守护神出现了。

就在城门处,有一只鬣毛火红的狮子,静坐在那里,打量着这个入侵者。只要它一爪挥过来,苏提很可能就会身首异处。传说中,这只狮子从不睡觉,时时刻刻都睁着眼睛,假如传说属实,那苏提要如何逃过狮子的守备呢?

苏提拉开弓。狮子却忽然站起身来,迈着缓慢而庄严的步子,走进一个破败的建筑物。苏提原本可以趁机逃走,

然而,在好奇心的驱使下,他却挽着弓,跟了过去。

狮子不见了。昏暗的屋内,静静地躺着几根金条。失落之城的守护神化身为狮子,将这笔被遗忘的宝藏送给了苏提,然后就回到了冥冥之中。

豹子真是惊呆了。

如此之多的宝物,如此巨大的财富……苏提真的办到了。黄金之城果真是属于他们的。在她欣赏宝藏的时候,苏提正带领一群努比亚人,以熟练的手法开采矿脉中的黄金。他们用榔头和十字镐将石英岩敲碎,清洗干净后,再将黄金分离出来;有些色泽金黄,有些颜色暗黄,有些则带点红色,看起来都很美。几条坑道里,含金的银矿果然不负"光之石"的美名,在黑暗中闪闪发光,这些银子的价值绝不比金子低。

依照惯例,努比亚人先要把金子制成块状或指环的形状,然后才能开始进行搬运。

苏提在那个墙壁几乎要倒塌的破庙里找到了豹子。她没有注意到苏提的到来,只顾一个劲儿地试戴项链、耳环和手链。

"我们要修复这个地方,"苏提语气坚定地说,"你能想象用金子打造大门,用银子铺地板,用宝石造雕像的那种金碧辉煌的

景象吗？"

"我不要住在这里。这里是不祥之地啊，苏提。居民都被吓跑了。"

"我可不怕魔咒。"

"不要再挑战命运了。"

"那你觉得该怎么做？"

"我们能搬走多少算多少，然后去取回我们的金子，再找一个安静的地方定居。"

"你很快就会厌烦那种生活的。"

豹子撇了撇嘴，苏提知道他说中了她的要害，便继续说："你想要的是一个王国，而不是一个僻静的乡间角落。你不是希望成为贵妇人，并拥有一大群仆役吗？"

她回过头去，苏提却继续滔滔不绝："除了在王宫内面对一群羡慕、嫉妒你的贵族之外，还有什么场合适合佩戴这些珠宝首饰呢？不过，我还能让你更美丽。"

他拿着一小块磨得亮晃晃的金子，抚过豹子的手臂与脖子。

"真舒服啊……不要停，继续。"

苏提手上的金块向下滑，滑过她的胸前，又滑过整个背部。豹子随着苏提的动作摇摆。那宝贵的金属，那凡人几乎不可能碰触到的众神的血肉在她身上游移之际，她仿佛真的变成了努比亚人所敬畏的黄金女神。

苏提拿着金块在豹子身上四处游走，任何地方都没有忽略，那块金子就像是香脂，在慵懒的愉悦感下，豹子的身体微微地颤抖着。

她在破庙那金光闪烁的地板上平躺下来，苏提立刻趴到了她的身上。

"只要塔佩妮还活着，你就不属于我。"豹子忽然叹了口气说。

"别再想她了。"

"我非让她化成灰不可。"

第18章 113

"你都快当王后了，难道还要做这种上不了台面的勾当吗？"

"你心疼她？"

"其实她对我已经够宽宏大量的了。"

"你会帮我对付埃及吗？"

"你这么做，就不怕我掐死你？"

"那些努比亚人会杀了你的。"

"我可是他们的首领。"

"但我是他们的女神！埃及遗弃了你，帕扎尔背叛了你。我们报仇吧。"

苏提忽然痛苦地大叫一声，然后滚到了一旁。豹子发现偷袭他的是一只躲在石板底下的黑色蝎子。

苏提将左腕上的伤口咬破，吸出并吐掉了伤口中的毒血，然后喘着气地对豹子说："你就要变成一个名不正言不顺却最富有的寡妇了。"

第 19 章

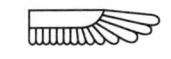

帕扎尔将奈菲莉紧拥在怀中，妻子的温柔一扫他旅途的困顿，使他重新恢复了斗志。他把自己帮助卡尼，以及破除贝尔·特兰诡计的经过告诉了妻子。她虽然为他感到高兴，却也难掩忧虑。最后，她说出一个新闻："扎鲁堡垒有消息了。"

"是苏提！"

"他失踪了。"

"什么情况？"

"根据堡垒指挥官的报告，他逃走了，但由于防军接到命令不得出城，因此没有派巡逻队寻找他的下落。"

帕扎尔抬头看了看天空，轻轻地说："他会回来的，奈菲莉，他会回来帮我们的。你为什么看起来这么担心呢？"

"我只是有点累。"

"请告诉我吧。不要一个人扛着。"

"贝尔·特兰已经开始散播谣言中伤你。他不断地宴请一些达官贵人与各省省长，西尔基斯也总在一旁静静地微笑作陪。他说你缺乏经验，说你的狂热控制不当，说你的严苛近乎荒谬，说你能力不足，不懂阶级制度的微妙，跟不上时代的潮流，紧抓着过时的传统价值不放……这些都是他攻击的重点。"

"他话太多了，会自我毁灭的。"

"他毁的是你。"

"你不用担心。"

"我不能眼看着你受到这样的诬蔑。"

"我倒觉得这是个好兆头。既然贝尔·特兰会有这样的举动，就表示他还没有把握获得最后的胜利。他刚刚遭受的重创，其严重程度可能超过我的预估。他的这种反应真的很有意思，对我也的确是不小的鼓舞。"

"还有，文书总管找了你好几次。"

"找我干什么？"

"他不愿意透露。"

"还有其他什么重要的人找我吗？"

"情报局长和农田总管也来过。看到你不在，他们似乎都很失望。"

这三个人都是法老九位友人中的成员，也是宫中最有影响力的人物，弹指间便能决定一个人的荣辱成败。自从帕扎尔担任首相以来，这是他们第一次出面。因此他提议道："中午请他们来吃顿饭，你觉得怎么样？"

文书总管、农田总管与情报局长，都是声音低沉、成熟稳重的人。他们都是经过书记官阶级制度的考验，一路爬上来的，法老对他们的表现也极为满意。三人戴着假发，穿着有褶的长袖衬衫，外面还套着亚麻长袍，一起来到首相的官邸前，凯姆与狒狒确认了他们的身份之后，他们才进入府邸。

奈菲莉先招待客人到花园参观，他们对戏水池、藤架、各种由亚洲进口的稀有树种，以及女主人悉心照顾的花圃，都赞赏有加。寒暄一番后，奈菲莉才带着他们到冬天的餐厅去找帕扎尔，他正在和前首相巴吉谈话，三位贵客看到巴吉都显得十分惊讶。

奈菲莉退下后，文书总管便对帕扎尔说："我们想私下和你谈谈。"

"我想你们想谈的事情应该与我的职务有关，那为什么不让前任首相也参与谈话呢？他一定能提供宝贵的意见。"

巴吉依然神情冷漠，背脊微驼。他严肃地看着三人说道："我们曾经一起工作，如今你们却把我当陌生人了吗？"

"当然不是。"农田总管回答。

"那就这么定了，"帕扎尔说，"我们五个人一起用餐吧。"

他们各自坐在线条流畅的座椅上，面前的矮桌上摆满了仆人送来的食物。厨子准备了用圆底陶罐烹饪的鲜美多汁的牛肉，以及烤熟的鸡肉、鸭肉。除了新鲜的面包之外，还有加了葫芦巴和苋蒿的奶油，这种奶油没有加水也没有加盐，并且储存在阴凉的地窖里，以防变质。此外，还有用青豌豆和胡瓜制成的酱。

仆人将三角洲产的红酒倒入杯中，又将酒坛放上木架后，便退出房间并随手关上了门。

"我们是以国家高层领导的身份发言的。"情报局长首先发言。

"你的意思应该是除了法老和我本人之外吧。"帕扎尔说。

这句话却刺伤了情报局长："你这样逞口舌之利有什么意义？"

"你的话太过分了吧。"巴吉插嘴道，"尽管你年纪大，权位高，但还是应该尊重法老选出来的首相。"

"我们秉承良心做事，不得不提出合理的批评与谴责。"

巴吉愤怒地站了起来："我绝不允许你们这么做。"

"这么做没有什么不妥，也没有违法。"

"我可不这么认为。别忘了，你们的职责就是帮助并服从首相。"

"但是如果他的行为威胁到埃及的安乐，我们当然不能默不作声。"

"我不想再听了，你们继续用餐吧，我要走了。"巴吉转身便走出了餐厅。

帕扎尔没有想到会遭受如此猛烈的抨击，也没有想到巴吉的反应如此激烈，他突然感到十分孤独。肉和菜都凉了，美酒也还留在杯中。只听农田总管说道:"我们和白色双院的院长谈了很久,我们觉得他的忧虑很有道理。"

"为什么贝尔·特兰没有跟你们一起来?"

"他并不知道我们来这里,他是个年轻、容易冲动的人,面对这样的大事很可能会失去客观公正的立场。你同样也还年轻,除非足够理性,否则很容易把自己逼进死胡同里。"

"以你的身份地位,实在不应该说这么多废话,既然我们的时间都很宝贵,就请你有话直说吧。"

"你看看,你这样的态度就不对了!统治埃及必须懂得通融。"

"统治埃及的是法老,我只负责维护玛特的法则。"

"事实和理想有时候是有差距的。"

"有你这样的想法,埃及亡国之日恐怕不远了。"帕扎尔不客气地说。

"正是由于你缺乏经验,"农田总管说,"你才会对古老的规则断章取义,并忽略其中的真实内涵。"

"我并不这么认为。"

"你是否以规则的名义,将身为名门之后的科普托斯所在省的省长判了刑?"

"我只是依法行事,并没有考虑他的出身。"

"你打算以同样的方式将其他有能力、受敬重的省长革职吗?"

"假如他们作出危害国家的事,自然应该受到法律的制裁。"

"你把高层人士难免犯的错误和重大过失搞混了。"

"擅改地籍信息,算是小错误吗?"

"我们很钦佩你的正直。"文书总管承认道,"打从一开始,你就已经显示出了你的正义感与对真相的执着,这一点是无可否认的,因此民众不仅尊敬你,也很仰慕你。但是这样难道就能避开灾祸了吗?"

"你们究竟对我有何不满?"

"如果你能向我们作出保证,让我们放心,我们就没有什么不满。"

第一回合的唇枪舌剑至此结束,真正的交锋才刚刚开始。

这三个人对权力、阶级制度与社会运作机制无所不知,假如贝尔·特兰能够说服他们同意他的观点,那帕扎尔便不可能跨过这一关。被孤立和围剿的他,不正如同一个脆弱易碎的玩具吗?

"我底下的部门,"农田总管说,"列出了地主与佃农的名单,统计了牲畜的数目,评估了农田的收成情况,我手下的专家根据农民的意见制定了税率,可是税收实在太微薄了。我认为饲料与牛的税率应该加倍。"

"我不赞成。"帕扎尔摇了摇头。

"为什么?"

"在困难时期,加重赋税是最不明智的解决办法。我觉得当务之急是消弭社会上的不公,因为目前储存的粮食还足够应付几次涨水量不足的情况。"

"一些法律条文对乡下居民太过优待,所以应该修改。比如,若有课税不公的情况发生,大都市的居民只有三天的时间上诉,而乡村居民的上诉期却长达三个月。"

"我本身也是这一条文的受害者。"帕扎尔回想起自己的遭遇,"我会延长都市居民的上诉期的。"

"你至少可以提高有钱人的纳税率吧。"

"全埃及纳税最多的是象岛的省长,他缴给国库的税相当于四根金条。一个面积不大的省份的省长,缴了一千条面包、几头牛犊、几头牛、几袋稻谷,还有蜂蜜,不需要再增加,因为这些已经足够一个大庄园和几个村落的生计了。"

"难道你打算对手工匠人下手?"

"当然不是。他们的住家还是免税,而且我也坚决主张不扣押他们的工具。"

"你会在木材税上作出让步吗？这可是得推广到所有省份去的。"

"我仔细研究过木材中心与其接收荆棘、棕榈纤维与小块木料的情况，在寒冷的季节，木材的分发也都没有问题。既然运行顺利，又何必要进行变动呢？"

"那是你不了解情况。"情报局长说，"从我们目前的经济结构来看，我们对木材已经不只是时令所需了。我们必须增加产量，那盈利才……"

"盈利——这是贝尔·特兰最喜欢用的字眼。"

"他可是双院的院长啊！如果你和你的经济部长都不能达成共识，又怎么能有和谐完善的政策？你干脆把他和我们都赶下台吧！"

"根据传统的法律，我们还是可以一起工作的，埃及是个富足的国家，尼罗河提供了丰富的资源，只要我们每天努力对抗不公和不义，埃及就能继续繁荣下去。"

"你的过去似乎让你产生了错误的想法。经济……"

"如果经济凌驾于司法之上，灾难就要开始在埃及降临了。"

"我觉得应该尽量压制神庙的势力。"文书总管建议道。

"你觉得神庙有什么问题？"

"绝大部分的粮食、产物与成品在依照人民的需求分配出去之前，都会被送到神庙里去，利用直接一点的分配管道，不是比较好吗？"

"这么做将违背玛特的原则，也将让埃及在短短几年内灭亡。神庙是我们的资源调配中心，被隔绝在那高墙之后的专家们，一心只想着维系整体的和谐。多亏有神庙，我们才能与无形的世界以及宇宙的生命力结合，几百年来，庙中的学校与工坊更是为国家培养了无数的人才。你难道想让这一切毁于一旦？"

"你曲解了我的意思。"

"恐怕你的念头原本就是歪的。"

"你竟敢羞辱我!"

"难道不是你先扬弃我们的基本价值观吗?"

"你太顽固了,帕扎尔。你简直就是个狂热分子!"

"你如果真的这么想,就不要再犹豫了,马上请法老结束我的生命吧。"

"你有卡纳克神庙大祭司卡尼在背后撑腰,而卡尼又是拉美西斯大帝面前的红人,这算是你的运气。不过这和你的支持率一样,都是持续不了多久的。快辞职吧,帕扎尔。无论是对你还是对埃及来说,这都是最好的结果。"

第 20 章

赫里奥波里斯神庙的园丁长简直吓坏了，他独自坐在一棵橄榄树下，泪流满面。收到紧急通知的帕扎尔在判断形势之后，觉得有必要亲自跑一趟。此时他面对园丁长也不由得全身发抖，冷风一阵阵吹来，不断翻转着银白的叶背。

"告诉我事情的经过。"他向园丁长说道。

"当初是我亲自监督全埃及历史最悠久的橄榄树的收成的啊！太过分了，为什么要搞这样的破坏？为什么？"

园丁长再也说不下去了。帕扎尔说不是他的错，然后也顾不得多加安慰，便跟着凯姆前往储存全国最上等灯油的拉神庙去了。

神庙的地板上，流满了黏稠的液体。所有的坛子都被掀去了封盖，里面的油也被倒光了，没有一只逃过魔掌。

"你调查的结果如何？"

"嫌犯是单独行动。"凯姆答道，"从屋顶爬进来的。"

"跟医院那次一样。"

"一定是企图谋杀你的那个人。可是他为什么要这么做呢？"

"因为贝尔·特兰不满神庙在经济方面扮演的角色，断了照明油料的来源将会影响书记官与祭司的工作进度。你马上传令下去，要所有的警察严加戒护所有的储存油料。至于孟斐斯，就使用宫廷的储备油。不能让任何油灯因缺乏燃料而熄灭。"

面对首相的坚持，贝尔·特兰果然立刻采取行动予以反击。

官邸里，每个男仆都挥动着用长硬纤维束成的扫把，每个女仆也都拿着芦苇制成的刷子，大伙儿正在卖力地清洁地板。屋里经过烟熏之后，飘着乳香、肉桂与樟木的香味，不但有消毒的作用，还能驱除讨厌的蚊虫。

"夫人在哪里？"帕扎尔一进门就问。

"在谷仓里。"总管回答。

走进谷仓，他看到奈菲莉蹲在墙角，正在埋一些大蒜、鱼干①和天然苏打，便问道："什么东西躲在那里？"

"可能有蛇，这些东西可以让它窒息。"

"为什么要大扫除？"

"我怕那个暗影吞噬者还放了其他的东西。"

"是不是又发现什么了？"

"目前还没有，不过我们会把所有可疑的角落都检查一遍。法老怎么说？"

帕扎尔一边扶她站起来，一边说道："法老友人的态度让法老感到十分惊讶，这也证明整个国家几乎已经病入膏肓。恐怕我的医术没有你那么高明。"

"他是怎么答复大臣的呢？"

"他说他们的请求将由我全权处理。"

"他们提出让你下台了吗？"

"那只是他们的个人建议。"

"贝尔·特兰仍然在散布流言。"

"他也并不是毫无破绽，我们必须从他的破绽上着手。"

话刚说完，帕扎尔便忍不住打了个喷嚏，接着他又打了个寒战："我又得找医生了。"

---

① 由尼罗罗非鱼制成。

感冒让帕扎尔浑身酸痛，头昏脑胀。他喝了一点洋葱汁①，然后用棕榈树汁清洁鼻孔，吸一些含硫化砷的气体——被医学界称为"使人心花怒放的药"，最后还喝了一点泻根酊，防止肺部疾病。为了治疗咳嗽，他还喝了用蜀葵和药西瓜这两种植物的新鲜根茎煎制的药。当然，还有每天必喝的、疗效卓著的铜杯里的水。

看到主人在家，最高兴的当数勇士，它心满意足地睡在主人的床脚边，不但可以享受舒服的软垫，偶尔还能顺带着吃一匙蜂蜜。

尽管有点发烧，帕扎尔还是像往常一样查阅着凯姆带来的公文。日子一天天地过去，帕扎尔对首相的工作也越来越驾轻就熟了。这段时间的休养对他相当有帮助，至少让他发现，从南到北的各大神庙并没有被贝尔·特兰控制。他们遵循先人的教诲管理着财务，并且谨慎地分配了谷仓中的存粮，幸亏有卡尼及其他大祭司的配合，帕扎尔暂时稳住了埃及的舵桨，至少在拉美西斯大帝让位之前是这样的。

一看到凯姆敲自己的木鼻子，帕扎尔就知道他一定有重要的事要报告。果不其然，凯姆说："首先，有一则令人忧心的消息：前任警察局长孟莫斯，已经从放逐地黎巴嫩逃走了。"

"这也太冒险了吧，要是他再被抓到，可就得进监狱了。"

"这一点孟莫斯也知道，因此他的失踪并不是好兆头。"

"你是说这跟贝尔·特兰有关？"

"有可能。"

"也许只是单纯的逃跑呢？"

"但愿如此，不过孟莫斯对你的恨意可不比贝尔·特兰少。你把他俩吓坏了，他们不理解你的正直，以及你对司法正义的热爱。如果你只是个小法官，那也无所谓。可是你当上了首相，这么做就

---

① 这是对感冒极为有效的药方。

绝对不行！孟莫斯可不想安度余生，他要报仇。"

"布拉尼尔谋杀案的调查还是没有进展？"

"没有直接的线索，不过……"

"不过什么？"

"依我看，那个多次想要谋害你却一直没有得手的人，就是杀害布拉尼尔的凶手。他神出鬼没，行动的敏捷性不逊于一条猎犬。"

"你是想告诉我他是个幽灵？"

"不，他不是幽灵，而是个我从来都没有遇到过的暗影吞噬者——一个以杀人为乐的恶魔。"

"他终于露出了破绽？"

"他或许不该用另一只狒狒来攻击我的狒狒。这是他唯一一次请帮手，也因此和其他人有了接触。我原本担心这条线索会被切断，可是我底下有个消息很灵通的线人，叫短腿，他最近遇到了麻烦——法官提高了他按时付给前妻的赡养费。所以呢，他也就'突然'想起了一些事情。"

"他可能会知道暗影吞噬者的身份？"

"如果真是这样，他一定会索要巨额赏金。"

"那就给他。你们什么时候碰头？"

"今天晚上，就在码头后面。"

"那我也去。"

"你还是在家休息吧。"

奈菲莉将昂贵、稀有物品的主要供应者都请了过来。虽然尚有存货，但从目前收成不佳、运送困难的情况来看，最好还是尽快补货。

"我们先从没药开始吧。蓬特地区下次出货的日期预计是在什么时候？"

没药的负责人轻咳了几声说："我不知道。"

"你不知道？这话是什么意思？"

"还没有定下日期。"

"这好像是由你决定的吧？"

"可是我既没有船，也没有人手。"

"为什么？"

"我还在等国外的消息。"

"你去找过首相吗？"

"我不想越级报告。"

"发生了这种意外，你应该通知我的。"

"反正也不着急。"

"现在可就很着急了。"

"可是我需要得到书面命令。"

"我今天就发给你。"

接下来，奈菲莉转向另一名供货商："订购格蓬油①了吗？"

"订是订了，但货不会这么早到。"

"为什么？"

"什么时候能到要看亚洲种植和贸易从业者的心情了。政府机关一再警告我不要惹怒他们，以免发生什么意外情况，让我们的关系更加紧张。要是一有机会……"

"那劳丹脂呢？"奈菲莉又问第三名供货商，"我知道这些树脂是从希腊和米诺亚来的，这两个国家和我们做买卖一向很干脆。"

"唉！这回可不一样了。由于收成不好，所以他们决定不外销了。"

奈菲莉不再继续询问其他供应者，因为从他们脸上的表情就可以看出，他们的答案也都是否定的。

她又转向没药的供货商问道："谁负责验收这些产品？"

---

① 这些由树木或灌木提炼出来的树脂胶（格蓬油与劳丹脂），在当时被视为药品，如今则广泛应用于香水制造业。

"海关人员。"

"他们隶属于哪个部门？"

供货商含含糊糊地答道："属于……属于白色双院。"

奈菲莉一向温柔的眼神，突然透出了愤慨。她用坚定的语气说："你们甘愿做贝尔·特兰的爪牙，却也背叛了埃及。我将以御医总管的身份控告你们危害人民的健康。"

"我们也不愿意这么做，都是形势所逼啊。你也要承认，世界在不断地进步，埃及也要迎头赶上。我们的交易方式变了，而一切的关键都掌握在贝尔·特兰手上。如果你答应调整我们的利润额，那货品的运输很快就能恢复正常了。"

听了没药供货商的条件，奈菲莉简直忍无可忍，她说："你们是在要挟我！你们竟然用自己同胞的性命和健康来要挟我！"

"这样的措辞未免太尖刻了。我们很愿意跟你商量，只要协商顺利……"

"既然情况紧急，我会向首相申请征调令，由我亲自与外方进行接洽。"

"你不敢那么做！"

"贪婪是一种不治之症，我也无能为力。你们去请贝尔·特兰帮你们另谋出路吧，医疗部门不再和你们继续合作了。"

第三幕

暗影如期而至,
吞噬人心,
追寻真相的灯火在黑暗中摇曳。

第 21 章

帕扎尔高烧不退，但他还是坚持着签了一份征调令，让御医总管亲自出面，以确保医疗重要物资树脂胶能正常供应。一拿到公文，奈菲莉便立刻赶往外国事务处，亲自监督订单的拟定。

对她最心爱的病人的病情，她并不担心，只不过帕扎尔需要在房间里休息两三天，以免病情进一步恶化。

至于帕扎尔自己，却一点也不肯休息，他的房间里摆满了各部门书记官送来的纸轴与木板，他努力地想从中找到贝尔·特兰的弱点。他猜测着贝尔·特兰可能会使用的策略，然后再一一想出躲避之策。总之，贝尔·特兰和其同党一定还会找其他法子打击他的。

当总管通报来客的姓名时，帕扎尔以为自己听错了。尽管感到十分震惊，但他还是答应见一见来客。

这位不速之客居然正是贝尔·特兰。他看起来依然自信满满，仍旧穿着一身新潮而紧绷的高级亚麻长袍。贝尔·特兰一看到首相，便热情地迎了上来："我带了一坛于塞提一世二年酿造的白酒。这可是有钱也买不到的美酒！你一定会喜欢的。"

不等帕扎尔开口，他就自顾自地坐到帕扎尔对面的椅子上，接着说："我听说你病了，不要紧吧？"

"很快就会没事的。"

"你的确很幸运，有全国最优秀的医生在身边照顾，不过，我觉得你这次是积劳成疾，这表示首相的这个担子实在是太重了。"

"只有你那宽厚的肩膀才承担得起,是吧?"

"宫里流传着不少谣言,大家都说你碰到了许多大难题,以至于无法有效地履职。"

"没错。"

贝尔·特兰听到他毫不讳言,立即面露微笑。

帕扎尔又说:"我其至可以肯定我永远都无法有效地履职。"

"亲爱的帕扎尔,这场病对你真是有利无害。"

"有一点我希望你能老实告诉我:既然你拥有关键的武器,并且你那么确定自己能登上王位,那为什么我的所作所为还会干扰你呢?"

"你的一切作为对我来说不过就像蚊虫叮咬一样,虽然没有威胁,却不舒服。假如你答应服从于我,选择进步之路,那你依然可以继续当你的首相。毕竟你在民间的声名是不容忽视的;每个人都对你的工作能力、你的正直、你的英明睿智赞不绝口,因此我将来推行政策时,一定用得上你。"

"卡纳克神庙的大祭司卡尼是不会同意的。"

"那就看你怎么让他上当了!上回我夺取神庙土地的计划失败了,你要负绝大部分的责任,这也算是你欠我的。这种宗教经济体制已经过时了,帕扎尔,我们不应该抑制生产力,而是应该不断地扩增经济来源。"

"这样就能保障人民的幸福,以及各民族间的和谐吗?"

"这不重要,重要的是控制经济的人就能获得权势。"

"我总会想起我的恩师布拉尼尔。"

"他也已经成为过去式了。"

"年鉴的记录显示,从来都没有罪犯不受惩罚的先例。"

"忘了这段伤心的往事吧,多想想未来。"

"凯姆一直都在调查,他说他知道杀人凶手是谁了。"

此时贝尔·特兰虽然故作镇静，眼神中却流露出些许不安。帕扎尔继续说："我的假设却和凯姆不同。有好几次我都犹豫了，不知该不该起诉你的妻子。"

"西尔基斯？可是……"

"当初就是她去吸引那个卫兵长的注意力，使得他失去了防备。打从阴谋计划一开始，她就对你唯命是从，而且她还有着高超的裁缝技巧，用针的功力比谁都高。先贤说过，如孩童一般的女人是最可怕的。因此我觉得就是她将贝壳细针扎进布拉尼尔的脖子，让他送了命。"

"你大概是脑子烧坏了。"

"西尔基斯需要你的财富，你没想到自己竟成了她的俘虏。你们之间的关系其实是靠着一股邪恶的力量维系的。"

"别再胡言乱语了！你到底要不要屈服？"

"你以为我会屈服吗？你才真的是神志不清呢。"

贝尔·特兰忽然站了起来："你别想跟我作对，也别想找西尔基斯的麻烦。你和你的法老，注定是要输的了；你们永远都不可能拿到众神的遗嘱。"

夜风带来了春天的气息，沙漠的严酷也随着又香又暖的春风飘向了远方。家家户户都不再早早上床睡觉，大伙儿聊着白天发生的事，怎么也聊不完。凯姆耐心地等着最后一盏灯熄灭，才走入通往码头的巷道。

狒狒走得很慢，不停地左顾右盼，似乎察觉到了什么危险。它一会儿紧张兮兮地往回走，一会儿又突然加快脚步。不过凯姆对它的举动丝毫不加干涉，在黑暗中，狒狒才是他的向导。

码头区一片静谧；仓库前有几名卫兵。凯姆和短腿约在了一栋废弃待修的建筑物后面。

这是短腿进行非法交易的老地方，而凯姆总是睁一只眼闭一只眼，以换取一般警察搜集不到的信息。

短腿从一出生就偏离了正道，他骨子里天生就带着叛逆，最大的乐趣就是偷别人的东西。孟斐斯的百姓在他眼里简直毫无秘密可言，调查初期，凯姆便笃定只有短腿能提供暗影吞噬者的消息，但他也不愿意把短腿逼得太紧，以免他守口如瓶，对调查不利。

狒狒忽然停下脚步，浑身充满戒备。它的听觉本来就比人类好得多，加上接受过警察的训练，所以感觉自然更加敏锐。几片乌云将月亮遮去四分之一，门板脱落的废弃仓库上方，笼罩着一片阴影。杀手停了一会儿，又继续往前走。

短腿之所以改变心意，完全是由于他自己身上的官司，他的前妻经人指点，想把他辛苦赚来的钱要个精光。如今他只好出售最宝贵的信息：暗影吞噬者的身份。他会提出什么样的交换条件呢？是要金子？还是想做一桩史无前例的大买卖，希望警察局长视若无睹？抑或想要一大批酒？

凯姆心里正想着，突然听到狒狒发出一声尖叫。凯姆以为它受了伤，急忙帮它上下查看，确定没事之后，狒狒才又往前走去。

他们绕过仓库，到了约定的地点，发现还没有人。

凯姆和狒狒一起坐下来等着，狒狒此时倒显得十分平静。短腿会不会临时改了主意？凯姆觉得不太可能。因为他现在的确急需金钱。

时间一分一秒地过去了。

就在破晓前，杀手拉着凯姆走进仓库。仓库里，被弃置的篮筐、被毁损的木箱、残破的工具散落得到处都是。狒狒在满地的杂物中，在一堆谷袋前停下来，接着又发出了和之前一样的叫声。

凯姆已经有了预感。他扯掉袋子，只见短腿被牢牢地钉在一根木柱上。他的确来赴约了，可惜却被暗影吞噬者抢先一步扭断了脖子，如今他再也无法透露暗影吞噬者的姓名了。

帕扎尔不断地安慰着凯姆。
"都是我害死了短腿。"凯姆颇为自责。
"不能这么说，是他先来找你的。"
"我应该派人保护他的。"
"怎么保护？"
"我不知道，我……"
"不要再折磨自己了。"
"暗影吞噬者听到了风声，所以才跟踪短腿，杀人灭口。"
"或许是短腿想勒索他呢。"
"像他这种贪得无厌的人，倒也可能做出这样的事来。这条线索又断了。当然，你身边的护卫是不会松懈的。"
"你去安排一下，明天我们就出发，到中部去。"
听帕扎尔语气低落，凯姆不禁问道："出了什么事吗？"
"外省的高级行政主管送来了几份报告，上面的内容很令人担忧。"
"是关于什么的报告？"
"水。"
"你是担心……"
"情况非常不乐观。"

奈菲莉刚刚做完一台难度极高的手术。伤者是一名年轻的手工匠人，他从屋顶不慎坠落，伤及颅骨与颈椎，右侧太阳穴也凹陷了。幸好被及时送到医院，这才捡回了一条命。

筋疲力尽的奈菲莉刚到休息室睡了一会儿，就被一名助理医生叫醒了："对不起，可能需要你来一趟。"

"找别的外科医生吧,我实在没有力气再上手术台了。"

"这名病人很奇怪,我们需要你来诊断。"

奈菲莉只得起身随助理医生前去接诊。

这是一位女病人,她眼睛睁得大大的,眼神却十分呆滞。病人有四十来岁,身着一袭华丽的连衣裙,手和脚都保养得很好,家境应该相当优渥。

"她倒在了北区的一条巷子里,"助手解释道,"当地的居民都不认识她。她的表现很像刚刚接受麻醉的一个病人……"

奈菲莉听了听病人的脉搏,又检查了她的眼睛,然后说:"这个女人吸了毒,而且她吸的是只有医院才能使用的罂粟精①。我们必须立刻对这件事展开调查。"

由于妻子一再坚持,帕扎尔只好将行程延后,并派凯姆前往北区进行现场调查。那名女病人已经死于吸毒过量,直到最后都没有清醒过来。

既然有狒狒在场,居民便不敢不说实话了。据说,那名女子已经来过三次,每次都有一个男人在这里等着。那个男人是希腊人,做的是高级瓶罐的买卖,拥有一间豪宅。警察局长凯姆找到了嫌疑犯的住处,但他并不在家,他的女仆请凯姆先在会客室等一等,并奉上了新鲜的啤酒。她说主人到码头处理事情了,很快就会回来。

这个高高瘦瘦、满脸胡须的希腊人,一看到警察局长,转身就跑,凯姆没有去追,因为他相信杀手自会替他处理。果然,只见狒狒伸了伸腿便把嫌疑犯绊倒了,整个人都趴到了地上。

凯姆拽着嫌犯的长袍,让他起身。那家伙一开口就替自己辩白:"我是无辜的!"

---

① 从罂粟或虞美人中提炼出来的一些成分可用作镇静剂或止痛药。

"你害死了一个妇人。"

"我只是一个单纯的瓶罐商人。"

凯姆甚至一度怀疑自己已经抓到了暗影吞噬者。不过,暗影吞噬者是不可能就这么轻易上当的。

"你再不说实话,就等着被判死刑吧。"

那个希腊人急得都要哭出来了:"你可怜可怜我吧!我只是个中间人而已。"

"你找谁买毒品?"

"一些希腊人,他们在希腊种这些东西。"

"我们管不了他们,却管得了你。"

狒狒血红的眼睛仿佛在替警察局长的威胁作保证,希腊人连忙说:"我可以告诉你这些人的名字。"

"我要你的顾客名单。"

"那可不行!"

他虽然这么说,可当狒狒那毛茸茸的手掌搭上了他的肩膀时,他立刻一五一十地全招了。名单中有很多位公务员、商人,还有几位颇有名望的人士。西尔基斯夫人也赫然位列其中。

第 22 章

出发的那天早上，帕扎尔收到了贝尔·特兰的宴会邀请，诸多高级官员和几位省长届时也会出席。依照惯例，白色双院的盛大的宴会，并邀请首相参加。

菲莉说。

就会屈就于传统。"

这场虚伪的宴会吗？"

一事，一定会引起轩然大波。"

"我会尽量低调一点。"

"毒品的非法交易停止了吗？"

"凯姆的办事效率的确高得惊人，那些希腊毒贩和买家全都在码头上被捕了……除了西尔基斯。"

"目前我们还是不能动她一丝一毫，对不对？"

"贝尔·特兰的威胁可阻止不了我。"

"贩毒之事已经告一段落了，这才是最重要的。为什么你非要现在就把贝尔·特兰的妻子关进牢里不可呢？"奈菲莉不解地问。

在牛油果树下，帕扎尔抱着妻子轻轻地说："为了伸张司法正义。"

"可是行动的时机是否恰当，不也和行动本身同样重要吗？"

"你的意思是要我再等等？可是时间一天一天地过去，眼看法老让位的最后期限就要到了。"

"就算战斗到最后一刻，我们也要保持清醒。"

"眼前的一切实在是太晦暗了！有时候我真的……"

她没等他把话说完，便用食指按住他的双唇说："埃及的首相是永远不会退缩的。"

帕扎尔向来深爱埃及中部的景色，尼罗河两岸有耸立的白色峭壁，有绿意盎然的广阔平原，还有林木稀疏、遍布贵族墓穴的山丘。这里没有孟斐斯的高傲气质，也没有底比斯的灿烂光辉，却有着当地家族世代相传的一方方农田，并蕴藏着佃农在弯腰辛勤劳作之际播种下的秘密。

旅途中，狒狒一直没有发出警告信号，春天越来越温和的气息似乎让它感到心神舒畅，只不过它的眼睛里依然闪烁着炯炯的光芒。

剑羚省一向以水利管理完善为傲，几百年来，这里的民众生活无虞，没有贫富之分，从来都没有闹过旱灾。尼罗河涨水量较少的年份里，本地精心修建的蓄水池便会发挥功效，为人们提供灌溉用水。运河、水闸和堤坝则由专家定时监管维护，尤其是河水退去之后，更是监管的关键期，许多农田会一直浸泡在水中，这些土地会吸收那些珍贵的河泥，这也是埃及被称作"黑色土地"的原因。坐落在山顶的村落不时传来歌声，歌颂着那些隐藏在河中的、使土地肥沃的养分。

每隔十天，帕扎尔都会收到一份关于本地储水量的详细报告，他也经常会进行突击检查，以确定相关部门的确将工作落实了。这回前往剑羚省的首府，沿途的景象让帕扎尔甚感欣慰，堤坝完好无缺，水池密布，疏通运河的工人也正努力地工作，这一切都叫人安心。

首相的到来引起了不小的轰动，大家都想目睹这位名人的风采，向他提出诉求，让他为自己主持公道。不过，所有人的态度都很温和，人民的尊敬与信任让帕扎尔深受感动，他也因此被激发出了一股新的力量。因为这些人,他更有责任保护埃及的完整。他向上天、尼罗河及肥沃的土地祷告,祈求这些造物的力量能帮助他开启心灵,完成拯救法老的任务。

省长将重要的领导都召集到他美丽的白色官邸中,其中包括堤坝监督、运河监督、储水分配官、公共测量官与季节性工人招募官,他们每个人都脸色凝重。首相一到,大家便纷纷行礼致意,省长也连忙起身让座,让首相主持会议。这位省长今年六十多岁,祖上好几代都在此定居,他身材微胖,性情随和,还有一个有趣的名字,叫亚乌,也就是"肉牛"的意思。

他首先发言欢迎首相:"首相的莅临实在是本官与本地民众莫大的荣幸。"

"我收到一些有预警的报告,这些报告可靠吗?"

首相开门见山的问题虽然有些突兀,但省长却没有感到讶异,因为历届的首相都是如此,由于他们工作繁忙,所以并不流行应酬这一套。

"是我带头写的。"

"有好几个省都面临着同样的问题,我之所以挑中你这个省,是因为这里一直都是模范省。"

"那我也就不拐弯抹角了!王宫的指令实在令人不解。"亚乌开始抱怨,"本来我治理本省一直都有很大的自由,而我的政绩也从来没有让法老失望过。可是自从上次涨水之后,王宫就开始下达一些很不合理的命令!"

"说来听听。"

"测量官与往年一样,计算出了合适的填土量以修复堤坝,可是审核的时候,却把这些数值降低了。如果我们按王宫的指示行事,那堤坝将不够坚固,很快就会被大水冲毁的。"

"是谁下令修改的?"

"孟斐斯的总测量处。而且事情还不止如此！在修缮与填补堤坝时，我们的季节性工人招募官一向都很清楚需要多少工人，可是就业处却无缘无故地删减了一半的人数。更严重的是，关于淹灌区的指令也有问题。对于如何依照作物生长周期和耕作时间对上游地区的水进行调控，还有谁会比我们更清楚呢？可是白色双院的技术部门硬是给我们指定了与作物生长周期不协调的耕作时间。而且，作物的产量增加之后，税赋也随之增加了，这一点就更不用说了。我真是不明白，孟斐斯这些官员的脑子里到底在想什么？"

"让我看看那些公文。"帕扎尔要求道。

省长命人将文件拿了过来。在公文上签字的官员即便不是直属于白色双院，也隶属于由贝尔·特兰直接调控的部门。

"帮我准备书写工具。"

书记官听罢，将备有墨水与芦苇笔的文具台递了上去。只见帕扎尔奋笔疾书，取消了原有的命令，并盖上了他自己的印章，然后说："我已经修正了这些行政过失，以后你们不用再理会这些失效的指令，一切照旧吧。"

省府的官员们个个目瞪口呆，不知如何是好，最后，亚乌开口问道："你的意思是我们……"

"以后凡是没有我印章的公文，都视作无效。"

看到问题这么快就被解决了，官员们都喜出望外，大家向首相行礼告退，然后便带着轻松愉快的心情回到了各自的工作岗位上。然而，省长好像还有什么顾虑，帕扎尔便问他："你还有其他问题吗？"

"你这么做不就等于公开向贝尔·特兰宣战了吗？"

"我手下的部长也是有可能会做错事的。"

"那为什么还让他继续担任这一职务？"

帕扎尔担心的就是这个问题。直到目前为止，他与贝尔·特兰的交战都是暗中进行的，但是这次的水利事件却揭露了一个事实：首相与白色双院的院长之间存在极大的分歧。

"因为贝尔·特兰的工作能力很强。"他小心地回答。

"最近贝尔·特兰不断和各个省长接触，想说服大家接受他的政策，这件事你知道吗？我和其他省长都不想追问了：首相到底是你还是他？"

"现在你不是已经得到答案了吗？"

"是啊，这样我也放心多了，我对他的提议实在是没有兴趣。"

"他说什么了？"

"他说我可以到孟斐斯担任重要的职位，得到更多诱人的物质享受，那里也没有这么多的烦心事。"

"你为什么拒绝了？"

"因为我对现状很满意。贝尔·特兰不相信人的野心有限，可是我真的很喜欢这个地区，我讨厌大都市。在这里，大家都尊重我，到了孟斐斯，我什么都不是。"

"你拒绝他就表示要跟他作对了。"

"我不得不承认，这个人让我觉得害怕，因此我宁愿采取模棱两可的态度。其他省长则都已经答应支持他了，就像你这个首相不存在似的。你难道不觉得自己在养虎为患吗？"

"倘若真是如此，便该由我来补救。"

亚乌显露出了内心的不安，他说："听到你这么说，我觉得我们的国家正面临着艰难的窘境。既然你维护了剑羚省的完整，我就一定会继续支持你。"

凯姆和狒狒坐在官邸的门槛上，狒狒吃着椰枣，凯姆则注视着街上来来往往的人群。他心里总是想着那个暗影吞噬者，而他相信对方对他一定也念念不忘。

看到首相走出官邸，凯姆马上起身问道："一切都还好吗？"

"我们又及时避开了一场灾难,真是太险了。我们还要到其他几个省去看看。"

在前往码头的路上,亚乌忽然追了上来:"有件事我差点忘了,前几天来了一位饮用水检测员,是你派来的吗?"

"不是。你描述一下他的样子吧。"

"六十岁左右,中等身材,光头,还经常去挠他那发红的头皮。他脾气相当暴躁,说话带着鼻音,口气粗暴。"

"是孟莫斯。"凯姆低声说。

"他干了什么?"帕扎尔问道。

"只是简单地巡视了一圈。"

"马上带我到储水库去。"

最好的饮用水是在尼罗河开始涨潮的几天里搜集的,这些水富含矿物质,能帮助肠胃蠕动,并有助于妇女受孕。人们会过滤泥泞污浊的水,再把干净的水储存在大瓦罐中,放置四五年都不会变质。在干旱的时候,剑羚省还会将水销到南部去。

亚乌叫人拔掉重重的木闩,打开了最大的储水库。他看到里面的情况,吓得几乎都要窒息了:瓦罐的封口全被打开了,水流得满地都是。

第 23 章

奈菲莉打扮好了,准备去参加贝尔·特兰的宴会,看着她的样子帕扎尔不由得惊呆了:这世上怎么会有如此美丽的女子?奈菲莉戴着太后送她的那条由七排光玉髓圆珠与努比亚黄金制成的项链,还有布拉尼尔送给她的绿松石护身符。头上的那顶假发有许多细细的辫子,还有几绺卷发,衬托出她立体的五官,与白皙亮丽的肤色。她手腕与脚踝上都戴着珠链,纤细的腰上系着帕扎尔送她的紫水晶腰带。

"你也该去换衣服了。"奈菲莉提醒他。

"我还有一份报告要看。"

"跟水库有关?"

"孟莫斯毁了十几个水库,其他的水库现在都已经有了防备。我也派出了传令官,将他的容貌特征昭告天下。只要他露面,就会落到警察手中。"

"有多少省长被贝尔·特兰收买了?"

"大概有三分之一吧,不过至少堤坝的维修工程不会被延误。我已经下了一道命令,而且还禁止减少工人的人数。"

她轻轻地坐到丈夫的腿上,让他无心工作:"你真的该换衣服了,今天你身上的缠腰布是在正式场合穿的那种,你要戴传统的假发,还要戴一条符合你身份的项链。"

凯姆贵为警察局长，自然也收到了请帖。他参加宴会时只带了帕扎尔送他的那把匕首。这种场合总是让他浑身不自在，因此，一走进宴客的柱厅，他便躲到了角落，一心留意被众人包围的首相是否安全。狒狒则爬上了屋顶，以便监视四周的动静。

厅中的柱子上装点着花饰，到场的孟斐斯名流也都身着盛装，银盘子里盛着烤鹅与烤牛肉，从希腊进口的酒杯里盛着上等美酒。一些宾客舒服地靠着软垫，有些坐在椅子上。一大群仆人不断为客人们更换着大理石制的餐盘。

首相夫妇坐在一张摆满了食物的桌子后面，有几名侍女用芳香的水为他们洗手，并为他们戴上了用矢车菊串成的花环。此外，奈菲莉还收到了一朵莲花，出席的女宾每人都有一朵，可以别在假发上。

宴会现场还有竖琴、里拉琴与铃鼓表演助兴，贝尔·特兰特地花了不少钱，请来了全市最好的职业乐师，演奏全新的乐曲。

由于宴会上有一位瘫痪的老臣，主人还特别准备了一张舒适的座椅，座椅是中空的，置于座位下方的陶土容器在使用过后，会有仆人前来把它取走，换上另一个装满芳香沙土的容器。

贝尔·特兰的厨子是个香料调配大师，他将迷迭香、孜然、鼠尾草、小茴香与肉桂混合在一起，食客们无不称赞他烹制出的美味人间少有。座上的饕客们吃得赞不绝口，很快便有宾客开始称赞院长夫妇的慷慨。

这时候，贝尔·特兰突然站了起来，请大家安静下来："各位贵宾，今晚感谢大家莅临寒舍，让宴会如此圆满。在此，我想借这个机会向我们亲爱的帕扎尔首相致以最高的敬意。首相是个神圣的职务，也是传达法老意愿的唯一途径。我们亲爱的帕扎尔，虽然年纪轻轻，却展现了令人讶异的成熟风范，他不但因懂得治国之道而深得民心，而且能够当机立断，每天都在为国家的繁荣安定不懈地努力。今晚我要借这份小小的礼物向首相致意。"

总管在帕扎尔面前放了一个上了釉的蓝色陶土杯,杯底绘着一朵四瓣莲花。

"谢谢。"帕扎尔说,"也请允许我将这件巧夺天工的礼物转赠给供奉手工匠人之神普塔神的神庙。我相信没有人会忘记,神庙的职责之一便是集结所有的财富,然后依照人民的需要重新分配。我相信也没有人敢削弱神庙的职权,破坏埃及自创国以来就有的这份和谐与平衡。如今我们能享受美味的食物,拥有肥沃的土地,我们的社会以义务而非权利为基础,这都是因为有管理生命永恒法则的玛特女神在引导我们。因此任何背弃她、伤害她的人,都是不可原谅的罪人。只要我们人人心怀正义,那埃及就将永享太平安乐。"

首相的一番话在宾客中引发了两极化的反应,大家议论纷纷,有人极力赞扬首相的态度,也有人提出了批评。在这种场合发表这样的言论,真的适合吗?帕扎尔发言的时候,谁都看得出贝尔·特兰的脸在不断地抽搐,笑容也十分勉强。现在不是到处都在流传首相与经济部长不合的谣言吗?不过各种传言莫衷一是,到底是真是假,也很难分辨。

餐后宾客们都来到了花园里乘凉。凯姆和狒狒越发警惕。帕扎尔则在听几名高层官员抱怨行政效率不彰。至于贝尔·特兰,正在用他那三寸不烂之舌,唬得一群大臣们一愣一愣的。

这时候,西尔基斯向奈菲莉走去,她说:"我一直都想找你谈谈,总算在今晚找到机会了。"

"难道你终于决定离婚了?"

"不,我太爱贝尔·特兰了!他也是个难得的好丈夫。如果我出面替你们说情,厄运就不会降临了。"

"你这话是什么意思?"

"贝尔·特兰真的很尊重帕扎尔,为什么你的丈夫就不能讲点道理呢？他们如果能合作，一定会大有作为。"

"首相可不这么认为。"

"那他就错了。试着改变他的想法吧，奈菲莉！"西尔基斯的声音听起来依然甜美而纯真。

"帕扎尔是不会用幻想来欺骗自己的。"

"他的时间不多了，再等下去，就太迟了。首相如此固执，难道不是一种错误的工作态度吗？"

"如果随随便便就妥协，那就错上加错了。"

"你也是好不容易才爬上了御医总管的位置，为什么要拿自己的前途开玩笑呢？"

"救治病人和前途并没有关联。"

"这么说，你不会拒绝给我治病啰？"

"说实话，我并不想给你看病。"

"医生是不能挑病人的！"

"就目前的情况而言，当然可以。"

"你对我有什么不满吗？"

"你敢发誓说你没犯法吗？"

西尔基斯转过头去："我不明白，你竟然指控我……"

"我建议你看看自己的良心，坦白所有的罪行。对你来说，再也没有比这更好的药方了。"

"你想要我承认什么罪行啊？"

"至少有一项——吸毒。"

听到奈菲莉的回答，西尔基斯立刻闭上眼睛，用手捂住了脸："请不要再说这种可怕的话了！"

"首相手里有你犯罪的证据。"

西尔基斯深受刺激，忽然歇斯底里地跑回了房间。奈菲莉也回到了帕扎尔身边。她说："我恐怕惹麻烦了。"

"从她的反应来看，我认为你并没有错。"

这时，贝尔·特兰气急败坏地质问道："发生了什么？你……"

但当他看到奈菲莉的眼神时，却愣住了：她的眼中没有怨恨，没有暴力，却有可以穿透人心的锋芒。贝尔·特兰顿时觉得自己仿佛浑身赤裸，所有的谎言、手段与计谋都不复存在，他的内心好像有一把火，胸口发紧。由于身体不适，他便不再追究，径自离开了柱厅。宴会也随之告一段落。

"你该不会是魔法师吧？"帕扎尔问妻子。

"没有魔法，怎么能对抗疾病呢？事实上，贝尔·特兰败下阵来是因为他看到了自己的内在，这个发现并不怎么令人雀跃。"

他们陶醉在柔和的夜色里，一时甚至忘了时间的流逝对他们有多么不利。他们开始幻想一个永远不变的埃及，幻想花园里永远都充满了茉莉的香气，幻想尼罗河水让这个拥护法老、团结一致的民族永远衣食无忧。

他们正走着，旁边的树丛里忽然蹿出了一个纤细的身影，挡住了他们的去路。那名女子突然发出一声惊恐的尖叫，因为杀手此时从屋顶上向下奋力一跳，跳到了女子和帕扎尔夫妇之间，迫使她停在原地，不敢乱动。而狒狒正张着血盆大口，鼻孔也张得大大的，一副随时都可能扑上去的模样。

"请不要让它伤害我！"女子哀求道。

"塔佩妮！"帕扎尔真是大吃一惊，他用右手按了按杀手的肩膀，示意它回到凯姆身边，然后问道："你为什么这样来见我？这样做是很危险的。"

塔佩妮一言不发，只是不停地颤抖。

"我要搜你的身！"凯姆说。

"你别碰我！"

"你要是反抗，我就让杀手搜了。"

塔佩妮只得乖乖听话。帕扎尔心想，当初祭司给她取这个名字真是对极了，她就像她名字的含义"老鼠"一样机灵、狡猾、神经质。

凯姆原本以为能在她身上搜出贝壳细针，得到她企图攻击首相的证据，并证明她就是谋杀布拉尼尔的凶手，可塔佩妮身上既没有任何武器，也没有任何可疑的工具。

"你想跟我谈谈？"

"要不了多久，你就再也不能盘问任何人了。"

"你为什么这么说？"

塔佩妮咬了咬嘴唇，没有说话。

"塔佩妮女士，你又开始了，既然说了，为什么不干脆说完？"

"在这个国家，没有人认可你这种严苛的作风，法老迟早会赶你下台。"

"这就要由法老决定了。你想说的话都说完了吗？"

"我听说苏提从他服刑的地方逃跑了。"

"你的消息很准确。"

"你不要妄想他能回来！"

"我会再见到他的，你也一样。"

"只要进了努比亚的那片荒野，谁都别想活命。他一定会渴死的。"

"沙漠的法则曾经救过他一命，这次他也会逃过一劫，更何况他还有笔账要算呢。"

"那还有公理吗？"

"对于这一点，我也很遗憾。不过，我也控制不了他啊。"

"你必须保障我的安全。"

"保障民众的安全本来就是我的职责。"

"那你就派人去找苏提，将他捉拿归案！"

"派人到努比亚沙漠去？那是不可能的。我们就耐心一点，等他自己出现吧。祝你有一个愉快的夜晚,塔佩妮女士。"

此时,躲在一棵无花果树背后的暗影吞噬者,就这么眼睁睁地看着帕扎尔、奈菲莉、凯姆和那只该死的狒狒,从他的面前走了过去。

上一次失败后,暗影吞噬者原本打算在宴会上一展身手。可惜会场上有凯姆守候,会场外又有狒狒虎视眈眈。他不能为了满足自己虚荣心,或是为了证明就连首相也逃不过他的手掌心,就一时冲动,坏了他多年的声名。

他必须保持冷静。最后一次杀人——杀了那个想要勒索他的家伙"短腿"——之后,暗影吞噬者第一次感到自己的手在发抖。其实,杀人对他来说依然轻而易举,只不过他三番五次都没有除掉帕扎尔,这着实让他浑身生出寒意。难道有什么怪异的力量在保护他?不,问题就在于那个努比亚人,那个警察凯姆,还有他那只聪明绝顶的狒狒。

这是他整个杀手生涯中最艰巨的一次任务,他一定要完成得漂漂亮亮的。

第 24 章

苏提摸了摸自己的嘴唇、脸颊、额头,他的脸已经完全变了样,又肿又疼,就像一个肉球,眼皮肿得连眼睛都睁不开了。他躺在担架上,六名壮硕的努比亚人抬着他,他的脚连动都不能动。

"你在吗?"他勉强地问了一声。

"当然在。"回答他的是豹子。

"那就杀了我吧。"

"你不会死的,再过几天毒性就会退下去了。既然你能开口说话,就表示你的血液循环恢复了。长老也不明白你的身体是怎么撑下来的。"

"我的腿……我瘫痪了!"

"只是被绑住了。你的身体一直抽搐,他们不好抬,所以就把你绑了起来。你大概是做了噩梦吧,是不是梦见塔佩妮了?"

"我梦到自己投入了一片光海之中,那里非常安静,没有人来烦我。"

"我真该把你丢在路边。"

"我昏迷了多久?"

"时间长到太阳已经升起三次了。"

"我们要去哪里?"

"去找我们的金子。"

"没碰到埃及士兵吗?"

"没看到人，不过我们已经接近边界了，这些努比亚人都有点紧张。"

"还是让我来指挥他们吧。"

"就凭你现在这个样子？"豹子不由得吃了一惊。

"解开我身上的绳子。"

"你知不知道你很可怕？"豹子边说边扶起苏提。

"双脚着地的感觉真好！给我拿一根棍子，快！"

他拄着粗粗的棍子，走在队伍的最前方。那股傲气真叫豹子着迷。

他们途经象岛西侧和南部第一个省的边界岗哨。在缓缓北上的途中，有几名落单的战士也加入了他们的行列。苏提对这些骁勇善战、经验丰富的战士很有信心，假如遇上沙漠警察，他们绝对会奋勇抵抗的。

努比亚人心甘情愿地追随着黄金女神，他们带着这些金子，梦想能在这个比毒蝎子还厉害的苏提的带领下，缔造更多辉煌的战果。于是他们走小路穿越了一道由花岗岩形成的天然屏障，沿着干涸的河床往前走，捕杀野生动物果腹，并尽量少喝水，一路上谁都没有抱怨。

至于苏提，不仅脸蛋重现了以往的俊秀，活力也恢复得差不多了。他每天总是第一个醒来，最后一个睡觉，体内饱灌了沙漠空气的他，似乎从来也不累。豹子则比以前更爱他了，他天生就有领袖的架势，一声令下，毫无讨价还价的余地。

这些努比亚人为他制造了几把大小不同的弓，分别用来对付羚羊和狮子。他总能凭直觉找到水井，仿佛他早已走遍了这些荒芜的小径一般。

"有一支警察小队朝我们这边来了。"一名战士警告道。

苏提一眼就认出来了：那是沙漠警察队，他们在沙漠中到处巡逻，逮捕贝都因强盗，保障车队安全。不过，通常他们是不会出现在这一带的。

"袭击他们。"豹子提议道。

"不，"苏提不赞成，"我们先躲起来，让他们离开。"

于是众人便躲藏在警察巡视路线上的岩石堆后面。警察又渴又累，并没有察觉他们的存在。他们刚刚结束勤务，正打算回谷地去。

"我们可以把他们都杀了，落得干净。"豹子躺在苏提身边，小声嘟囔着。

"他们要是没有回去，象岛的岗哨会发出警报的。"

"你就是不想杀埃及人，我却梦寐以求这么做！你被驱逐出自己的国家，如今成了努比亚叛变分子的首领，以后，你唯一能做的就是战斗。战斗是你的天性啊，苏提，你是逃不掉这种命运的。"

此时他俩藏在两块花岗岩后面，紧紧地拥抱在一起，对外界的危险浑然不觉。豹子身上挂满了自失落之城得来的金饰，金褐色的肌肤由于酷热和她内心的激情而滚烫不已。她的手一会儿在爱人的胸膛上摩挲，一会儿又像弹竖琴似的抚弄自己的身体，嘴里还唱着热情的调子，每个音符都深深打动着苏提的心。

"就是这里。我记得这个地方。"豹子用力地握住苏提右手的手腕，几乎都要把它捏碎了，"我们的金子就在这个洞里。在我眼中，这是全世界最珍贵的宝藏，因为这是你杀掉一个埃及将军后得到的。"

"我们已经不需要了。"

"当然需要了！有了这些金子，你将成为黄金之主。"

苏提禁不住盯着那个洞看，那个因叛国而被判处死刑的将军所留下的宝藏就藏在那里。豹子逼着他到这里来是对的：拒绝面对这段人生经历,甚至企图遗忘它,是懦夫的行为。苏提和好友帕扎尔一样,都热爱公理正义,当初他如果不出手,正义便不会得到伸张。而将军原本打算用来向利比亚人阿达飞示好的金子,也被老天转赠给了他。

"来吧,"豹子催着,"幻想一下我们的未来。"

她向前走去,风采迷人,身上的项链与手链闪耀着眩目的光芒,努比亚众人纷纷下跪,迷惑地看着他们的黄金女神缓缓走向那个只有她一人知晓的圣殿。女神之所以带领他们千里迢迢地来到埃及境内,就是为了增加他们的神力,让他们成为不败的战士。因此当她与苏提一同走进那个洞时,努比亚族人便唱起了远古的歌谣,歌词大意是欢迎一位女子自远方归来,与族人一同庆贺她即将举行的婚礼。

豹子相信拿到这些金子之后,她与苏提的命运便会更加密不可分。此时此刻,她仿佛已经看到了无数光明灿烂的明天。

苏提则回想起了杀死阿舍将军的经过,那个狡猾的杀人凶手本以为自己能逃过法庭的审判,在利比亚无忧无虑地过完下半生,甚至还有可能趁机给埃及制造一点混乱。想到这些,苏提便悔意全无,他只不过是在这片连谎言都无法存活的荒野上扮演了执法者的角色罢了。

洞中十分凉爽,一些蝙蝠受到惊扰,四下纷飞,又重新倒挂在石壁上。

"是这里啊。"豹子失望地说,"可是,那辆车呢?"

"再到里面找找。"

"不会在里面的,当初藏车的地方我记得很清楚。"

苏提又仔细地搜寻了一遍,还是什么都没找到,洞是空的。

"谁会知道……谁竟敢……"

豹子在狂怒之下,扯掉了身上的金项链,向石壁摔去:"我们把这该死的洞毁了吧!"

苏提捡起了一块布:"你看这个。"

她凑过去,又听他说道:"是彩色的毛衣。偷走我们金子的不是夜晚的恶魔,而是风沙游人。他们把车子推出去的时候,有人的衣服被粗糙的石壁钩破了。"

豹子听到这话便重新燃起了希望:"我们马上去追他们。"

"没用的。"

"我绝不放弃。"

"我也不会放弃。"

"那你打算怎么办?"

"留在这里等着,他们还会回来的。"

"你怎么能这么肯定?"

"我们刚才只顾着找金子了,却忘了尸体。"

"反正阿舍已经死了,不会有错的。"

"那也应该有尸骸啊。"

"大概是被风吹走了……"

"不,是他的同伙把尸体运走了。他们在等我们回来,想替他报仇。"

"你是说我们中了圈套?"豹子有些紧张。

"有人已经发现我们到这里了。"

"如果我们没回来呢?"

"不太可能。如果不确定我们是死是活,他们会在这里等好几年。如果是你,难道不会这么做吗?他们至少得确认我们的身份,如果还能一举除掉我们,当然就更好了。"

"我们一定要对抗到底。"

"那也得有足够的时间准备才行。他们连我的弓箭都拿走了,想必是想让我死在自己的弓箭下。"

豹子赤裸着上身对忠心的部属们讲了一番话。她解释道，女神的圣殿已遭风沙游人入侵，财物也被盗走了，因此大家必须准备作战，苏提会带领众人迈向成功。

没有人提出异议，长老也没有说话。一想到可以让贝都因人血溅沙漠，大家都兴奋不已。他们一定要证明自己的能力，在徒手肉搏这方面，谁都不是他们的对手。

尽管如此，苏提还是运用了一些从军队中学来的作战技巧。他让努比亚人用岩石堆起一道屏障，作为弓箭手的掩护，又在洞中放置了许多水袋、粮食与武器，还在不远处随意挖了个洞。

然后，漫长的等待便开始了。

苏提细细地品味着这绵延不断的等待，用心感受着沙漠神秘的声音，来去无踪的变幻和风的话语。他静坐在石头上，几乎与石头合二为一，丝毫感觉不到酷热。其实，对他而言，武器的撞击声并不可怕，可怕的是大都市中那种喧嚣。在这里，寂静主宰了一切，就连风沙游人的脚步也会湮灭于其中。

虽然帕扎尔背弃了他，但是，他仍然希望能和这个朋友分享这结束漂泊的时刻。他想，当他们一同凝视转瞬即逝的赤红的天际，不必多言，心中必然能感受到同样的激动。

他正径自出神，豹子忽然从背后抱住他，轻轻地抚摸他的后背，那轻柔的感觉犹如春风。

"如果是你想错了呢？"豹子问道。

"那也没有什么损失。"

"这些盗匪也许只是想偷我们的金子。"

"我们破坏了他们的交易，所以他们只拿回东西是不够的，一定还想查出我们的身份。"

由于气候炎热，因此居住非都市地区的努比亚人与埃及人，都习惯赤裸着身体。单单用目光欣赏情人那健美的身材,豹子自然是不甘心的,太阳不仅将他们的肌肤晒黑了,也让他们的情欲更为沸腾。这个金发女神每天都要更换珠宝首饰,戴在身上的金饰将她玲珑有致的身材衬托得更加迷人,这让除了苏提之外的人更是对她敬若神明,不敢冒犯。

"如果利比亚人和风沙游人联手,你还会对抗他们吗?"

"只要是窃贼,我都不会轻饶。"

说罢,他给了豹子一个深深的吻,然后抱着她一起滚进了柔软的沙地。

此时,一阵北风拂过,将细沙吹得轻轻飘移。

长老对苏提说,去取水的人一直没有回来。

"他是什么时候出发的?"苏提问道。

"太阳升到洞穴上方的时候。从太阳的位置来看,他早就该回来了。"

"也许是水井干了。"

"不可能,那口井至少可以撑几个礼拜。"

"你信任他吗?"

"他是我的表亲。"

"那也许是遭到了狮子的袭击……"

"这些野兽通常在夜里才会出来喝水。再说他也知道如何避开狮子的袭击。"

"我们应该去找他吗?"

"如果太阳下山前他还没有回来,那就是被人杀了。"

时间一分一秒地过去了。那些努比亚人不再歌唱,他们只是静静地看着水井的方向,盼望着同伴随时会出现的身影。

太阳已经落山了,它乘上了夜舟,准备出发,畅游地府,对抗那条企图吸干全世界的水、使尼罗河干涸的巨龙。

他们还是不见那人的踪影。

"他被杀了。"长老说得斩钉截铁。

听到这话，苏提便加强了警备，以防敌人接近那个洞。因为假如敌方真的是风沙游人，那他们一定会违反沙漠法则，在夜间进行偷袭。

他面对沙漠坐了下来，心想，这也许是他一生最后的时光了，但他并不怎么担心，他只是不知道，深深地烙在他人生终点的，会是一群被人遗忘的、庄严平静的岩石，还是一场惊天动地的血战？

豹子也坐到了他身边，靠着他问道："你有把握吗？"

"和你一样有把握。"

"你休想一个人去死，我们要一起走过冥世的大门。不过，在死之前，我们要先过几天帝王般的富裕生活，只要你有信心，就一定做得到。你要像个领袖，苏提，不要浪费你的力气。"

见苏提没有回答，她便不再去吵他，挨着他躺下来，也沉沉地睡了过去。

苏提被冷风吹醒时，晨光正凝固在一片浓浓的雾里，到处都灰蒙蒙的。豹子也睁开了眼睛，"抱我，我好冷。"

他刚将她搂进怀里，便又猛然将她推开了，他的双眼直直地盯着远方。然后立刻向那些努比亚人下令："各就各位！"

不一会儿，只见十几个人带着武器、驾着车，从浓雾里钻了出来。

第 25 章

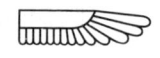

风沙游人一个挨着一个地站着,每个人都是一头长发,满脸杂乱的大胡子,头上缠着布,身上则穿着彩色条纹的长袍。其中有几个人因长时间的饥饿而显得锁骨突出、双肩凹陷,一根根肋骨也看得清清楚楚。他们微驼的背上,还背着卷起的草席。

风沙游人们一起拉弓射箭,但并没有伤到任何一个努比亚人。由于苏提下令不准反击,贝都因人便越发大胆,在怒吼和叫阵声中,他们慢慢靠了过来。

等他们离得足够近的时候,努比亚弓箭手开始展现他们精准无比的射箭技术,百发百中。再加上他们速度快,耐力好,以一敌十,很快就形成了势均力敌的局面。那些幸免于难的贝都因人连忙后退,让一些双轮战车开路。这些战车的座位底部由交错在一起的皮条编制而成,上面覆着一层鬣狗皮,外围的护板上则画着一尊骑着马、面貌凶恶的神像。车上一人负责拉缰,另一人负责掷枪,他们都留着一小撮山羊胡子,皮肤是古铜色的。

"是利比亚人。"苏提说。

"不可能。"豹子生气地反驳道。

"利比亚人和风沙游人联手了。你可要记得你的承诺。"

"我去跟他们谈谈,他们是不会攻击我们的。"

"你这是在做梦。"

"就让我试试嘛。"

"你何必冒这个险?"

利比亚人的战马蹬着前蹄,蓄势待发。所有掷枪手都以盾护胸,只要接近敌人,便会奋力将枪投出去。

此时,豹子忽然站了起来,走出藏身之处。她越过岩石堆成的防线,往战车的方向走了几步。

"趴下!"苏提大喊。

只见一支飞枪被掷了过来,又猛又准。

苏提眼疾手快,枪手掷出枪后,手还没来得及缩回去,便被他一箭射穿了喉咙。幸亏豹子反应快,侧身滚到一旁,才避开这致命的一击。她也不敢再大意,转身便想爬回洞去。

这时候,敌人开始进攻了,努比亚人看到女神受到攻击,盛怒之下纷纷拉弓,一箭快似一箭。

马车飞快地往前冲,等操控缰绳的人看到沙地中的坑时,已经来不及了,有些车惊险地避过,有些车翻了,但绝大多数都是连人带车跌进坑里。轮轴断了,车体四分五裂,车上的人也都被甩出了车外。努比亚人见有机可乘,立刻冲上前去,毫不留情地了结了敌人的性命,再从战场上带回马匹与枪。

第一回合的交战结束,苏提他们只损失了三名努比亚战士,而贝都因与利比亚联军却损失惨重。努比亚人不禁高声欢呼黄金女神之名,长老也为她作了一首颂歌。尽管没有棕榈酒,但每个人心里都有说不出的陶醉,苏提几乎喊破了嗓子,才让战士们回到原位。现在,他们每个人都斗志高昂,希望能独力歼灭剩余的敌人。

突然间,漫天的沙尘中蹿出一辆红色的马车。一个人双手空空地走了下来,此人神态傲慢,头又方又大,跟身体简直不成比例。他嘶哑的声音远远地传了过来:

"叫你们的首领出来跟我谈谈。"

苏提走了出来,说道:"我在这里。"

"你叫什么名字?"

"你又叫什么名字?"

"我叫阿达飞。"

"我叫苏提,是埃及军队的军官。"

"我们靠近一点说话吧,这么嚷嚷是谈不出什么有建设性的结果的。"

于是两人各向前走了几步。

苏提率先开口:"原来你就是阿达飞,埃及的死敌,也是煽动作乱分子滋事的人。"

"是你杀死了我的朋友阿舍吗?"

"那是我的荣幸,只可惜我让这个叛贼死得太容易了。"

"埃及军官却率领着一群努比亚游民——你自己不也是个叛贼吗?"

"你偷了我的金子。"

"金子是我的,这是我和将军谈好了的,也是我让他在我的领土上安度余年的代价。"

"我说是我的,就是我的。"

"凭什么?"

"凭那是我在战场上获得的战利品。"

"年轻人,你脸皮可真厚。"

"我只要求拿我应得的。"

"我跟矿工之间的交易,你知道多少?"

"你的人马都被消灭了,现在你在埃及孤立无援。我劝你尽快从这里消失,躲回你野蛮落后的老巢去吧。也许法老还不至于迁怒到你身上。"

"你想拿回金子,也得有那个本事。"

"金子在这里吗?"

"在我的营帐中。"阿达飞忽然口气一转,"既然你已经杀了阿舍,我也把他的遗骸埋了,我们何不化敌为友呢?和谈之后,我就分你一半的金子。"

"我不要一半,我要全部。"

"你太贪心了。"

"别忘了,你已经损失了很多人手,我的手下比起你的那些人可是要优秀多了。"

"也许吧,不过我已经识破了你的陷阱,而且我们的人数又比你们多得多。"

"我的努比亚战士们会坚持到最后。"

"那个金发女郎是谁?"

"是他们的黄金女神。因为有她在,所以他们才毫不惧怕。"

"那我就一剑砍下她的头,看他们还迷信不迷信。"

"那也得能保住你这条命才行。"

"如果你拒绝合作,我也只好除掉你了。"

"你逃不掉的,阿达飞,我一定会让你成为最令我骄傲的战利品。"

"你真是让骄傲冲昏了头。"

"如果你想让其他人活命,就来跟我决斗。"

阿达飞打量着苏提:"向我挑战,你一点机会也没有。"

"这应该由我决定吧。"

"你这么年轻就死了,未免太过可惜。"

"我要是赢了,你就要让我拿回我的金子。"

"要是你输了呢?"

"那我的金子就是你的。"

"你的金子……什么意思?"

"我的那些努比亚手下正运送着一大批贵金属。"

"这么说,你已经取代了将军,要自己和我进行交易了?"

苏提没有接话。阿达飞便皱起眉头说:"这是你自己找死。"

"我们用什么兵器?"

"可以自行挑选。"

"我要正式签一份协议,并且两个阵营要分别派人作证。"

"神明也可以做证。"

他们立刻举行了仪式,三名利比亚人与三名努比亚人作为代表参加了仪式,其中包括努比亚长老。他们祈求火神、风神、水神与土神显灵,惩罚违背誓言之人,然后约定休息一晚,第二天决斗。

接着,努比亚人在黄金女神四周围成一个圈,众人诚心祈求女神保佑他们的英雄,获得最后的胜利。然后,他们用质地松软的红色石头,在苏提身上画满了代表战争的符号。

"请不要让我们成为俘虏。"大家异口同声地请求道。

苏提面对太阳坐了下来,在"沙漠之光"下吸取昔日移石建庙的巨人的力量。虽然他不愿意走上书记官与祭司的路,但他还是能感觉到隐藏于天地间的一股能量。他深深地吸了一口气,将能量吸入体内,然后凝神沉思,以便凝聚体内的能量。

豹子跪在他身边,忧心忡忡地说:"你真是疯了。你单打独斗是绝对赢不了阿达飞的。"

"他最拿手的兵器是什么?"

"枪。"

"我的箭速度可比那个快多了。"

"我真的不想失去你。"

"既然你想发大财,我就得冒点险。相信我,这是唯一的解决方法,我实在不愿意看到这些努比亚人被杀。"

"那你宁愿看到我成为寡妇吗?"

"你是黄金女神,你会保佑我的。"

"阿达飞杀了你的时候,我也要在他的肚子上捅一刀。"

"那你的那些同胞可不会放过你。"

"反正努比亚人会保护我,然后还是免不了会有一场大屠杀,这不是你最担心的吗?"

"只要我赢,就没什么好担心的了。"

"你死了以后,我会把你埋在沙漠里,然后去找塔佩妮,把她活活烧死。"

"到时候,可以让我点火吗?"

"你做梦的时候,我好爱你。我爱你,就因为你有梦。"豹子幽幽地说。

雾气再度笼罩沙漠,遮去了黎明的清透。苏提打着赤脚往前走,沙子在他脚底下沙沙作响。

他右手拿着一把射程中等的弓,这也是他最好的一把弓,左手只握了一支箭,因为他没有时间射出第二支。阿达飞被称为"百胜将军",至今还没有碰到过与他实力相当的对手,而且他行踪飘忽不定,沙漠警察也对他无可奈何。他最大的乐趣就是为叛乱分子和盗匪提供武器装备,让他们把三角洲西边的各省搅得鸡犬不宁。也许他还梦想着统治上埃及呢。

几缕光线穿透了阴霾。阿达飞身着红绿相间的长袍,头发都被包在黑色头巾里,他威风凛凛地站在离苏提五十多米远的地方。

苏提发现自己吃了大亏。

因为阿达飞手里拿的不是枪,而是苏提当初遗留在洞穴中的那把他最喜爱的弓。这把弓由上等金合欢木制成,质地极佳,直线射程可达六十多米。相较之下,苏提手上的这把弓就显得逊色多了,即使射得十分精准,最多也只能伤到对手而非击败对手。假如他企图靠近一点,阿达飞一定会先发制人,让他毫无反击的机会。

此时阿达飞脸上的表情全变了，他看起来冷酷、阴沉，完全没有一点人类的气息。他心中萌发出杀意，整个人也随之变得杀气腾腾。他冷冷地站在那里，等着看对手颤抖的模样。

苏提却明白了阿达飞总能在决斗中获胜的原因：就在左边的一座小沙丘后面，有一名利比亚的弓箭手，他正趴在那里，暗中保护着阿达飞。那名弓箭手是会先出手，还是会看阿达飞的手势行动呢？

苏提不禁暗骂自己愚蠢：什么公开、公正的较量，什么一言既出、驷马难追，阿达飞根本不信这一套。他的第一位战场导师早就警告过他，贝都因人和利比亚人经常会用暗箭伤人，他竟然忘了，而且他会为此付出生命的代价。

阿达飞、苏提和埋伏好的利比亚人同时拉开了弓；苏提逐渐发力，让弓越绷越紧。苏提的态度让阿达飞觉得颇有意思，他原以为对手会先解决躲在左边的那个人，然后再向他射箭。可没想到他只带了一支箭。

在这千钧一发的时刻，苏提却用余光瞥见了暴力的一幕，这一幕发生得非常快：原来豹子已经悄悄爬到了那个利比亚人的背后，一刀便割断了他的喉咙。阿达飞目睹了这起意外，想都没有想，就把弓箭对准了趴在沙地上的豹子。苏提见机不可失，立刻将弓拉满，与弓箭合二为一，专心致志地瞄准了目标。而此时阿达飞也发现自己犯了错，连忙转身射箭。

他的箭掠过了苏提右边的脸颊，而苏提的箭却射中了他的右眼。他立刻倒地不起，最后竟气绝身亡。

在努比亚人欢声雷动之际，苏提割下了阿达飞的右手，并向天空挥舞着他的弓。

风沙游人与利比亚人纷纷抛下武器，拜倒在早已紧紧搂在一起的苏提和豹子面前。

豹子的脸上洋溢着幸福的光辉。她既富有又快乐，有一群人任她使唤，还有利比亚的士兵由她差遣，那些最不可能实现的梦想，如今都实现了。

"你们可以自由地离开，如果留下来，就要听我的。"苏提对众人说，"如果你们跟着我，就能获得金子。但如果稍有不从，我就会亲手解决掉你们。"

大家都留在原地没有动，苏提给出的报酬和赏赐实在是太丰厚了，再怎么多疑的人都会忍不住动心。苏提检查了马车和马匹，发现情况都还不错。现在他有了几名训练有素的驾车手，还有了几名技术无人能及的努比亚弓箭手，这就等于拥有一支精英部队了。

"你现在是黄金之主了。"豹子高兴地说。

"你又救了我一命。"

"我早就告诉过你：没有我，你是成不了什么大事的。"

苏提发完第一笔赏金之后，所有人对他的敌意立刻烟消云散。利比亚人请努比亚人喝棕榈酒，在聊天欢唱、饮酒作乐的气氛中，彼此渐渐建立起了友谊。可是他们的新首领却更愿意享受沙漠的静谧，因此独自躲到了一旁。豹子走到他身边，问道："在梦中你会不会忘掉我？"

"难道不是因为你我才有梦的吗？"

"你今天可帮了埃及一个大忙。你杀了阿达飞，相当于替埃及除掉了一个心腹大患。"

"咱们该怎么庆祝这场胜利呢？"

第 26 章

帕扎尔腰间系着破烂的缠腰布，脚蹬一双破鞋，满脸的胡须。这位埃及首相就这样走在孟斐斯的大市集里，混在人群当中。他心想，这总该是体察民情最好的方法了吧？他发现，市场上各种物资都不匮乏，尼罗河上的船往来频繁，食品供应情况也十分正常，他满意极了。而且他最近刚刚检查过港口的设施，以及那些一年两次对船进行维修的人工船坞，结果也显示，所有商船的状况都非常好。

帕扎尔还注意到，市场上的交易非常顺利，价格也没有被过度哄抬，因此一般的市井小民并没有遭受通货膨胀之苦。商贩绝大多数都是女人，并且都占据了比较有利的位置。买卖双方讨价还价之际，还有挑水夫供水解渴。

"我真是太高兴了！"一名农夫忽然喊道。原来他用一些甜美的无花果换得了一只水罐。另一处，不少好奇的民众围在两名布商的摊位旁，欣赏着一块高级亚麻布料。

"这真是上等的布料！"一位富贵人家的夫人说道。

"所以价格才这么高啊。"布商说。

"新首相上任之后，就很少有人敢胡乱要价了。"

"这样最好！我们的成本降低了，售价也降低了，买的人自然就多了。好吧，如果你买这块布，我就再送你一条围巾。"

看他们成交后，帕扎尔又走到一个鞋贩的摊位前，他卖的凉鞋全都用细绳绑在细细的木架上。

"你该换鞋了,年轻人。"鞋贩对帕扎尔说,"你脚上的那双鞋子穿得太久了,鞋底很快就会磨破的。"

"可是我没钱。"

"我看你也不像个坏人,就让你赊账好了。"

"这样做违背我的原则。"

"说的也是,无债才能存万金嘛!那我帮你补一补,你出一点钱,意思意思就好。"

帕扎尔一时嘴馋,买了一块蜂蜜蛋糕,他一面吃一面侧耳听市民谈论民生问题。

众人在言谈之间毫无忧虑,对首相的措施也没有任何不满。不过,帕扎尔还是不放心,因为几乎没有人提到拉美西斯。

于是他走向一个女商贩,想买一小瓶香脂。他问了价钱后说:"好像有点贵。"

"你是城里的人吗?"

"不是,我是从乡下来的。我总是听人家说孟斐斯很好,今天一看,这里果然很好,拉美西斯的确把这里建设成了全世界最美的都市。我真想见见法老!不知道他什么时候会出宫?"

"没有人知道。听说他病了,现在住在三角洲的皮拉美西斯①宫。"

"他病了?他可是全国最健壮的人啊!"

"大家都在传——他的神力已经用光了。"

"但愿神力很快就会再生。"

"还有可能吗?"

"不能再生,也会有新的国王 "

女商贩却摇摇头:"谁能接替拉美西斯的位子呢?"

"谁知道呢?"

---

① 皮拉美西斯,指"拉美西斯的领地(或庙宇)"。

突然间,人群中传来了尖叫声,大家急忙向两边退开,让出一条路来。只见杀手跳了几下,便来到帕扎尔身边。女商贩以为狒狒警察又来抓小偷了,立刻迅速用绳索套住了帕扎尔的脖子,防止他逃跑。令她感到奇怪的是,狒狒这回却没有像往常一样,咬这名"窃贼"的小腿,只是静静地等着凯姆到来。

"这个小偷是我抓到的。"女商贩一看到凯姆就吹嘘道:"我可以拿赏金吗?"

"看情况再说。"凯姆敷衍了一句,便拉着帕扎尔往外走。

"你好像很生气。"帕扎尔看着凯姆问道。

"你为什么不先告诉我一声?你这样做实在太莽撞了!"

"不会有人认出我的。"

"幸好杀手找到了你。"

"我的确需要听听民众的声音。"

"有什么收获吗?"

"情况不容乐观。贝尔·特兰散布谣言,想让民众相信拉美西斯已经一蹶不振了。"

虽然要主持的是一场重要的行政会议,奈菲莉还是迟到了。有几个爱刁难人的委员便批评她,说她一定是因为打扮而耽误了时间,其实奈菲莉迟到另有原因:小淘气胃肠突然不舒服,勇士也咳个不停,还有北风,它的一个蹄子磨破了皮。对她而言,再也没有什么比照料家里的这三位守护神更重要的事了。

当她走进会议厅时,所有与会人员都起身向她行礼。她美丽的外表与柔和的声音,立刻征服了现场的人,有人之前还有一些不满情绪,此刻也烟消云散。

贝尔·特兰的出席,倒让奈菲莉吃了一惊。

"国家委派我担任埃及的经济代言人。"他解释道,"因为今天要通过一些关于公共卫生的法案,而我必须确定这些法案不会影响到国家预算的平衡,这样我才能对首相有个交代。"

对于这种场合,白色双院往往只会派出一个代表,如今院长出席,颇有挑战的意味,难免让奈菲莉有些不知所措。

"我对设立在各省首府与各村的医院的数目并不满意,因此我建议依照孟斐斯医院的模式,增设十几个医疗院所。"她首先针对医疗设施不足的问题进行了一番发言。

"我反对。"贝尔·特兰马上反驳,"这笔支出太大了。"

"医院将由省长拨款兴建,医护人员则由卫生处负责调派予以支持,因此这件事并不需要白色双院的协助。"

"但还是会影响税收。"

"根据法老的谕令,各省省长有权自行选择,可以选择依照白色双院的政策行事,也可以选择改善卫生医疗设施。省长们都听从了我的建议,决定先改善医疗设施,这一切并无违规之处。但愿明年这种情况还能继续。"

贝尔·特兰只得让步,他没有想到奈菲莉的政治手腕如此灵活,行事如此迅速。她早已无声无息地和地方领导达成了共识。

"根据我们上古祖先所著的'保护之书',埃及人民应该给予儿童特别的关注,而我们身为医生,自然更应该为那些病痛缠身的孩子尽一份心力。拉美西斯就任之初,曾经承诺要让下一代的埃及人生活得无忧无虑,而要实现这个美梦,第一步便是保障全民的健康。因此我决定培训更多的医生和护士,以便使全国各地的每一个人都能享受到最好的医疗照顾。"

"我希望能改变医疗体系。"贝尔·特兰接着说,"我们应该提高专科医生的地位,同时降低普通科医生的重要性。埃及很快就要开启通往世界的大门,专科医生将有更大的发展空间,也会为国家赚取更多的利润。"

"只要我还是御医总管的一天,我们就得依循传统。"奈菲莉语气坚定地说,"如果专科医生得势,就等于推翻了传统医学的基本理念:必须把人当成一个完整的个体,只有身心平衡才是真正的健康。"

"你如果不接受我的看法,白色双院将会与你势不两立。"

"你这是在要挟我吗?"

贝尔·特兰站了起来,以一种蛮横的态度对在场的所有人说:"埃及的医学向来极负盛名,有不少外国专家特地到我们国家来学习医学的基本理论。但是,我们也必须懂得变通,扩展这条生财之道。请相信我,医学是门高深的学问,价值绝对不止于此!我们只有制造更多的药剂,多加利用祖传的麻醉药与毒药,将药品大幅度地量化生产,我们才有未来!"

"我们不愿意这么做。"奈菲莉断然拒绝。

"你会后悔的,奈菲莉。我带着善意来警告你和你的同人。你如果拒绝我的帮助,将会带来不可弥补的灾难。"

"我如果接受你的意见,就等于毁了整个医学界的未来。"

"你和首相一样,都是那么执迷不悟。维护传统,只有死路一条。"

"你已经病入膏肓了,我实在无能为力。"

前首相巴吉由于肾脏剧烈疼痛和尿血,前来向奈菲莉求诊。她详细地检查了一个多小时,最后断定是寄生虫引发的尿血,不过只要遵照她开的处方,每晚睡前按时服药,巴吉便可痊愈。药方的成分包括:松子、油莎草、天仙子、蜂蜜与努比亚土。① 她还安慰巴吉不用担心,这药方很有效。

"是我的身体不中用了。"巴吉黯然地说。

---

① 还有两种没有标注的成分,一种是名为"莎姆斯"的植物,另一种是名为"莎莎"的果子。

"其实你的健康状况并不像你想得那么糟。"

"不过我的抵抗力确实越来越差了。"

"你是因为得了病,才暂时变得这么虚弱的。不过我保证你一定可以迅速恢复,而且会福寿绵长。"

"帕扎尔最近怎么样?"

"他很希望能见见你。"

帕扎尔和巴吉一起走在花园的林荫道上。意外得到这次散步的机会,勇士真是乐不可支,沿途不断地嗅着花圃里的花香。

"贝尔·特兰四面夹击,但我还是抑制住了他的攻势。"

"你有没有获得国家各位主要负责人的信任?"

"有些人确实很支持我,也不认同贝尔·特兰的做法。他太强势,野心太大,反而引起了一些人的反感,毕竟很多书记官对古代创国先祖的智慧还是奉行不悖的。"

"我觉得你现在变得稳重多了,也比以前更有信心了。"

"这恐怕只是假象!我每天都要兢兢业业地准备作战,更可怕的是我完全无法预知敌人会从哪里出现。我太缺乏经验了。"

"千万不要这么想,我已经没有你这股冲劲了,法老选择你是正确的决定。贝尔·特兰也知道这一点,他绝对想不到你竟然有这么强的韧性。"

"他怎么能背叛自己的国家呢?"

"人性嘛,还有什么龌龊事是做不出来的?"

"有时候,我觉得特别沮丧,虽然获得了一次又一次小小的胜利,却仍然挡不住时间的流逝。春天来了,大伙儿已经开始讨论下一次河水泛滥了。"

"拉美西斯的态度如何?"

"他鼓励我继续努力。有时候,当我守住防线,让贝尔·特兰不能越雷池半步时，我会有一种错觉，好像那个最后期限也跟着延后了。"

"你甚至还攻陷了他的地盘呢。"

"这也是我还抱有希望的唯一原因，削减他的势力，也许能让众人对他起疑。而他一旦失去了支持，夺权自然也就无望了。不过剩下的时间不多了，我还来得及推倒他所有的支撑吗？"

"帕扎尔，人民都对你有很高的评价，他们虽然怕你，但也很喜欢你。首相的工作你做得无懈可击，完全符合法老对你的期望。这些话既然是我说的，也就不是什么恭维和谄媚之词了。"

"贝尔·特兰想收买我，让我替他卖命！每当我回想起他那些友善的表示时，都不禁怀疑他究竟有没有过一刻是真诚的，还是说他从头到尾都在演戏，目的只是把我拉入他的阴谋中？"

"虚伪一向都是没有边界的。"

"所以你对他不会抱有任何幻想。"

"我本来就很排斥过度的热络，因为那不但无益，而且十分危险。"

"我想给你几份有关地籍与土地测量的文件，你能不能替我查一下，其中的数据是否被更改过？"

"当然可以，何况这还是我的老本行。你担心有什么问题吗？"

"我怕贝尔·特兰和他的同党企图非法侵占土地。"

傍晚的孟斐斯又美又温柔，帕扎尔趁机在戏水池旁稍作休息。奈菲莉也坐在池畔，她双脚浸在水中，眼皮上涂了一层淡淡的绿色眼影，手里则弹着里拉琴。轻柔的音乐，配合着在微风中轻轻颤动的树叶发出的沙沙声，让帕扎尔的身心舒畅了不少。

此时的帕扎尔想起了苏提，他一定很喜欢这样的音乐。也不知道他现在人在哪里？有没有危险？帕扎尔以好友的英勇为赌注，希望能间接助他出狱,可是就算他活着回来,也还是逃不出塔佩妮的魔掌。据凯姆说,她现在在纺织厂的时间越来越少,整天往外跑。她到底想用什么方式毁了苏提呢?

想着想着,里拉琴的音乐声渐渐抚平了帕扎尔的不安,他索性闭上双眼,让自己完全沉醉于音乐的魔力之中。

暗影吞噬者也选择在此时采取行动。

首相官邸附近只有一棵海枣树可以让他在高处瞭望,这棵树就种在一间小屋外的庭院中央。暗影吞噬者早早便溜进了小屋,将屋中一对退休的老夫妻击毙之后,他便带着武器爬上树梢等待时机。

机会来了。如他所料,在这天气温和宜人的傍晚时分,提前回到家中的帕扎尔果然和妻子一同在空地上乘凉、休息。

暗影吞噬者手里紧握着猎鸟专家经常使用的一种弯形飞棍。狒狒守在官邸的屋顶,绝对来不及出手相救。如果他出手足够精准,帕扎尔立刻就会没命。

暗影吞噬者找了个牢靠且容易出手的位置,先观望了一下,虽然距离有点远,不过绝对射得中,因为他从小就展现出了这方面的天赋。每回出手都会把鸟儿的头砸得稀烂,那总会让他感到无比兴奋。

小淘气的眼睛一直都很尖,所以每当有成熟的果子落地,它都能马上捡起来,即便是在休息的时候,它也能马上注意到第一只落在海枣树上休息的鸟,然后就会跑上去跟鸟儿玩耍。

这一刻,它忽然惊声尖叫。

狒狒接下来的一连串反应简直快如闪电。他听到了小淘气的叫声,看到飞棍在空中划过,辨识出对方的目标,然后自屋顶纵身跳下,这一系列动作几乎是在一瞬间完成的。

它凌空一跃,伸手便将暗器截了下来,暗器落在距帕扎尔几米之外的地方。

奈菲莉吓了一跳，连里拉琴都掉在了地上，原本昏昏沉沉的勇士也一下子惊醒过来，跳进主人的怀里。

狒狒警察昂首挺胸地站在帕扎尔面前，满是鲜血的双手牢牢地握着飞棍，一脸骄傲，它又一次救了埃及的首相。

至于暗影吞噬者，则早已慌慌张张地逃进了一条小巷。他不明白，这只狒狒究竟有什么神明附身？在多年的杀人生涯中，暗影吞噬者头一次对自己的能力感到怀疑。帕扎尔跟其他人不一样，有一种超自然的力量在保护着他。难道真的是正义女神玛特让他刀枪不入吗？

第 27 章

杀手狒狒乖乖地让奈菲莉帮它清洗手掌，进行消毒并包扎伤口。虽然奈菲莉早就知道杀手体魄强健，异乎寻常，但看到它在承受了如此严重的袭击之后，竟只是身受轻伤，仍然觉得不可思议。杀手的伤口迅速结痂，加上它对疼痛的忍耐力一向都很强，因此这回顶多休息一两天就够了，不过它根本静不下来，还是来来回回地走个不停。

"太精致了！"凯姆检查了飞棍之后说："说不定这会是重要的线索。莫非暗影吞噬者大发慈悲，想指点我们？可惜你没看到他。"

"我连害怕的时间都没有。"帕扎尔坦言道，"要不是小淘气叫了一声……"

他们说话的时候，小淘气竟壮着胆子跑到了狒狒面前，还摸了摸它的鼻子，但杀手并没有动怒。

于是，小淘气的胆子更大了，它把手掌放到了狒狒的腿上，而杀手依然只是用温柔怜爱的目光看着它。

"我会在你的住处加大防护范围，"凯姆说道，"我也会亲自审问飞棍商。我们终于有机会查到暗影吞噬者的真实身份了。"

西尔基斯和丈夫大吵了一架，因为贝尔·特兰虽然非常疼爱他那个将来要继承事业的儿子，可他毕竟是一家之主，不容妻儿忤逆他的意思。可偏偏西尔基斯舍不得骂孩子，对女儿的撒谎与辱骂，更是百般容忍。

她觉得丈夫对孩子们的指责一点都不公平,她气得像发了疯,又是撕布,又是摔箱子,还把昂贵的衣服扔在地上乱踩。贝尔·特兰拿她没办法,只得狠狠地骂了一句:"疯子!"便出门去办公室了。

疯子……西尔基斯被这样的形容词吓到了。她难道不是一个正常的女人,一个深爱且受制于丈夫的妻子,一个尽责的母亲吗?她参与了他叛国的阴谋,在守护斯芬克斯像的卫兵长面前赤身裸体,让他分心,她哪件事没有听贝尔·特兰的?她是那么相信他,相信在不久的将来,他们将共同治理埃及。

可是她心里开始有了挥之不去的阴影。自从被暗影吞噬者强暴之后,她便像跌入了黑暗的深渊,不能自拔。当时的无助,以及被强暴后那种莫名的快感,一再折磨着她,那种痛苦甚至比她所犯下的罪行更叫她难过。还有她和奈菲莉的决裂……她其实很想和奈菲莉维持友谊。这一个接一个的噩梦、一个接一个的不眠之夜,究竟是疯狂,是谎言,还是变态呢?

现在只有一个人救得了她,那就是解梦师。虽然他开的价高得离谱,但至少他愿意听她说话,愿意指引她。

出门前,她吩咐女仆给她拿一条面纱,好遮住她憔悴的面容,不料她却看到女仆泪眼汪汪的,便问:"你怎么了?"

"天哪……竟然死了。"女仆没头没脑地回答。

"谁死了?"

"你来看看。"

她走过去一看,原来那株长满了橙色、黄色和红色花朵且枝叶茂密的芦荟,竟然只剩一根枯枝了。这株芦荟是贝尔·特兰送西尔基斯的礼物,不但罕见,而且是她日常用药的来源。此外,将芦荟油涂抹在生殖器上,既可以避免感染,又可以增进性交时的润滑和舒适感。最主要的是贝尔·特兰左腿上的红疮抹了芦荟油以后便不会发痒了。"

西尔基斯顿时仿佛失去了主心骨，头不禁又痛了起来。她感觉自己很快就会像芦荟一样凋零。

解梦师的诊疗室内被漆成了黑色，一走进去便感觉一片漆黑。西尔基斯两眼紧闭，躺在一张席子上，等着解梦师问她问题。前来向这名叙利亚籍解梦师求助的，全都是一些有钱、有名望的贵妇人，这也是他当初放弃当工人和商人，而选择研读魔法书与解梦书的原因，只要安抚了这些有钱有势的人，就能得到丰厚的报酬。在埃及这种安乐自由的国家，想钓到大鱼并不简单，不过鱼儿一旦上钩，就再也跑不掉了，因为只有持续不断地治疗，才能有最好的疗效。所以，每次有顾客上门，他只需要帮对方解析梦境，再稍微吓吓对方就行了。那些贵妇怀着满心的不安来访，又带着满心的不安离开，只要让她们一直停留在那种微微的彷徨之中，钱财便会滚滚而来。到目前为止，唯一与他作对的就是税务部门，因此他总是缴纳很高的税，以免税务官来找麻烦。不过，奈菲莉当上了御医总管，这对他而言却不是什么好消息，据说，她那个人不但不接受贿赂，而且对他这种骗吃骗喝的江湖郎中深恶痛绝，绝不宽恕。

"你最近经常做梦吗？"解梦师问西尔基斯。

"嗯，而且那些梦特别可怕。我总是梦到自己拿着一把匕首，还把它刺进了一头公牛的脖子。"

"那头牛有什么反应呢？"

"我的匕首断了，然后牛就掉头朝我冲过来，踩得我全身是伤。"

"你跟你丈夫的关系最近还好吗？"

"他工作特别忙，每天回到家后总是累得倒头就睡。偶尔有欲望的时候，也都是速战速决。"

"西尔基斯，你对我不能有任何隐瞒，明白吗？"

"是，是，我知道。"

"你最近是不是用过匕首？"

"没有。"

"那类似的东西呢？"

"应该也是没有的。"

"那针呢？"

"针？我用过。"

"是贝壳细针吗？"

"当然！那是我最喜欢的缝纫工具。"

"你用针袭击过别人吗？"

"没有，这一点我可以发誓！"

"一个上了年纪的男人背对着你，你悄悄地走到了他身后，然后将贝壳细针扎进了他的脖子……"

西尔基斯听到这里，不禁尖叫起来，她咬着手指，在草席上不停地抽搐、扭动。解梦师大吃一惊，刚打算找人来帮忙，却看到西尔基斯已经恢复了平静。她汗流浃背地坐了起来，用恍惚而喑哑的声音说："我没有杀人，我没有那个勇气。不过，将来要是贝尔·特兰让我去杀人，为了留住他的心，我一定会照做的。"

"你已经痊愈了，西尔基斯夫人。"

"你……你说什么？"

"你已经不再需要我的治疗了。"

解梦师把行李统统放到驴子身上，准备向码头出发。这时，凯姆来了，他问："都收拾好了？"

"船已经在码头等我了。我要去希腊，在那里不会有人找我的麻烦。"

"真是明智的选择。"

"你向我保证过的,海关人员不会太刁难我。"

"那就得看你如何表现了。"

"我已经按你的吩咐问过西尔基斯夫人了。"

"我让你问的问题你也都问了?"

"虽然我一个字也听不懂,但是我确实都问了。"

"结果呢?"

"她没有杀人。"

"你肯定?"

"绝对肯定。我的确是个江湖郎中,不过,这种女人我见得多了。你要是看到当时的情况,你也会相信她说的话。"

"好了,你就把她和埃及都忘了吧!"

塔佩妮眼看着就要掉下泪来了。贝尔·特兰则坐在一张堆满纸轴的矮桌前,怒目圆睁地看着她。她连忙辩解:"整个孟斐斯我都问遍了,我没有骗你!"

"亲爱的塔佩妮,你这次无功而返,未免太不可原谅了。"

"可是帕扎尔既没有出过轨,也不曾花天酒地,还没有债务,更没有牵扯上什么非法交易。我实在不敢相信,他简直是个完美无缺的人啊!"

"我早就告诉你了——他是首相。"

"我以为不论是不是首相都……"

"塔佩妮女士,你的贪婪已经让你的想法完全扭曲了。埃及毕竟是个特殊的国家,那些大法官,尤其是全国第一大法官,至今仍将刚正不阿视作唯一的行事准则。我承认,他们的确迂腐得可笑,不过他们正直不阿毕竟是个事实。帕扎尔就是最好的例子,他坚信自己做的是一份神圣的工作,因此他内心充满抱负与热忱。"

塔佩妮听罢只觉得紧张,根本不知道该以什么态度回应,只得吞吞吐吐地说:"是我看错他了。"

"我不喜欢做错事的人。凡是替我做事的人,都只许成功,不许失败。"

"你放心,只要他有弱点,我就一定能找出来!"

"要是没有呢?"

"那就帮他制造一个。"

"很好的想法。你有什么计划吗?"

"我会好好想想的,我……"

"不用想了,我都想好了。这个计划很简单,可以用特殊物品的交易为诱饵。不知道你是不是还愿意帮我?"

"任您差遣。"

于是,贝尔·特兰告诉了她整个计划,还给她分配了任务。这一次塔佩妮办事不力,更加剧了贝尔·特兰对女人的怨恨,希腊人将女人视作次等动物,果然一点也没错!埃及的法律给了她们太高的地位,让她们享有了太多权利。就像这个成事不足、败事有余的塔佩妮,就应该赶紧除掉,以免将来碍事,而且顺便还可以向帕扎尔证明,他所深信的司法正义根本起不了任何作用。

露天的工作坊里,有五个工人正卖力地用金合欢木、无花果木与柽柳木制作飞棍,成品都相当结实,价格也不便宜。凯姆找到了五官深邃、性情暴烈的老板,开始向他打听:"来买飞棍的都是些什么人?"

"捕鸟的人,或者猎人。你问这个干什么?很重要吗?"

"非常重要。"

"为什么?"

"你该不会做了什么亏心事吧?"

这时,有个工人在老板耳边低声说了几句话,老板听罢立刻脸色大变:"你是警察局长!你在找什么人吗?"

"我想知道这支飞棍是不是你这里制造的。"

老板仔细检查了那个差点让帕扎尔送命的暗器,然后说:"手工很精巧,做得很精致,多远的目标它都能击中。"

"回答我的问题。"

"不,不是我们这里做的。"

"哪间工坊做得出这样的飞棍?"

"我不知道。"

"真的吗?"

"很抱歉,但愿下次我能帮上你的忙。"

看到警察局长走出去,老板总算松了口气,他心想,看来这位警察局长倒也不像传说中的那么难缠嘛。

不过,当天色变暗、工作坊打烊之后,老板就知道自己想错了。凯姆厚实的手掌搭在了他的肩上,只冷冷地说了一句:"你说谎。"

"没有,我……"

"不要再骗我了。你难道没听说过吗?我比我的狒狒更凶!"

"我的工作坊正常营业,工人也都很认真……你为什么非找我不可?"

"跟我说说那支飞棍。"

"好,我说。它的确是我做的。"

"买主是谁?"

"没有人买,是被偷走的。"

"什么时候被偷的?"

"前天。"

"那你刚才怎么不老老实实地说?"

"因为那东西在你手上,我担心会被牵扯进什么可疑的案件。换作是你,你也不会说的。"

"你知道小偷可能是谁吗?"

"毫无头绪。这飞棍价格不低,能不能还给我?"

"我没有找你的麻烦,你就该谢天谢地了,还想拿回飞棍?"

关于暗影吞噬者的这条线索又断了。

奈菲莉虽然贵为御医总管,行政事务异常繁重,但只要遇到急诊、疑难杂症或重大的手术,她从不拒绝提供帮助。

这一天,她突然在医院里看到了莎芭布,这让她感到万分惊讶。莎芭布三十来岁,长得妖娆艳丽,如今她是孟斐斯最著名的啤酒馆的老板娘,手下美女如云。她的风湿是老毛病了,不知道她今天到医院来做什么。

"你的身体情况恶化了?"

"不是的,我一直遵照你的指示在休养,并没有什么问题。我今天来找你是另有原因。"

因为肩膀发炎,她的胳膊差一点废了,多亏了奈菲莉,她才幸免于难,因此她一直非常感激这位医术高明的女医生。虽然她仍在风月场谋生,但对首相夫妇却有种说不出的钦慕,看到夫妇俩鹣鲽情深,她不得不相信这世上确实存在生死不渝的爱情,只不过她这辈子是体验不到了。她脸上化着精致的妆,身上喷了浓得几乎化不开的香水。她总是懂得如何展现自己的魅力去吸引男人,她才不管什么世俗和礼节呢。不过,莎芭布从来都没有在奈菲莉的眼中看到过敌意与蔑视,她看到的只是奈菲莉医治病人的热忱。

莎芭布递给奈菲莉一只上了釉的陶瓶,然后说:"把它打碎。"

"这只瓶子这么漂亮……"

"请把它打碎。"

于是奈菲莉便将瓶子往地板上一摔,碎片中赫然出现了一块形似男性生殖器的石头和一块形似女性生殖器的青金石,上面还密密麻麻地写满了巴比伦文字。

"我是在无意中发现这桩买卖的,"莎芭布解释说,"不过,就算我没发现,迟早也会知道的。这东西主要的功效是让疲惫的男人重新燃起欲望,让不孕的女人生育。如果未经申报,私下进口这东西是不合法的。我还发现了一些瓶子,里面装的是明矾,这种药物可以增强性欲、治疗性无能,而且疗效显著。但我最讨厌这种治标不治本的东西,它们扭曲了性爱的本质。你一定要设法阻止这桩买卖,保全埃及的声誉。"

莎芭布从事的职业虽然不甚高贵,但她还挺有荣誉感。

"你知道哪些人有嫌疑吗?"奈菲莉问道。

"不知道,我只知道货都会在夜里被送到西码头。"

"对了,你肩膀没事了吧?"

"一点都不疼了。"

"再疼的话,一定要马上来找我。"

"我会的。我刚才说的事,你不会袖手旁观吧?"

"我会让首相处理的。"

波浪拍打在码头边的岩石上,碎成朵朵浪花,码头上空无一人,一艘没有扬帆的船正朝这里驶来。在船长的熟练指挥下,船轻巧地靠了岸,随后码头上立刻冒出来十几个工人,开始帮船员卸货。

卸完货,工人们走到一名女子身边领取护身符,那是他们的报酬。凯姆此时刚好带人抵达现场,没花费多少力气便将那些嫌疑犯一网打尽。

逮捕过程中,只有那名女子不断挣扎,企图逃走。凯姆手下的人拿起火把,火光照在她的脸上,凯姆看到她的脸,着实吃了一惊:"塔佩妮女士!"

"放开我!"

"恐怕我得把你关起来了，你不知道你现在进行的是非法交易吗？"

"我可是有靠山的。"

"谁啊？"

"你现在不放开我，以后可别后悔。"

"把她带走。"

看到凯姆无动于衷，塔佩妮气愤不已，她一边挣扎一边喊："我是奉贝尔·特兰之令行事的。"

由于物证确凿，帕扎尔便优先审理此案，不过，在开庭之前，他先让塔佩妮与贝尔·特兰进行了对质。

塔佩妮早就激动得情绪失控了，她一看到贝尔·特兰，便冲上前去，还嚷嚷着："叫他们放了我，贝尔·特兰！"

"如果这个女人不冷静一点，我可就走了。你叫我来有什么事？"贝尔·特兰冷冷地说。

"塔佩妮女士指控你指使她进行一项非法交易。"

"荒谬！"

"你说什么？荒谬？"塔佩妮歇斯底里地喊道："你明明让我把这些东西卖给一些权贵，以便损害他们的名声。"

"帕扎尔首相，我想塔佩妮女士已经失去理智了。"

"贝尔·特兰，我警告你别再用这种口吻说话，否则我就掀了你的底。"

"请便吧。"

"你……你疯了！你知不知道……"

"你怎么胡思乱想那是你的事，我可没兴趣奉陪。"

"好，既然你这样弃我于不顾！那你就别怪我了。"

接着，塔佩妮对首相说："那些权贵之中，头一个就是你！你们这对著名的夫妻有这种不健康的嗜好，这一消息一旦传出去，会是多么轰动的丑闻啊！用这种方法让你们身败名裂，是不是高明透顶？这是贝尔·特兰想的办法，我只是负责做事而已。"

"真是一派胡言！"

"我说的全都是事实。"

"你拿得出证据吗？"

"我说是真的就是真的，不需要证据。"

"这件事的主谋就是你，谁都不会怀疑的。你可是当场被逮了个正着，塔佩妮！你对首相的怨恨实在太深了，幸好我很早就对你起了疑，也感谢众神给我这份勇气，让我挺身而出，揭发你的恶行。"

"揭发我……"

"没错。"帕扎尔点头道，"贝尔·特兰是写了一份警告函揭发你的非法活动，这份警告函昨天已经被递交给警察局长，并归档留证了。"

"我与司法部门合作的决心再明显不过了。"贝尔·特兰说："我希望塔佩妮会受到严厉的惩罚，扰乱社会公序良俗的确是不可原谅的罪行，不是吗？"

第 28 章

为了平复心情，帕扎尔带着勇士和北风到乡间漫步，他们去了好几个小时。一想到贝尔·特兰胜利的微笑代表的其实是对司法的践踏与侮辱，他便心痛得不能自已，这样的伤痛是连奈菲莉的医术都无法治愈的。

唯一让他感到欣慰的是，贝尔·特兰背叛了塔佩妮，因此也失去了一名伙伴。塔佩妮被判入狱，也丧失了她的公民权利，这件事最大的受益者当然就是苏提了。现在，他只要提出离婚，便不需要再为他的前妻工作。这个贪得无厌的纺织女王终于自食其果，苏提也因此重获自由。

驴子稳健的脚步，以及爱犬的乐天与喜悦，的确让帕扎尔平静了不少。散步时他心情轻松，四周安宁静谧，尼罗河波澜壮阔，这一切终于扫除了他内心的阴霾。此时，他真希望能和贝尔·特兰来一场决斗，他一定会一把拧断贝尔·特兰的脖子。

不过这只是他发泄愤懑的幼稚想法，因为贝尔·特兰必定早就做好了万全的准备，即使除掉他，还是无法挽救拉美西斯的颓势，而埃及也终将成为由物质主义统领一切的国家。

面对这样一个魔鬼，帕扎尔有一种深深的无力感！一般来说，即便首相再年长、再有经验，也要经过两三年的时间才能对自己的工作驾轻就熟，而如今年轻的帕扎尔接受了命运的安排，一人挑起了救国大任，可是偏偏他又无计可施。只知道对手的身份是不够的，他真想不通，如果这是一场未战先输的战役，那他继续坚持下去又有什么意义呢？

北风眼神狡黠，勇士也友善地看着他，沮丧过后，他从它们的眼睛里重新找回了勇气与自信。驴子和狗都是神力的化身，它们以无形的力量勾勒出了人心依归的方向，一旦失去这个方向，人生也将变得毫无意义。

他要跟它们一起为脆弱而光明的正义女神玛特而战。

凯姆简直怒不可遏："帕扎尔首相，虽然我很尊敬你，但我还是不得不说，你这样的行为实在是愚蠢至极！你竟然一个人跑到野外……"

"我还带了随从啊。"

"为什么要冒这个险呢？"

"我再也受不了办公室，受不了那些行政工作和书记官了！伸张司法正义是我的职责，如今我却只能任由贝尔·特兰嘲弄，毫无反击之力。"

"这一点和你就任之初有什么不同吗？这些都是你早就知道的事情。"

"你说得对。"

"与其在这里自怨自艾，不如赶紧去关心一下阿比多斯省吧，那里都快闹翻天了。据说有两个人受伤，情况十分严重，大神庙的祭司和中央派去的特使发生了激烈的争吵，起因似乎与拒服徭役有关。这些事情最后都会闹到你面前来，不过到时候再处理可能就太迟了，我建议你立刻采取果断措施。"

四月的来临也带来了暑气，至少白天开始热了。在这即将开始收割的季节里，尽管夜晚凉爽宜人，但正午的太阳却已经有了吃人的气焰。首相官邸的花园里，则是一片欣欣向荣、百花争艳的景象，满园的万紫千红，令人目不暇接。

帕扎尔一起床，便步入天堂般的花园，径直向戏水池走去。他没有猜错，奈菲莉正在池子里游泳。她全身赤裸，在水中轻盈地游来游去。他忽然想起自己也曾这样看着她戏水，他们就是在那幸福的一刻因爱而结合，并结下了永生不变的情缘。

"水不冷吗？"他回过神来才问道。

"对你来说太冷了。你要是下水，又要感冒了。"

"不可能。"

奈菲莉走出水池，帕扎尔马上用一条亚麻布把她裹住，随即献上热情的一吻。

"贝尔·特兰驳回了在外省兴建新医院的提议。"奈菲莉说。

"无所谓。你的提案马上就会被转到我手中。既然有充分的依据，我就可以立即批准，也不用担心别人指控我徇私枉法。"

"他昨天到阿比多斯去了，你知道吗？"

"真的？"

"有个医生在码头碰到他了。我的那些同事也开始察觉到事情不妙了，他们现在已经不再对白色双院的院长歌功颂德了。有些人甚至认为你应该让他下台。"

"阿比多斯那边出了一些问题，趁现在情况还不严重，我得赶紧赶去处理。我今天就出发。"

这世上还有什么地方比阿比多斯更神奇呢？

这里祭祀的是传说中在遭到杀害后重生的奥塞利斯神，除了包括法老在内的几名特定人士之外，其他人都不能随便进入这座巨大的圣殿。拉美西斯大帝也和先王塞提一样，不仅美化了神殿，还扩大了归属于神庙的农田，让神职人员的物质生活不虞匮乏。

帕扎尔抵达时，在码头上迎接他的并不是阿比多斯神庙的大祭司，而是卡纳克神庙的负责人卡尼。再度见面让他俩都分外高兴。

"帕扎尔，我真没想到你会来。"

"凯姆把事情都告诉我了，事态很严重吗？"

"恐怕是的，在交给你处理之前，本来还应该详细调查一番，现在既然你来了，这项工作就由你来主持吧。阿比多斯神庙的大祭司生病了，他最近压力极大，所以让我来协助他渡过难关。"

"他有什么压力？"

"跟我和其他神庙的祭司面临的压力一样：中央要求神庙出让一些工人，供政府调用。有好几个省已经开始大幅征调神庙工人了，而且上个月就发出了服徭役的通知，其实各大工地通常都要到满潮初期，也就是九月的时候，才需要增添人手。"

贝尔·特兰简直就像一只章鱼，他那些贪婪的触角不断伸长，继续向首相发出挑战。

"听说有人受伤。"凯姆打岔道。

"是的，是两个不服从警察命令的农民。他们的家族世代都为神庙工作，至今已有一千年了，因此他们不愿意接受调动。"

"动粗的人是谁派来的？"

"不知道。再这样下去恐怕就要出现暴动了，帕扎尔。这些农民都是自由人，他们绝不愿像玩偶一样任人摆布。"

打乱工作秩序以引发内战——这正是贝尔·特兰打的如意算盘，如今他又回孟斐斯去了。将阿比多斯定为第一个目标确实是上上之策，因为这一方圣地向来不会受到经济与社会动荡的影响。这次如果他能成功，将对其他地区具有示范作用。

身为首相，帕扎尔原本可以到神庙内潜心静思一番，他也很想这么做，不过眼看情况紧急，他也只好放弃这份享受了。

他连忙赶到最近的一个村子，凯姆正扯着嗓子让村民到面包店附近的中央广场集合。消息很快就传开了，首相竟然会到这个小村落里来，还要跟这些小老百姓说话，这简直是个奇迹。于是村民从田里、谷仓里、园子里，急急忙忙地赶了过去，生怕错过了这场盛事。

帕扎尔首先向众人称颂了法老的神力，并称颂他是唯一能带给子民活力、繁荣与健康的人。然后他提醒村民，根据被沿用至今的古老法则，任意征用工人是不合法的，而且会遭受严厉的惩罚。忤逆者将会失去原有的职务，并罚杖刑两百下，而且要亲自完成他给工人分配的不公的工作，最后还要进监狱。

这番话总算消除了众人的疑虑与怒气。大家七嘴八舌地说起了这件事的始作俑者，矛头一致指向"光头"费克提。

费克提在尼罗河边有一栋别墅，还有一个养马场，其中最精良健壮的马要被送进宫去，当作王室用马。他为人粗鲁，加上他家财万贯，行事更是目中无人，不过，这么久以来，他倒一直没有骚扰过神庙的员工。

然而，就在几天前，他却把五名手工匠人强行带回家中。

"这个人我认识。"快到别墅的时候，凯姆告诉帕扎尔，"他就是那个诬赖我偷金子，还割掉我鼻子的军官。"

"你别忘了，你现在可是警察局长。"

"放心，我会保持冷静的。"

"如果他是清白的，我可不能让你逮捕他。"

"但愿他有罪。"

"你本身就是权力的代表，凯姆，但我希望这权力能受到法律的约束。"

"我们进去吧？"

他们正打算进屋，一个靠在门廊的木头柱子上、手持长矛的人却把他们拦了下来，"不许进去。"

"把武器放下。"

"走开，你这个黑鬼，小心我捅穿你的肚子。"

他话音刚落，手上的长矛就被狒狒抢了过去，折成两截。慌乱之下，他一边往庄园里跑一边高声求助。院子里本来有一位驯马师正在调教两匹马，马一看到狒狒，受到了惊吓，扬起前蹄长啸一声，便撇下骑士，逃进了田野。

接着，立刻有几名护院带着匕首与长矛，从一栋平顶建筑中冲了出来，拦住了他们的去路。一个虎背熊腰的光头站了出来，面对帕扎尔、凯姆与眼中布满血丝、眼神骇人的狒狒，他问道："你们无故闯入这里，有何贵干？"

"你是费克提吗？"帕扎尔反问他。

"没错，我正是这里的主人。你要是再不带着你的怪兽离开，就别怪我们出手太重了。"

"你知道袭击首相是什么罪名吗？"

"首相？你开什么玩笑？"

"你叫人拿一块石灰岩过来。"

帕扎尔在石块上盖了官印，费克提这才让护院们退下去，他嘴里还嘟囔着："首相出现在这里……怎么可能呢？还有，跟着你的这个黑人是谁？啊！我认出来了！是他！是他！"

费克提想跑，但刚转过身去，便和杀手撞了个正着，被它推倒在地。

"你现在不是军人？"凯姆问他。

"不是了，我想自己开农场、养马。那件陈年旧事我们早就都忘了，是吧？"

"既然忘了，你怎么还提呢？"

"我当时是凭良心做事的，何况也没有阻碍你的发展啊。你现在应该是首相的贴身护卫吧？"

"是警察局长。"

"你？警察局长？"

费克提还在惊疑不定，凯姆已经伸手将吓出满身汗的他揪了起来，并问道："你把那几个被你强行带回来的手工匠人藏到哪去了？"

"我？这是有人故意栽赃！"

"你这些护院不是还打着警察的名号到处制造恐慌吗？"

"那是谣言！"

"那就让你的手下跟被害人对质。"

费克提不自然地咧咧嘴说："我不许你这么做！"

"别忘了，你得听从我们的命令。"帕扎尔提醒道，"我认为确实有搜查的必要。不过，当然，要先让你的人放下武器。"

护院们正在迟疑，却忘了提防狒狒。它趁机以迅雷不及掩耳之势，或打对方手臂，或撞对方手肘，或击对方手腕，不一会儿，所有的长矛与短刀便都手到擒来。虽然有几个人恼怒万分，想要还击，却都被凯姆一一制止。再加上有首相在场，大家多少有些忌惮，不敢轻举妄动。这种形势自然对费克提非常不利，不禁让他有一种众叛亲离的感觉。

接着，杀手便领着首相来到关着五名手工匠人的谷仓。他们好不容易恢复了自由，立刻叽叽喳喳地说个不停，纷纷抱怨费克提威逼他们重新修建别墅的围墙，修理家具。

帕扎尔当着被告的面将他们的证词都记了下来。费克提因妨碍公共工程与非法征调民力而被判有罪。凯姆拿来了一根粗木棍，对他说："首相命令我执行第一项处罚。"

"不要啊！我会死在你手下的！"

"发生意外也不是不可能的，有时候我怎么都控制不好力道。"

"你到底想知道什么？"

"是谁唆使你这么做的？"

"没有人唆使我。"

凯姆一边高高举起了木棍一边说:"你说谎的技术也太不高明了。"

"别打!好!我说!我的确接到了一些指示。"

"是贝尔·特兰?"

"就算告诉你了又有什么用?他是不会承认的。"

"既然你不愿意说,那我就依照判决打你两百下吧。"

费克提听了这话,吓得连滚带爬地跑到凯姆脚边,他在狒狒冷漠的注视下哀求道:"我要是合作的话,可不可以让我直接进监狱,不要打我?"

"要是首相同意的话。"

帕扎尔点了点头,费克提这才说:"这里的事根本就算不了什么。你们应该注意的是外籍劳工中心的情况。"

第 29 章

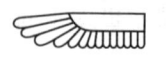

在春天炽热的阳光下,孟斐斯显得懒洋洋的。外籍劳工中心还是午休时间,十几名希腊人、腓尼基人和叙利亚人,正等着办公室职员来叫他们。

帕扎尔走进他们所在的小房间,他们以为负责人终于出来了,立刻起身相迎,而帕扎尔并没有说明自己的身份。在一片嘈杂的抗议声中,一名腓尼基年轻人主动出面,代表这些外籍劳工发言:"我们要工作。"

"你们得到了什么承诺吗?"

"他们说我们会有工作,因为我们都是合法的劳工。"

"你从事什么职业?"

"我是木匠,我手艺很不错的,有一个工作坊已经准备雇用我了。"

"条件是什么?"

"每天都有啤酒、面包、鱼干或者肉,以及蔬菜。油、香脂和香水十天给一次,而且会根据我的需要给我衣服和鞋子。工作八天,休息两天,节日和公休另外算。没有出勤要向老板说明情况。"

"这些待遇和埃及的工人一样,你觉得满意吗?"

"这当然比在我的国家工作好多了,可是我和其他人一样,都需要移民局的许可证!我们已经在这里等了一个多礼拜了,为什么还不给我们发证明?"

帕扎尔问了问其他人，他们都遇到了这个问题，也都反问他："你会给我们发许可证吗？"

"今天就发。"

忽然，一个大腹便便的书记官闯了进来，他喊道："这是怎么回事？请你们都坐下，不要再吵吵闹闹了！否则我就以长官的身份把你们都驱逐出境。"

"你的态度太蛮横了吧。"帕扎尔说。

"你以为你是谁？竟敢这么对我说话。"

"我是埃及的首相。"

在场的人突然都静了下来。那些外籍劳工既期待又害怕，而书记官则瞪大了眼睛，看着帕扎尔刚刚盖在纸上的印章。

"对不起。"他嗫嚅着，"可是我确实没有收到通知。"

"你为什么要找这些人的麻烦？他们都是合法的外籍劳工。"

"因为外籍劳工中心最近工作量激增，而且人手不足……"

"不对。到这里之前，我调查过外籍劳工中心的情况，你这里不缺钱，也不缺人。而且你涨薪了，要缴百分之十的税，你还有一些没有申报的额外收入。你有一栋华丽的房子、一个漂亮的花园、一辆车、一艘船和两名仆人。我说得对不对？"

"不，不是……"

此时，其他书记官都吃过了午餐，也聚在办公室门口探头探脑。帕扎尔便命令道："叫你的属下立刻发许可证，你跟我来。"

他带着那位书记官穿梭在孟斐斯的小巷内，跟那些平民百姓混在一起，书记官似乎有点不自在。

"上午工作四个小时，下午四小时，中午还要休息很长一段时间，这就是你的工作节奏？"

"是的。"

"可是你似乎并没有按时完成工作。"

"我们都很努力啊。"

"你的工作量不大,效率又低,只会损害那些受你牵制的劳工的利益。"

"我绝对无意如此,请相信我。"

"可是结果就是这样的。"

"我觉得你太严苛了。"

"我却觉得我可能还不够严苛呢。"

"给外籍劳工分配工作可不简单,他们有的脾气暴躁,有的有语言上的障碍,还有的适应能力比较差。"

"这一点我同意,不过你看看你周围的这些人,其中有不少商人和手工匠人都是到这里定居的第一代或第二代移民。只要他们遵守我们的法律,就该受到欢迎。让我看看你的名单。"

书记官面有难色地说:"这有些不方便。"

"为什么?"

"因为我们正在重新整理信息,这需要几个月的时间,一整理好,我马上通知你。"

"抱歉,我着急要。"

"可是……没办法呀。"

"无论多么烦琐的行政工作都难不倒我,我们回你的办公室去吧。"

书记官的双手不由得抖个不停。帕扎尔获得的信息没错,但是该怎么做呢?无疑,外籍劳工中心正在进行一项颇具规模的非法活动,现在只要探明活动的性质,然后将所有涉事的人都斩草除根就可以了。

这位书记官没有说谎,长方形的档案室内,文件确实散了一地。有好几名职员正在整理木板,并在上面编号。

"这项工作是什么时候开始的?"

"昨天。"主任回答道。

"是谁下的命令？"

主任犹豫了一下，不过看到首相锐利的目光，他还是决定说实话："白色双院……依照惯例，白色双院要了解移民的姓名与工作性质，以便确定税收总额。"

"那我们找找看吧。"

"不行，真的不行。"

"这么烦人的工作，倒可以让我回忆一下刚到孟斐斯的日子。你可以离开了，留两个愿意帮忙的人就行了。"

"但协助你是我的职责，而且……"

"回家吧，我们明天见。"

帕扎尔语气坚定，不容置疑。他走后，两名几个月前刚刚入职的年轻书记官自告奋勇留下来帮忙，而帕扎尔则脱下了长袍与鞋子，跪在地上开始整理文件。

这项工作看来极为繁重，帕扎尔只希望能在无意间发现一些蛛丝马迹。

"真奇怪，"一个年轻的书记官说，"要是以前的塞沙姆长官还在，我们的工作就不用这么赶了。"

"他是什么时候被换掉的？"

"这个月初。"

"他住在哪儿？"

"在花园区，大泉附近。"

帕扎尔随即走出了办公室，凯姆站在门边守着，他看到首相便说："这里没有什么异常。杀手巡逻去了。"

"我要请你把一名证人带到这里来。"

名字意为"忠心之人"的塞沙姆已经上了年纪，他性情温和而内向。接受审问已经够让他惊慌的了,更何况他面对的人还是首相,所以他极为不安。帕扎尔觉得他看上去一点也不像狡诈的罪犯,不过有了之前的教训,他已经明白自己不能以貌取人。

"你为什么离职?"

"是上级的命令,我被降职,调到了船舶管理部门。"

"你犯了什么错吗?"

"我认为我并没有犯错,我在这个部门待了二十年,没有请过一天假,我想我错就错在纠正了一些我认为错误的命令。"

"你把话说清楚。"

"我不允许申请流程有任何拖延,我也不赞成外籍劳工完全不受管制。"

"你是怕竞争激烈让酬劳降低?"

"不是!地主或手工匠人雇用的外籍劳工工资非常高,他们往往很快就能购置地产和房子,还能传给子孙后代。但是为什么这三个月以来大多数申请者都被送到了白色双院底下的一个造船厂呢?"

"你把名单拿给我看看。"

"只要看看档案就知道了。"

"恐怕你要失望了。"

看到整理的结果,塞沙姆果然十分失望:"这样的整理工作根本就没有用!"

"外籍劳工的名单在哪儿?"

"在无花果木板上。"

"现在档案这么乱,你能找得到吗?"

"我试试吧。"

塞沙姆再度失望了。他翻了个遍,仍然找不到,于是他下了结论:"档案不见了!不过还有草稿,虽然不齐全,但应该也有用。"

于是,两名年轻的书记官从杂物间搬出了一堆破碎不堪的石灰岩片，塞沙姆便就着火光寻找他那份宝贵的草稿。

造船厂里，每个人都忙得不可开交，工头高喊着口令，木匠们跟着口令锯开长长的金合欢木板。一些工程师负责拼起船身，另外一些则负责搭起舷墙，他们熟练地将木板一一叠起，再将木板以榫卯工艺镶嵌到一起，最后便造成了一艘完整的船。另一边的工人则有的忙着为船捻缝，有的忙着制造长短不一的船桨。

"这里闲人免入。"帕扎尔在凯姆和狒狒陪同下来到造船厂，却被一名卫兵挡在门外。

"也包括首相在内？"

"你是……"

"叫你们的长官出来。"

卫兵没有多问便立刻进去传话。不一会儿，只见一个身材壮硕、满脸自信的人跑了出来，他认出了警察局长和狒狒，便连忙向首相鞠躬，然后语调沉稳地问道："有什么需要我效劳的吗？"

帕扎尔拿出一份名单说道："我想见见这上面的外籍劳工。"

"这些人不在这里。"

"你再想想。"

"没有，我十分确定……"

"我这里有一些公文可以证明，你这三个月总共雇了五十多名外籍劳工。他们人呢？"

首相正等着他回答，他却忽然向巷子的另一头跑去，本以为没有人注意到他，不料杀手却从矮墙上一跃而过，纵身跳上了他的背，把他压倒在地上，使他动弹不得。

凯姆走过去扯住他的头发："说说吧，我们听着呢。"

农场在孟斐斯北边，面积十分辽阔。首相带着一群警察到达农场时,大约是下午三四点,他们抓了一个看鹅的人问道:"外籍劳工在哪里?"

看鹅的人见他们来势汹汹,不敢不说实话,他用手指了指牲畜棚。

帕扎尔一行人正打算进入棚内,却被几个手持镰刀和木棍的卫兵拦了下来,其中一个卫兵还不停地挥动镰刀挑衅。不过当凯姆一刀击中那个卫兵的手臂之后,其他的卫兵便立刻不再挑衅了。

牲畜棚内果然有五十多名外籍劳工,他们都被绑了起来,手里却还在忙着挤牛奶、拣谷子。

帕扎尔立即下令释放这些劳工,并将卫兵逮捕入狱。

面对这起突发事件,贝尔·特兰倒显得轻松自在,他说:"奴隶?没错,和希腊一样,地中海各国很快也会这么做。亲爱的帕扎尔,奴隶制是不可避免的趋势啊。有了奴隶,才有顺从且廉价的劳动力;有了奴隶,我们才能在推动各大工程时,降低成本、提高收益。"

"是不是需要我再提醒你一次?奴隶制违反玛特法则的精神,在埃及是不被容许的。"

"如果你想定我的罪,我劝你就别费心了,你是无法证明我和造船厂、农场以及外籍劳工中心有什么瓜葛的。我老实告诉你,虽然你一再阻挠、破坏我的计划,但是到目前为止,究竟谁的成果丰硕呢?你的那些律条已经是老古董了,你到底什么时候才能明白?拉美西斯大帝的埃及已经灭亡了!"

"你为什么这么憎恨其他人?"

"这世上只有两种人:一种是统治者,一种是被统治者。我属于第一种人,而第二种人就必须听我的。这才是唯一有效的法则。"

"这只是你一厢情愿罢了,贝尔·特兰。"

"很多领导阶层的人都会赞同我的看法,因为他们都希望成为统治者。尽管目前我们的愿望落空了,但将来他们还是会帮我的。"

"只要我还是首相,埃及就绝不会有奴隶。"

"你以为你为维护旧制度所做的这些努力会让我难受吗?其实,你虽然频频发力,却都只是无谓的挣扎,对我来说,你的所作所为更像是消遣而非挑战。别再白费力气了,帕扎尔,你我都很明白,你是根本改变不了什么的。"

"无论如何,我都会和你对抗到底,直到我咽下最后一口气。"

第 30 章

苏提的金合欢木弓失而复得,他怜爱地检查着弓是否坚实,弓弦的松紧是否合适,以及弓是否有弹性。豹子见状,便撒娇道:"你就没别的事干了吗?"

"如果想让你坐稳你的宝座,我就必须得有一套可靠的武器。"

"既然你手底下有人,就应该好好利用。"

"你以为凭这些人就能打败埃及军队?"

"我们先对沙漠警察下手,在沙漠建立我们的王国。现在利比亚人和努比亚人都听你的指挥,这已经是奇迹了。指挥他们作战吧,他们一定听你的。你是黄金之主啊,苏提,这片土地迟早是我们的,去征服它吧。"

"你真是疯了。"

"你要报仇,亲爱的,你要向帕扎尔和你该死的祖国埃及报仇。有了金子和战士,你一定做得到。"

豹子说完便用火一般的热吻表达她的爱意,这让苏提对未来的冒险又充满了希望,于是他便到营地里转了一圈。利比亚人善于袭击、勇气过人,他们准备了帐篷和毯子,荒漠里的日子似乎都因此变得舒服了;而善于打猎的努比亚人则负责追捕猎物。

不过,最初几天的兴奋劲儿已经渐渐消失了,利比亚人终于认识到阿达飞已死的事实,而苏提正是杀害他的凶手。当然,他们必须遵守自己在神前许下的誓言,但他们逐渐开始默默地对抗苏提。

为首的是一个叫约塞特的人，他矮矮壮壮，全身长着黑色的毛发。他以前是阿达飞的左右手，使起刀来又快又狠，对族人必须听命于苏提一事，他越来越无法忍受了。

苏提巡视营房时，见他手下的士兵有的在保养武器，有的在操练，还有的在打扫卫生，便极力称赞了他们一番。

当他正和一群刚刚操练完毕的利比亚战士谈话时，约塞特忽然带了五名士兵前来质问道："你要带我们到哪里去？"

"你说呢？"

"我不喜欢你的回答。"

"我也觉得你的问题问得不妥。"

约塞特皱起浓眉说："还没有人敢用这种口气跟我说话。"

"服从与尊敬上级是做一个好士兵最基本的条件。"

"那也得有个好上级才行。"

"你觉得我不配当将军？"

"你竟敢把自己和阿达飞相提并论。"

"有什么不敢的，输的人是他，可不是我。即便他作弊，也是我的手下败将。"

"你敢说他作弊？"

"和他联手的那个人的尸体不是你亲手埋的吗？"

此刻，忽然刀光一闪，只见约塞特的短刀已经刺向了苏提的小腹，可是苏提的反应比刀还快，他躲过了对方的袭击，反手撞向对手的胸口。约塞特受到重击，跌倒在地，还来不及爬起来，苏提就一脚踹了过去，把他的头踩进了沙堆。

"你要么就听我的，要么就等着被憋死。"

苏提眼中射出的寒光让其他利比亚人打消了救助同伴的念头，约塞特只好丢下刀子，以拳击地表示投降。

"喘口气吧。"苏提边说边将脚抬了起来。约塞特急忙滚到一旁，吐出嘴里的沙子。苏提又说:"你这个小叛徒,听好了!神明保佑,让我杀了一个投机取巧的人,并成了一支精锐部队的统领,我会好好把握这个机会。至于你,只有闭上嘴乖乖替我打仗的份儿。你如果不服,就走吧。"

事已至此,约塞特也只能低着头回到队伍中。

苏提的部队沿着尼罗河谷向北而行,他们走的是最艰险、最荒凉的路,与有人烟的地方始终保持着一定的距离。苏提天生就有领导才能,他懂得如何为属下节省力气,也懂得如何博取他们的信任,大家对他的指挥都没有异议。

苏提和豹子走在队伍的最前头,豹子每一分、每一秒都在品尝这得来不易的胜利的滋味,仿佛自己已经成了这片蛮荒之地的主人。而苏提则只是静静地聆听着沙漠的声音。

"我们骗过了警察。"她信心十足地说。

"黄金女神,你错了,我们已经被跟踪两天了。"

"你怎么知道?"

"你难道不相信我的直觉吗?"

"那他们为什么不攻击我们?"

"因为我们人数太多,他们必须集合好几个小组的人马。"

"那我们就先发制人吧。"

"再等等。"

"你不愿意杀埃及人,对不对?这就是你伟大的念头!宁愿被自己的同胞万箭穿心,对吧?"

"如果连甩掉他们的能力都没有,我还怎么送你一个王国呢?"

沙漠警察们简直不敢相信自己的眼睛。有凶猛的警犬作陪,他们总是能纵横沙漠,制止贝都因人的劫掠,保护沙漠商队和矿工的安全。游民的一举一动都逃不出他们的视线，打劫的强盗更不可能逍遥法外。几十年来，任何颠覆秩序的企图，都会在酝酿之初便被压制下来。

因此，当一名侦察兵报告，说南边出现了一支军队时，所有的警察都不敢相信。直到某支巡逻队发出警示信号，分散在各地的警察才开始集结起来一起行动。

各路警力会合之后，警察们却还是十分犹豫，不知该如何是好。他们十分纳闷：这群士兵是打哪儿来的？由谁统领？他们想做什么？既然这是由努比亚人和利比亚人组成的联军，难免让人有种不祥的预感——即将爆发一场严重的冲突，不过，沙漠警察还是有自信的，他们相信自己能消灭这群入侵者，不需要军队协助。只要立下战功，他们的名气就会更加响亮，也必定会获得奖赏。

入侵的敌军万万不该顺着丘陵爬过来，因为警察们就打算在这里进行突击，他们等着日落，打算趁敌方警备较为松懈的时候发动进攻。

首先，他们会从背后勒毙敌人；接着，会用乱箭扫射敌军；最后，以肉搏战作为结尾。攻势迅速而猛烈，只要抓住俘虏，总能逼问些什么出来。

然而当沙漠转红、有风乍起时，警察却到处都找不到敌军的踪影。他们担心有诈，便小心翼翼地往前走。到了山顶，突击队员根本没有碰到任何敌兵。他们居高临下，敌军的营区自然也一目了然，但出乎他们意料的是，里面竟然空无一人：空空的战车，四处乱窜的马，坍塌的帐篷，全然是一派仓皇溃逃的景象。看来这支杂牌军知道自己被盯上了，所以决定逃跑。

这场仗确实打得十分轻松，但接下来还有更激烈的追捕行动，他们必须逮捕敌方的每一名士兵。然后还要列一张战利品清单，以免之后遭到他人劫掠。而且，国家最后一定会赏一部分给他们的。

警察随后分为几个小组互相掩护，小心地进入了敌军的营区。有几个比较大胆的警察，走到车子旁边，掀开篷布一看，里面全是金条。他们立刻招呼同伴过去，一群人围着宝藏，看得目眩神迷，很多人因为太过入神，连武器都弄丢了。

突然间，沙漠里有数十个地方一下子翻腾起来。

原来苏提和他的手下都藏在沙里，他们算准了空荡荡的营区和这大一堆金子一定会将警察引过来，因此他们不会在沙子里闷太久。那些警察见敌人从身后包抄过来，便明白自己反抗也是徒劳。

苏提爬上一辆车，向投降的警察们说："只要你们讲理，就没什么好怕的。你们不但可以保住性命，还可以跟我手下的这些利比亚人与努比亚人一样发大财。我叫苏提，统领这支队伍之前，我本是埃及军队中的战车尉。当初，就是我为你们除掉了害群之马阿舍将军，是我为沙漠执法，将他处死的。如今，我已经成了黄金之主。"

此时有几名警察认出了苏提，他的名声早已传到孟斐斯之外，还有人把他视为传奇英雄呢。

"你不是被关在扎鲁堡垒吗？"一名警察问道。

"那里的驻军打算把我当作牺牲品献给努比亚人，借机除掉我，不过我却得到了黄金女神的保佑。"

豹子站了出来，周身映衬着夕阳的余晖，阳光将她的金冠、金项链与金手链照得闪闪发亮。无论是埃及警察还是苏提的部下，都被她震慑，她仿佛是一位远古的女神，如今终于从南方神秘的蛮荒之地回到埃及，为这方土地带来了爱的欢愉。

众人纷纷拜倒在地，臣服于她的魅力。

所有的人都在疯狂地庆祝。有人摆弄金子，有人喝酒，有人编织未来的美梦，有人赞颂黄金女神的美丽。

"你快乐吗？"豹子问苏提。

"情况可能会变糟的。"

"我一直在想,你要怎么做才能不杀埃及人……如今你已经成了一名很棒的将军,这都是我的功劳。"

"这些人靠不住。"

"你要有信心。"

"你还想征服什么?"

"我想征服即将面对的一切。我无法忍受平静的生活。让我们继续前进,创造我们的天地吧。"

他们正说着,约塞特突然从黑暗中跳了出来,他高举着匕首冲向苏提。苏提迅速往旁边一闪,躲过了这致命的一击。豹子惊魂未定,竟开始兴致盎然地观战,矮小的约塞特,不管是身材还是体力,都和苏提差距太大,她相信苏提不费吹灰之力便能获胜。

然而苏提一出手却扑了个空,约塞特精神为之一振,刀子一送便想刺穿苏提的心脏。苏提虽然及时避开了,却因为失去平衡而摔倒在地。

豹子见状,连忙飞起一脚踢掉了约塞特手上的刀子。不料此时约塞特杀意已决,他推开豹子,随手拿起一块岩石向苏提的脑袋砸去。苏提来不及作出反应,虽然企图回头避开石块,但左臂还是被砸中了,他疼得禁不住大叫起来。

约塞特发出了几声欢呼,随后又举起了沾满血迹的石块,冲受伤的苏提说:"去死吧,你这只埃及狗!"

话音刚落,却见他双眼直瞪、嘴巴半张,那临时被用作武器的石块也掉在了地上,他就这样倒在苏提身边断了气。

苏提再仔细一看,原来是豹子捡起了约塞特的刀子,瞄准他的后背,一刀毙命。

"你怎么这么容易就被打败了?"她埋怨苏提。

"黑漆漆的,什么都看不到……我瞎了。"

豹子扶他站起来时,他皱了皱眉头:"我的胳膊断了。"

豹子带他去见努比亚长老。长老看了看他的伤势，然后命令两名士兵："让他躺平，给他的肩膀缠上布。你到左边，你到右边。"

两名士兵将苏提的双臂用力一拉，长老找到了他肱骨断裂地方，他不顾苏提的哀号，硬生生地接好了断骨。最后他将两块夹板用亚麻布固定，以便伤口能早日复原。

"这下没事了。"长老说，"他还是可以走路的，也可以指挥军队。"

尽管疼痛不堪，苏提还是勉强站起身，他在豹子耳边小声说："带我回帐篷。"

他慢慢地走着，以免再次摔倒。豹子扶着他回到帐篷里。坐下后，苏提说："不能让任何人知道我身体虚弱。"

"睡吧，我会看着的。"

破晓时分，苏提痛醒了。但他很快便忘了疼痛，因为眼前的景色实在太美了。他兴奋地喊道："我看见了，豹子，我看见了！"

"是光……是光把你治好的。"

"我知道这种病，这是夜盲症，随时都可能复发。现在只有一个人救得了我，那就是奈菲莉。"

"可是我们离孟斐斯太远了。"

"跟我来。"

他拉着她跳上马背，穿过沙丘与干涸的河床，登上一座遍布石子的小山丘。从山顶望去，眼前是一片壮丽的景象。

"豹子，你看！看地平线上那一片白色的地方！那是科普托斯，那就是我们要去的地方。"

第四幕

当神庙的钟声响起,
正义使者携律法之光驱除一切罪孽,
玛特的天平将衡量每一颗心。
看啊,
那腐朽的终将腐朽,
那永恒的必将永恒。

第 31 章

五月的炎热让塞加拉大墓园显得有点昏沉，挖掘坟墓的进度也因此而变慢了，有的地方甚至停工了。负责供奉永恒能量之源"卡"的祭司，行动也变得越来越慢。只有木乃伊工人朱伊不能休息，因为刚刚又有人送来了三具尸体，为了让死者顺利抵达冥世，他答应对方要尽快处理。朱伊总是面色苍白，脸上还有胡子，两只脚瘦巴巴的。他先取出尸体的内脏，然后依据不同的出价为尸体填入不同档次的防腐香料。他有空的时候会去帮几座坟墓的礼拜堂换花，也算是他挣外快的一项副业。这一天，他又送花到礼拜堂去时，遇见了首相夫妇，他们正要前往布拉尼尔的坟墓。

帕扎尔和奈菲莉的伤痛一点都没有随着时间的流逝而消减。没有了布拉尼尔，他俩就像孤儿一样，这世上再也没有人能代替这位良师。他所展现出的是一种光芒四射的智慧，一种属于埃及的智慧，这也正是贝尔·特兰与他的同党穷极一切想要毁灭的东西。

在缅怀布拉尼尔的同时，帕扎尔和奈菲莉也与历代祖先进行了交流，正是因为这些先人热爱和平的真理与庄严的正义，埃及这个水与阳光之国才被建立起来。其实布拉尼尔并没有消失，他仍在无形中引导着他们，他的灵魂已经开辟出一条路，只不过他们尚未发现罢了。如今他们只有越过死亡的界限，与恩师心意相通，才能找到正确的方向。

帕扎尔又要在普塔神庙中与法老进行秘密会面了。外界都以为拉美西斯大帝为了养病，一直住在位于气候温和的三角洲的皮拉美西斯宫。

"敌人大概以为我已经彻底被打败了。"

"法老，我们只剩不到三个月的时间了。"

"有什么进展吗？"

"收获不大。虽然偶尔打了几场胜仗，不过还不足以动摇贝尔·特兰的势力。"

"他的同党呢？"

"人数众多，我好不容易才铲除了几个人。"

"我也一样。我在皮拉美西斯整顿了镇守亚洲边界的军队；白色双院通过不同的渠道，收买了几名高级军官。贝尔·特兰的确诡计多端，我们必须踏遍他堆起的这座地势复杂的阴谋之山，否则绝不可能追查到他的踪迹。让我们继续努力，侵蚀他的根基吧。"

"其实我每天都有新的发现。"

"那众神的遗嘱呢？"

"毫无线索。"

"那杀害布拉尼尔的凶手呢？"

"也没有具体的线索。"

"帕扎尔，我们得来个大动作，这样才能刺探出贝尔·特兰势力范围的极限。既然时间不多，我们就来一次人口普查吧。"

"这要花很多的时间。"

"可以请巴吉帮你，并寻求所有行政机关的协助，让各省的省长全力配合这件事。不出半个月，我们就能得知大概的结果了。我要知道国家的真实现状，以及这场阴谋的波及范围。"

尽管巴吉十分疲惫，双脚肿胀，背也驼得更厉害了，可他还是亲切地接待了帕扎尔。但他的妻子却一点也不欢迎这个客人。她丈夫已经退休了，还不断地被骚扰，实在令她无法忍受。

帕扎尔注意到他们的小屋十分破败，墙壁上有几处剥落。但他一句话都没说，唯恐触怒这位埃及前首相，不过他心里暗暗盘算，准备自掏腰包请几个水泥工来，重新粉刷这条街的所有住宅，这样自然也就能顺便整修巴吉的小屋。

"人口普查？"巴吉惊讶地说，"这可是个浩大的工程。"

"上一次人口普查已经是五年前的事了，我想现在也该更新相关信息了。"

"你说得没错。"

"我希望越快越好。"

"这也不是不可能的，不过法老传令官必须全力协助。"

传令官都是顶尖人才，他们专门负责传递国家的命令，他们的效率和所有政令改革的速度息息相关。

"我带你到人口普查机关去，"巴吉又说，"这样你就能明白整个运作的过程了，不过我会帮你节省几天的时间。"

"我帮你叫顶轿子来吧。"

"真高兴能帮上你的忙……"

所有的法老传令官都到齐了。

当首相将一尊小小的玛特神像挂到他细细的金链上，宣布会议正式开始后，所有的官员都在正义女神像前鞠了一躬。

帕扎尔坐在一把高背椅上，身着传统的首相制服，这件长罩衫用又厚又硬的布料剪裁而成，可以罩住全身，只有双肩裸露在外。

"我奉法老之命召集各位，是为了分派一项重要的任务，我们要立刻进行一次人口普查。我要知道所有农舍与耕地的面积、地主的名字、牲畜的总数与所有者的姓名、作物的质量和产量，以及居民的总数。我想应该不需要再提醒各位，若蓄意或因一时疏忽而隐瞒了真相，将被视为重大疏漏，并被判处重刑。"

一名传令官要求发言："人口普查通常都要准备好几个月的时间，为什么这次如此匆促？"

"最近我要作出一些经济决策，因此必须知道这五年来我们国家的整体情况是否发生了巨大的转变。以后我们还会进行更详细的调查。"

"要达到这些要求并不容易，不过只要将各地每天调查的结果快速汇集起来，应该还是可以完成的。不知道首相能否明示，这次行动与新税法有没有关联？"

"人口普查一向都与税法无关，这次也不例外，这次行动是为了让每个人都有工作，让工作的分配变得更为精确。这一点我能以法律之名向你保证。"

"那我们会在一星期之后交出第一批资料。"

卡纳克之外，保护着神庙的狮身人面像间，一棵棵的柽柳枝繁叶茂。空气中充斥着春天的甜甜的气息，神庙的石墙被阳光染上了一抹暖色，大门上的青铜也闪着耀眼的光芒。

这是穆特女神的神殿，也是医生首次接触到医学之秘的地方。如今，涉及各个城市的一年一度的医生代表大会在此召开，担任会议主席的是御医总管奈菲莉。他们将检视公共卫生问题，并发布各项重要的发现，让药剂师、兽医、牙医、眼科医生、"肛门守护者"（即胃肠科医生）、"内分泌与脏器专家"，以及其他专科医生从中获益。大部分上了年纪的医生都很赏御医总管。她长着一张纯净的脸，脖颈如羚羊一般，还有纤细的腰肢、手腕与脚踝。她头上戴着以小珠子作为装饰的莲花冠，还戴着布拉尼尔送给她的那条可以避邪的绿松石项链。

会议开始了，首先由卡纳克的大祭司卡尼发言。他皮肤黝黑，脸上刻着深深的皱纹，背上还有一道道伤痕，那是他背负重担、身患脓肿所留下的印记，如今他看上去依旧是一副朴实的模样。

"感谢众神，今天领导埃及医生组织的是一位杰出的女性，她只求提高医疗质量，无视个人的声名。尽管医疗资源一度被一些不法分子掌控，但如今我们终于又回归了伊姆霍特普所教诲的正统之道。只要我们不再误入歧途，埃及人民便能拥有健康的身心。"

奈菲莉一向不喜欢空谈，因此她向其他医生发表演说时，也尽量言简意赅。至于其他医生的报告，虽然简短，内容却相当丰富。报告提及了外科技术的提高，尤其是妇科与眼科的外科技术，还提到了用热带植物制造新药的方法。多名专家认为，虽然医学研习年限极长，而且想要正式成为全科医生，必须具备多年的执业经验，但唯有如此，医生的素质才能得到保障。

对于会议上的种种结论，奈菲莉纷纷予以肯定，虽然会议看起来气氛和谐，但卡尼却有一种紧张甚至担忧的感觉。

"现在全埃及正在进行人口普查。"奈菲莉说，"多亏了宫廷传令官的努力，目前我们已经得到了一些结果。其中一项和我们直接相关，有几个省份人口增长速度过快。人口控制是最基本的工作，如果我们忘了这一点，就等于将我们的同胞推入困苦的深渊。"①

"你希望我们怎么做？"

"村里的医生要极力倡导节育。"

"前一任御医总管已经终止这项政策了，因为中央必须免费提供避孕用品。"

"就为了省这么点钱——这实在是愚蠢而危险的做法。我们可以重新考虑用金合欢制成的避孕药，这种植物的刺里含有乳酸，避

---

① 据估计，拉美西斯二世执政时期，埃及的人口约为四百万。截至本书稿完成时，埃及人口已超过六千万。

孕效果十分显著。"

"不错，但是在保存时要将它的刺磨碎，并加入椰枣与蜂蜜——蜂蜜可是极为昂贵的啊！"

"人口太多的村落，是很难维持生计的，因此我希望医生能用这个事实说服育龄居民。至于蜂蜜，我会请首相从我们收割的蜂蜜里拨出一部分来，供卫生部门使用。"

日落时分，奈菲莉走上了通往普塔神庙的小路。这座小小的神殿隐藏在一片树林中，和巨大的卡纳克神庙的东西中轴线有一段距离。

祭司们看到御医总管纷纷行礼致敬，而奈菲莉则独自走进供奉塞赫美特神像的礼拜堂。塞赫美特是医生的守护神，也是某种神秘力量的化身，它能同时衍生出疾病与治病药方。

这尊狮面人身的神像矗立在黑暗之中，只有一缕微弱的暮光透过天花板上的缝隙射进来，照在那具恐怖的神像脸上。若没有女神的帮助，医生便无法获得治愈疾病的能力。

奇迹再次出现了，和她们第一次会面时一样——那母狮微笑了。她五官的线条变得柔和起来，眼睛则注视着眼前的这位女信徒。奈菲莉用心和这尊神像交流，祈求神赐予自己智慧，将能量之学传给她，其实只有神能永远存在，人类则只不过是能量的一种短暂的呈现形式。

奈菲莉整夜都在冥想，她从神的学徒变成了神的姊妹、神的知己。因此当耀眼的晨光让神像恢复了那副怒容时，奈菲莉也不再害怕了。

孟斐斯到处都在传说，首相即将进行一次特殊的开庭。他不仅传唤了法老的九位友人，还有许多大臣都争相出庭。有人猜测帕扎尔无法承受重担，因此打算辞职，也有人认为他将会宣告一些令人意想不到的事。

这回帕扎尔一反常态，并没有限定出庭的人数，而是门扉大开。在这个美丽的五月的清晨，他独自面对整个宫廷。

"奉法老之命所进行的人口普查，第一阶段已经结束，这一切都要归功于传令官们的努力。"

"他想争取这群顽固分子的支持。"一名老臣小声地说。他旁边的人又补了一句："所以才把功劳都给了他们。"

台上的帕扎尔继续说："现在我要向各位宣布结果了。"

所有在场的人都不由得打了个寒战，因为首相语气严厉，似乎一场意外的灾难就要降临了。

"北部有三个省，南部有两个省，其人口增长速度过快，因此卫生处不得不进行干预，以遏制这一趋势。"

没人对这个决定有异议。

"神庙的财产虽然完备，却也都遭受了严重的威胁，各村落的财产也是一样的。我如果再不采取行动，整个国家的经济很快就会紊乱不堪，祖先传给我们的土地也将面目全非。"

听完这几句话，台下众人一片哗然，大臣们都觉得首相的话似乎太夸张了，而且也毫无根据。帕扎尔继续解释道："当然，这并非我个人的想法，而是证据确凿的事实，想必各位都能意识到这件事的严重性。"

"那就请首相给我们看看证据吧。"农田总管说。

"传令官收集的报告显示，大约一半的土地已经改由白色双院直接或间接管辖，因此，许多外省神庙的一部分收成在不知不觉中消失了。还有很多中小农户，在不知情的情况下负债，成了承租户甚至被除名。私人产业和国有土地的比例已经濒临失衡，至于牲畜和手工业，也出现了同样的情况。"

顿时，所有人的目光都聚集到了首相右侧的贝尔·特兰身上，只见这位白色双院的院长的眼神夹杂着惊愕与愤怒。他紧闭双唇，皱起鼻子，脖子也僵硬起来，整个人好像快要爆炸了。

"我已经逐渐无法接受前任所推行的经济政策，"帕扎尔继续说，"如今人口普查的结果更显示这一政策有种种不妥，因此法老已下令，命我立即采取必要措施。其实，埃及必须保留传统的价值观，才能继续扬我国威，才能保证人民的幸福，因此我要求白色双院的院长从即刻起谨遵我的指令，不得再有不公的情况发生。"

帕扎尔公开谴责了贝尔·特兰，却又给了他一项新的任务，对此贝尔·特兰会有什么反应？是拂袖而去，还是俯首称臣？片刻后，只见他挪动着臃肿笨拙的身体走向帕扎尔，并说道："我自当为首相效忠。只要首相吩咐，属下必定从命。"

此时大臣们开始窃窃私语，都表示满意与认同。危机就这么解除了，贝尔·特兰认了错，帕扎尔也没有怪罪他。大家对帕扎尔的稳重赞许有加，尽管他还年轻，却懂得拿捏分寸、施展手腕，并坚守自己的原则。

"会议结束之前，"首相说，"我要重申立场，反对建立户籍，登记出生、死亡、婚姻状况。类似的文件记录的事项仅与个人及其近亲有关，与国家并无直接关系，因此此举限制了个人的自由。我们的行政体制不应该过于形式化，那会僵化我们的社会。正如法老加冕时，我们并不会在乎他的年纪，只会庆贺他的登基一样。所以，让我们继续保持这样的心态，多想一想永恒的真理，不要一味关注某些暂时的、易变的细节，这样一来，埃及才能永远如同天堂一般和谐安乐。"

第 32 章

西尔基斯真是吓坏了,无论她怎么做,都无法平息丈夫的怒火。贝尔·特兰的手和脚又开始抽搐,他的手指和脚趾一点感觉都没有。在盛怒之下,他砸了宝贵的花瓶,撕碎了莎草纸,还不停地咒骂神明。他那年轻的妻子使出浑身解数,还是没能让他消气。

西尔基斯只好回到自己的房间。她急匆匆地喝下了一种以椰枣汁、蓖麻叶与西克莫无花果浆混合而成的饮料,以消除肠胃的灼热感。一位医生曾让她注意她的大腿静脉,另一位医生认为她的肛门经常有灼热感并不是什么好现象。这两位医生都被她赶走了,后来她接受了一名专科医生用人乳进行的灌肠治疗。

肠胃的不适感继续折磨着她,仿佛要她为自己的过错付出代价似的。她真想向解梦师倾诉这些噩梦,还想去求奈菲莉给自己治病。然而解梦师已经离开了孟斐斯,而奈菲莉也已经成了她的敌人。

贝尔·特兰忽然冲了进来,并怒斥道:"你又生病了!"

"你还是承认吧,我全身都要臭掉了。"

"我会给你请最好的医生。"

"只有奈菲莉能治好我的病。"

"别胡思乱想了!她和其他医生相比,没高明到哪去。"

"你错了。"

"自权势增长以来,我犯过错吗?我让你成了全埃及最富有的女人之一,而且你很快就要成为最富有的人了。而我将拥有至高无上的权力,那些傀儡个个都要听我的。"

"帕扎尔却让你害怕。"

"他让我生气!他还真以为他是埃及首相呢。"

"他的行动博得了不少人的好感,你一部分的支持者也倒向他那边了。"

"都是些饭桶!他们会后悔的。敢违抗我命令!我以后会让他们一个个都变成奴隶。"

西尔基斯疲惫不堪,便躺了下来,说:"你对自己的财富这么满意……那我的病呢?"

"再过两个半月,我们就是埃及的主人了,难道我要为了你的病放弃这一切吗!你八成是疯了,可怜的西尔基斯!"

她蓦地坐起身来,一把抓住丈夫那条紧紧绑在缠腰布上的腰带,说道:"别说谎了。你心里已经没有我了,对吧?"

"你这话是什么意思?"

"我虽然年轻、美丽,但是我神经衰弱,肚子又经常不舒服……你是不是另有王后的人选了?"

贝尔·特兰打了她一巴掌,企图让她放手,然后说:"西尔基斯,我一手造就了你,以后还会继续照顾你。只要你乖乖听话,就没有什么好担心的。"

她没有哭,甚至忘了要撒娇,稚嫩的脸蒙上了一层寒霜:"那如果我舍弃了你呢?"

贝尔·特兰微笑着说:"你太爱我了,亲爱的,也太爱这份安逸了。我知晓你所有的罪行,我们密不可分,我们一起背弃神明,一起说谎,一起挑衅公理与法律。你说,还有什么比我们的关系更牢不可破呢?"

"太美妙了。"帕扎尔出水时不禁赞道。

奈菲莉经常检查水池四周的铜线，还会定期消毒。太阳照在她赤裸的肌肤上，从她身上滚落的水珠晶莹闪亮。

帕扎尔看到这一幕不禁动心，他跳进水池，潜入水中，游到妻子身后，轻轻揽住她的腰，然后才将头探出水面，并吻了吻她的脖子。

"医院的人还在等我呢。"

"那就让他们再等一下吧。"

"你不是要进宫吗？"

"应该也没那么着急。"

她假意推拒，最终还是屈服了。帕扎尔抱着她游到池边，他们上岸后，在温热的石板地上躺了下来，紧紧地结合在一起，任由心中的欲望肆意狂奔。

忽然，一个声音打破了宁静。

"是北风。"奈菲莉说。

"它这样叫，一定是有朋友突然到访。"

几分钟后，凯姆果然出现了。他向首相夫妇行了个礼。勇士原本在西克莫无花果树下打盹，它把头放在前爪上，听到动静后，它睁开一只眼睛看了看，又睡了过去。

"你提出的补助金政策颇受好评。"凯姆对帕扎尔说："王宫里那些批判的声音已经平息，没有人再质疑你了。你现在是真正的首相了。"

"那贝尔·特兰呢？"奈菲莉有点担心。

"他越来越焦躁。有几位知名人士拒绝了他的邀请，还有人对他避而不见。大家都在传，只要他再犯一点小错，你就会立刻撤他的职。这回你可是击中了他的要害啊。"

"可惜事实并非如此。"帕扎尔叹道。

"你已经在渐渐削弱他的权力了。"

"这是唯一值得欣慰的了。"

"即便他拥有关键的武器,也不能用吧?"

"不要想这么多了,继续行动吧。"

凯姆抱着双臂说道:"依你所言,只有依靠公理正义,这个国家才可能存活下去喽。"

"难道你不这么想吗?"

"公理正义让我丢掉了鼻子,也会让你丢掉性命。"

"我们必须尽力避免这样的结果。"

"我们还有多少时间?"

"你的确有权利知道真相,还有两个半月。"

"暗影吞噬者查得怎么样了?"奈菲莉接过话头问道。

"我实在不相信他会就此罢手,"凯姆回答,"但是,和杀手的这场决斗,他确实输了。假如他因此产生疑虑,也许真的会打退堂鼓。"

"你怎么忽然变得乐观了?"

"你放心,我是不会放松警惕的。"

奈菲莉面带微笑看着凯姆,问道:"你这次来应该不只是礼貌性拜访吧?"

"你真是太了解我了。"

"你的眼睛里闪烁着愉快的光芒,或者说是一种希望。"

"我们发现了前警察局长孟莫斯的行踪。"

"他在孟斐斯?"

"有一个线人看到他从贝尔·特兰家出来,然后往北去了。"

"你本可以拦下他的。"帕扎尔说。

"那样做就错了。如果能知道他要去什么地方,不是更好吗?"

"那也得不跟丢了才行。"

"他不搭船就是想掩人耳目,因为他知道警察在追捕他。走陆路的话,就可以避开警察了。"

"谁负责跟踪?"

"我派了几名最优秀的密探分段进行跟踪,他一到目的地,我们就会得到消息。"

"到时候立刻通知我,我跟你一起去。"

"那么做不保险吧。"

"你需要一名可以审讯他的法官——还有比首相更适合的人选吗?"

帕扎尔相信这件事很快就会获得重要的结果,因此无论奈菲莉怎么劝,无论旅途有多么危险,他都坚持和凯姆、狒狒一起去。

那个根本不把法律放在眼里,并曾把帕扎尔送到监狱里的孟莫斯,应该对布拉尼尔被害一事了如指掌。帕扎尔绝不会再错失任何获悉真相的机会。

他一定要让孟莫斯说出真相。

帕扎尔还在等凯姆的消息,与此同时,奈菲莉已经开始积极地在埃及各地推行节育计划了。由于首相有令,所以每个家庭都能免费得到避孕药,村落里的医生也重新变得举足轻重起来,因为他们必须长期给村民提供相关信息。节育就此成了卫生部门的第一要策。

奈菲莉并没有搬进御医总管专属的行政中心和她的下属一起办公,她更愿意留在孟斐斯中央医院的办公室里,这样可以天天和病人及制药人员接触,听一听他们的心声,也能为他们提供建议,安抚他们的情绪。每一天,她都在尝试击退病痛,每一天,她也都会遭受挫败,只不过她总能从挫败中吸取教训,并对未来抱持希望。她还将自古至今不断演进的一些医学论文整理出来,编纂成册。①一群专业的书记官也将成功的医学实验记录在案,并写下治疗方法。

这一天,她刚给一名青光眼患者做完手术,正在洗手,忽然,

---

① 一些医学论著流传了下来,内容涉及妇科、呼吸系统、胃部疾病、泌尿系统、眼科、颅部手术与兽医。可惜古埃及的医术如今绝大部分都已经失传了。

一名年轻的医生跑过来通知她有病人紧急求诊。奈菲莉觉得很累，便请那名医生自己处理，不过那名患者却坚持要见她。

那名女患者坐那里，脸上蒙着头巾。

"你哪里不舒服？"奈菲莉问道。

病人却不回答。

"我得给你做检查。"奈菲莉又说。

这时候西尔基斯才拉下头巾说道："你一定要给我治病，奈菲莉，不然我一定会死的！"

"这里有很多优秀的医生，找他们给你看吧。"

"除了你，谁都治不好我的病。"

"西尔基斯，你嫁给了一个卑鄙无耻、背信弃义的大骗子。如果你继续留在他身边，就意味着你和他是一伙的，这才是你的病根。"

"我没有犯罪。我不得不听贝尔·特兰的话，因为是他造就了我，是他……"

"你难道只是他的玩物吗？"

"你不明白。"

"我不会明白的，也不会给你治病。"

"我是你的朋友，奈菲莉，你最忠实、最诚恳的朋友。我这么尊敬你，也请你相信我。"

"如果你离开贝尔·特兰，我就相信你，否则就不要再自欺欺人了。"

西尔基斯开始用微弱的声音哀求起来："如果你给我治病，贝尔·特兰一定会回报你的，我向你保证！这是你救帕扎尔的唯一方法。"

"真的吗？"

西尔基斯听到这话便松了一口气，她说："你总算愿意面对现实了。"

"我一直都在面对现实啊。"

"贝尔·特兰将会为你准备一个更动人的现实！这个现实就像我一样，美丽而诱人。"

"很遗憾，你要失望了。"

这句话让西尔基斯脸上的微笑凝固了："你为什么这么说？"

"因为你的未来充满了野心、贪婪与怨恨。假如你不放弃这些疯狂的念头，你将一无所获。"

"这么说，你还是不相信我……"

"你与他一起密谋杀人，迟早都要接受首相的审判。"

西尔基斯听了这话不由得恼羞成怒："这是你最后一次机会了，奈菲莉！你坚持和帕扎尔站在一边，还拒绝当我的私人医生，分明是自寻死路。下次我们再见面的时候，你将成为我的奴隶。"

第 33 章

船上的情景让人想起了一首民歌："河上的商人来来往往，忙得就像无头苍蝇，送货、交易一城又一城，让一无所有的人没有烦恼。"船上的叙利亚人、希腊人、塞浦路斯人和腓尼基人，都在忙着比较价格、寻找潜在客户，只有帕扎尔静静地坐在一旁。谁都不会想到这个衣着平凡、身上只背着一张睡觉用的草席的年轻人，竟然就是埃及首相。杀手在堆满行李的船舱顶上监视着周围。它的平静表明附近并没有暗影吞噬者的踪迹。而凯姆则一直坐在船头，他头上盖着斗篷，唯恐被人认出来。不过，商贩们正自顾自地盘算着收益，根本无暇注意其他旅客。

船顺风行驶，速度很快，外国商人一向分秒必争，如果他们能提前到达目的地，船长和船员便可以获得一笔丰厚的赏金。

忽然，叙利亚人和希腊人发生了口角，原来叙利亚商人想用一些由半宝石串成的项链，和希腊人换产自罗得岛的瓶子和罐子，但希腊人认为不划算，因此不肯答应。希腊人的态度让帕扎尔颇感惊讶，因为这样的交易似乎还算合理。

这起突发事件降低了众人的交易意愿，一路上大家都沉默不语，各自想着心事。商船经由"大河"穿越三角洲后，开始转而向东行驶，然后经由支流"拉神之河"航向通往迦南与巴勒斯坦的河道交叉口。

当他们中途在一片旷野旁作短暂停留时，那些希腊人纷纷下船，凯姆、帕扎尔和杀手跟在他们后面。码头破破烂烂的，似乎已经荒废了许久,四周是纸莎草地和沼泽地。他们的到来惊动了几只鸭子,它们连忙游开了。

"孟莫斯就是在这里和一群希腊商人接头的。"凯姆说,"他们经由陆路向东南走。我们只要跟着这些人,就能找到孟莫斯了。"

下了船的商人对这三个来路不明的旅客起了疑心,他们七嘴八舌地讨论了一番,然后其中一个腿有点跛的人向他们走过来问道:"你们想干什么?"

"借钱。"帕扎尔说。

"到这么偏僻的地方来借钱?"

"因为在孟斐斯我们已经借不到了。"

"你们破产了?"

"因为我们意见太多,所以有几桩生意做得非常不顺利。我想,跟着你们也许能找到一些好说话的人。"

那个希腊人似乎对他的话十分满意:"你们的确找对人了。你这只狒狒打算卖吗?"

"目前还不想卖。"凯姆答道。

"有些人对狒狒很感兴趣。"

"它性情友善,十分温和,也没有攻击性。"

"反正也算一个保障,可以卖个好价钱。"

"你们要去的地方离这里远吗?"

"有两小时的路程,我们在等驴子。"

商队终于出发了。驴子驮着沉重的货物,一步一步稳稳地向前走,它们的眼神安详平和,似乎早已习惯了如此艰巨的工作。那些人喝了几口水解渴,帕扎尔也拿了点水润了润驴子的嘴巴。

穿过一片荒芜的田野之后,他们来到了旅途的终点:一个四周围着城墙、墙内房屋低矮的小城。

"这里怎么没有神庙?"帕扎尔惊讶地说,"而且还没有塔门,没有大城门,也没有迎风飞扬的旗帜。"

"这里不需要什么宗教。"希腊人打趣地反驳道,"这座城里唯一的神就是'利益'。我们都是他虔诚的子民。"

驴子和商人的队伍浩浩荡荡地从主要入口进了小城,入口旁有两名态度温和的警卫。城中混乱不堪;狭窄的巷道里有各式各样的店铺,挤得人山人海,行人互相推挤、彼此责骂,人们不时踩到旁人的脚。在人群当中,有一些巴勒斯坦人,他们打着赤脚,留着山羊胡子,颊髯浓密,杂乱的头发被布条缠了起来,正炫耀着一些五彩斑斓的外衣,那都是从有心算大师之称的黎巴嫩人那里买来的。迦南人、利比亚人和叙利亚人最关注的是希腊商铺,里面摆满了进口商品,最多的是细长的瓶子和梳妆用品。赫梯人也在忙着采购日常生活与宗教仪式不可或缺的蜂蜜和酒。

在一旁观察的帕扎尔很快就发现,他们买东西时出现了一个不寻常的现象——买方并没有拿出自己的物品和卖方进行交换。只见双方在一番激烈议价之后互相握了握手,生意便算是做成了。

在凯姆与狒狒的严密监视下,帕扎尔向一名个子矮小、留着一把大胡子的希腊人走去,那人正滔滔不绝地推销着他的高级银杯。

"我想要这个。"

"你太有品位了!真是太让我惊讶了……"

"为什么?"

"因为这是我最喜爱的杯子。如果卖掉了,我不知道会有多难过。唉!没办法,做生意就得守规矩。摸摸看,年轻人,你好好地摸一摸;这只杯子绝对是极品,其他手工匠人可做不出来这个。"

"怎么卖啊?"

"请尽情欣赏它的美吧。你想想,当你把它摆在家中,它会有多么美,还有朋友们那羡慕嫉妒的目光。一开始,你一定不愿意透露自己到底是在哪里买到了这么高级的货色,不过最后你还是会说的——除了培里克雷,还有谁会卖这么精美的杯子呢?"

"这一定很贵吧。"

"当艺术品美得登峰造极的时候,价钱又算得了什么呢?你出个价吧,我听着呢。"

"一头有斑点的母牛,怎么样?"

培里克雷显露出了极度震惊的神色,说:"你这个玩笑开得一点都不高明。"

"太少了吗?"

"你这个玩笑开得太过分了,我可没时间跟你耗着。"

培里克雷气冲冲地去招呼另一个客人了。帕扎尔在失望之余十分不解,他这么出价可是亏了的,为什么商贩一点都不领情呢?

接着他又去找了另一个希腊商人,又进行了一番讨价还价,过程和刚才大同小异。最后,快要成交时,帕扎尔伸出手来,商贩轻轻一握,然后满脸惊愕地将手缩了回来:"怎么是空的!"

"不然该有什么呢?"

"你以为我的瓶子是免费的吗?当然要给钱啊!"

"可是我没有钱。"

"那就到银行去借吧。"

"银行在哪里?"

"在大广场上,那里有十来家银行呢。"

帕扎尔满心讶异,但还是依照商人的指点去了。

他沿着巷子来到了一个方形的广场上,四周全是一些奇怪的铺子。他问了问,原来这就是商人所说的"银行",他在埃及从未听说过这个东西。他朝离自己最近的一家银行走去,跟着其他人排在队伍后面。

银行门口站着两个手持武器的人,他们把帕扎尔从头到脚地检查了一遍,确定他身上没有带刀后,才让他进去。

铺子里面的几个人看上去非常忙碌。其中一个人将一些小小的圆形金属片放在天平上称重量，然后把它们放到了不同的笼子里。

"是存款还是提款？"一个人问帕扎尔。

"存款。"

"把财物列一下。"

"这个嘛……"

"快点，还有其他客人在等着呢。"

"我的财物实在是太多了，因此我想跟你们的负责人讨论一下总价。"

"他现在没空。"

"那我什么时候可以见他？"

"等一等，我去问问。"

几分钟后，职员回来告诉帕扎尔，主管约他在日落时分见面。

钱就这样流入了这个封闭的城市，希腊人几十年前就发明了这种可以在市场上流通的钱币，只不过埃及一直没有采用，因为那样以物易物的经济模式就会日渐式微，埃及传统社会也会就此一蹶不振。①

钱币不但使财物的重要性超过了人本身，让人类贪婪的本性暴露无遗，并且让人对一种脱离现实的价值深信不疑。一般来说，埃及首相会依照某种特定的标准制定物品与食品的价格，这个特殊的标准物不能流通，也不会被制成圆形的小银片或小铜片，这样埃及人民才不会陷于钱币的牢笼当中。

银行经理体态丰腴，五十来岁，有一张方方的脸。他原籍迈锡尼，因此把办公室装饰得颇有家乡的风情：里面放置了小小的陶土雕像

---

① 虽然根据记载，埃及在第三十王朝便有货币存在，但货币制度在当时并不通行。一直到了希腊的托勒密家族统治埃及时，埃及才正式建立了货币制度。

和希腊英雄的大理石雕像，纸张上抄有《奥德赛》里的几段重要的诗句，长颈瓶上也描绘着赫拉克勒斯的壮举。

"听我的手下说你要存一笔价值可观的财物。"

"是的。"

"是什么？"

"种类很多。"

"牲畜？"

"有牲畜。"

"粮食？"

"有粮食。"

"船？"

"有船。"

"还有其他东西吗？"

"多着呢。"

经理显得十分惊讶。帕扎尔反问他："你有足够多的钱币吗？"

"应该有，只不过……"

"你在担心什么？"

"你看起来实在不像是这么有钱的人……"

"旅行的时候，我通常不喜欢太招摇。"

"这个我理解，但是我想……"

"看看我的财产证明？"

经理点了点头。

帕扎尔说："给我拿一块黏土板来。"

"我想还是记录在纸上比较好。"

"我可以给你更好的证明，把黏土板拿来吧。"

银行经理不明白他的用意，只得照做。

只见帕扎尔用力地在黏土上盖了一个章，然后问道："这个证明够不够？"

经理瞪大双眼看着首相的印鉴，结结巴巴地问："你……你想做什么？"

"一名累犯来找过你。"

"找我？这是根本没有的事。"

"他叫孟莫斯，在他因犯罪被驱逐出境之前，担任过警察局长。他偷偷回到埃及可是一条重罪，你应该报警的。"

"我可以保证……"

"别再说谎了。"帕扎尔打断了他的话，"我知道孟莫斯奉白色双院的院长之命到这里来过。"

银行经理终于不再强辩："我怎么可能不跟他谈呢？他代表了埃及第一经济部门啊。"

"他让你做什么？"

"在三角洲扩展银行业务。"

"他人躲到哪里去了？"

"他已经离开这里，到拉寇提斯港去了。"

"你难道忘了在埃及不许使用货币，违者重罚吗？"

"我的所有业务都是合法的。"

"你收到带有我亲笔签名的政令了？"

"孟莫斯说银行已经是既存事实，将来也会被纳入制度之中。"

"你太大意了。在埃及，法律可不是说说就算了的。"

"至于银行业务，你是抵制不了太久的，因为这是进步的基础。"

"这种进步我们不想要。"

"可这不是我一个人的事，还有其他人……"

"我们去见见他们吧，你顺便带我参观一下这个城市。"

第 34 章

在杀手的陪同下，银行经理满怀希望地为首相引见了所有负责进口非法货币、管理顾客账户、制定贷款利率与负责其他银行业务以增进收益的人。他们都不断强调着银行的好处，一个强盛的国家不也会对人民缴纳的财物加以利用以求牟利吗？

就在这些人劝说首相的时候，凯姆的手下也在一声令下后卸除了利比亚人与希腊人的装扮，并在一大群人的抗议声中封锁了小城的入口。有三个人企图爬墙逃跑，却因为过于肥胖、行动迟缓而被逮住了。当他们被带到警察局长面前时，其中一人激动地反抗："马上把我们放了！"

"你们都犯了窝藏货币罪。"

"你没有权力审判我们。"

"但我必须将你们移交法庭。"

当三名犯人看到首相，并听他说出他的身份时，他们满腔的怒气顿时化为乌有，还开始哭哭啼啼："请原谅我们……我们……"

"是我们的错，我们实在不应该犯这样的错。我们其实都是诚实的商人……"

"报上你们的姓名和职业。"

他们是三角洲地区的埃及人，都从事家具制造业，他们会将一部分产品偷偷运到这个城市来。

"看来你们是在以非法营利活动祸害自己的同胞啊。难道你们还要否认吗?"

那三个人不再辩解,只是哀求道:"请首相留情……我们是一时利欲熏心。"

"我只会依法行事。"

帕扎尔在大广场上开庭了,陪审团成员是凯姆和凯姆从离这里最近的农耕区找来的五名埃及农民。

以希腊人为主的众多被告都没有对处罚缘由和处罚结果提出异议,陪审团也一致通过了首相的决定,立刻将被告驱逐出境,他们将永世不得再踏入埃及的国土。被查获的钱币一律都会被熔掉,熔得的金属将尽数充公,以供神庙制造圣物。至于这座小城,只要外国商人恪守埃及的相关规定,仍然可以继续在这里进行交易。

银行的总负责人谢过首相后坦承道:"我以为会有更严厉的惩罚呢。我一直听说卡吉监狱是人间地狱。"

"我在那里待过。"

"你?"

"孟莫斯巴不得让我在那里变成一堆枯骨。"

"如果换作是我,我是绝不会低估他的,他这个人太狡猾、太危险了。"

"我知道。"

"你知不知道,如果阻碍货币制度的推行,你将会招来一个可怕的敌人?这可是贝尔·特兰主要的生财之道,现在他却被你断了财路。"

"幸好他被我断了财路。"

"你觉得你还能当多久的首相?"

"法老让我当多久,我就当多久。"

帕扎尔、凯姆和狒狒搭着快船向临海城市拉寇提斯出发了。途中，帕扎尔全心全意地欣赏着葱茏的三角洲，以及纵横交错的壮丽河道。越往北走，水域就越宽广，尼罗河不断变宽，渐渐与梦一般温柔的海水交融在一起。在河水奔腾入海的地方，埃及的国土错落而安静地横卧在这一抹碧波之中。土地隐没在淡蓝色的汪洋里，奔涌着一朵朵浪花。

拉寇提斯的居民主要从事鱼类加工的工作。三角洲有许多渔场都把总部设立在这个水产种类丰富的小港口附近。露天的地方，市场上或仓库里，都有人在刮鱼鳞、清鱼肚、把鱼拍扁，然后要么把鱼挂到木架上晒干，要么把鱼埋到热沙堆或具有消毒作用的泥土里，最后才进行腌渍。最好的部位要浸泡在油里面，鲻鱼子则另外进行处理，被制成鱼子酱。一般的民众只能吃鱼干，它们和面包一样重要，只有那些老饕才能享受烤鲜鱼的滋味，还要佐以由孜然、牛至、芫荽与胡椒调制而成的酱料。一条鲻鱼的价值通常和一罐啤酒相当，而一篮尼罗河鲈鱼则可以换得一个漂亮的护身符。

令帕扎尔感到惊讶的是，这个商业城市竟然静悄悄的，没有人唱歌，没有聚集在一起的人群，没有激烈的讨价还价声，也没有来来往往的驴队。

狒狒变得有些烦躁。

码头上，有几个人正躺在渔网上睡觉，从港口看不到一艘船，只有一栋屋顶平平的低矮房子，那是登记货物进出港信息的行政中心。

他们走了进去。

然而办公室是空的，一份文件也没有，就像从来没有放过任何档案似的，甚至没有笔和草稿。完全看不出有书记官曾在这里办公的样子。

"孟莫斯一定就在附近。"凯姆说："杀手会感应到的。"

狒狒绕着建筑物转了一圈,然后向港口走去,凯姆和帕扎尔就跟在它后面。当狒狒走近一艘破旧不堪的小船时,五个浑身恶臭、手持剖鱼刀的大胡子渔夫立刻被惊醒了:"滚开,你们不是这里的人。"

"拉寇提斯只剩下你们几个人了吗?"

"滚开。"

"我是警察局长凯姆,你们要是不想惹麻烦,就实话实说。"

"南部才有黑人,这里没有,回你们的老家去吧。"

"首相在此,你们敢不服从命令?"

"首相现在还在孟斐斯的办公室里享清福呢。"一名渔夫大笑道,"在拉寇提斯,只有我们说的话才算数。"

"我要知道这里出了什么事。"帕扎尔严肃地说。

那个人却转过头去对他的同伴说:"你们听到了吗?他还自以为是大法官呢!他以为带着一只大猩猩,我们就会害怕。"

杀手虽然有很多优点,但也有一个很大的缺点:敏感易怒。它身为警察,很不喜欢别人嘲弄公权力。

它出其不意地向前一跳,咬住了那个渔夫的手腕,也咬掉了他手中的武器,他的一名同伴正要出手相救,却被它击中后背昏了过去。接着狒狒把他往他的另一个同伴的腿上一摞,那个人也立刻倒地不起。至于其余那两个人,则由凯姆对付,很快也被干脆利落地解决了。

凯姆拽着唯一一个还能说话的渔夫,问道:"城里怎么都没人了?"

"因为首相下令了。"

"是谁传的令?"

"他的专属传令官孟莫斯。"

"你遇见他了?"

"这里的每个人都认识他。他之前好像惹上了点麻烦,但是后来解决了。自从他重新回到司法界,和港务部门人士的关系便一直都很密切。听说他给了他们一些金属制的希腊硬币,将来还会让他们飞黄腾达,所以每个人都对他言听计从。"

"他都让他们干什么了?"

"他说即将暴发传染病,让他们把储存好的熏鱼全丢到海里,并且让他们立刻离开拉寇提斯。书记官是第一个离开的,后来那些居民和工人也都走了。"

"你们怎么没走?"

"我们几个没有地方可去。"

狒狒听了又跺起脚来。于是凯姆便说:"你们被孟莫斯收买了,对不对?"

"没有,我们……"

狒狒还没等他解释,便目露凶光,掐紧了他的喉咙。那人马上改口道:"是的,是的,我们在等他!"

"他躲到哪里去了?"

"在西边的沼泽地。"

"他为什么要这么做?"

"他要毁掉我们从办公室搬出来的书板和纸。"

"他是什么时候走的?"

"日出后不久。等他回来,我们就得带他到大运河去,再跟他一起回孟斐斯。他答应给我们一栋房子和一亩田。"

"他要是把你们忘了呢?"

那个渔夫惊惶地抬起头看着凯姆:"不可能,他都向我们承诺了。"

"孟莫斯天生就是个骗子,他才不在乎什么承诺呢。他从来都没有为帕扎尔首相工作过。你带我们去找他吧,只要你帮助我们,我们就会对你从轻发落。"

他们的船驶入了一片水草丛生的沼泽地。如果没有渔夫带路，凯姆和帕扎尔在这里绝对会迷失方向。几只鹦受到惊扰，纷纷飞向天空里的几朵随风飘荡的白云。偶尔还有几条青如绿水的水蛇从船边游过。

　　在这座荒凉的迷宫里，渔夫仍然把船开得飞快，丝毫不觉得有什么阻碍。他说："我在抄近路。虽然他超出我们许多，不过我们还是能在他抵达主河道、搭上摆渡船之前追上他。"

　　凯姆连忙帮渔夫划桨。帕扎尔凝视着天边，狒狒则打起了瞌睡。时间一分一秒过得飞快，简直有点太快了。帕扎尔不禁怀疑这名渔夫在作弄他们，但看到杀手如此平静，他便安下心来。

　　过了一会儿，狒狒忽然直起身来，帕扎尔他们才开始相信这一趟没有白跑。果然，几分钟后，就在距离大运河不到一千米的地方，他们发现了另一艘船。

　　船上只有一个人，那人顶着个大光头，发红的头皮在阳光下显得油光锃亮。

　　"孟莫斯！"凯姆大喊，"停下来，孟莫斯！"

　　孟莫斯听罢反而加快了速度，不过两艘船的距离还是越拉越近。

　　孟莫斯知道自己这次逃不掉了，便转身面向他们，拿起一支长枪便掷了过来，长枪恰好射中了渔夫的胸口。可怜的渔夫一个趔趄，落入水中。

　　"站到我身后去。"凯姆连忙对帕扎尔说。

　　狒狒此刻则跳入水中。

　　孟莫斯又掷出了一支长枪，这次他瞄准的是凯姆，幸亏凯姆及时弯腰躲了过去。帕扎尔吃力地划着船桨，可是船困在睡莲池中，几乎动弹不得，后来，他们好不容易脱困，才得以继续前进。

　　此时孟莫斯已经拿起了第三支长枪，他心里却犹疑不定，不知道该先杀狒狒还是先杀凯姆。

就在这一刻,狒狒突然从水中冒了出来,它抱住孟莫斯的船头,用力摇了起来,想把船摇翻,可孟莫斯却拿起一块被当作锚的石头砸向狒狒的手掌,还企图把它的手掌钉在木板上。受了伤的狒狒松开手掌,与此同时,凯姆一跃而起,跳上了孟莫斯的船。

尽管孟莫斯身材臃肿,也没有实际战斗经验,但是他的抵抗却出乎意料地猛烈。凯姆脚下一个趔趄,跌坐在甲板上,孟莫斯趁机又补了一枪,幸亏凯姆及时用手臂挡住了,枪插入两块木板之间,但凯姆的脸还是被划伤了。此时,帕扎尔已经摇着船靠了过去,孟莫斯正要用力把他们的船推开,竟被凯姆抓住右脚,往上一提,便跌入水中。

"你已经被捕了,不要再反抗了。"帕扎尔喝道。

不过孟莫斯并没有松开武器。他正挥舞长枪威胁首相时,忽然发出了一声惨叫,并用手捂住脖子,不一会儿便体力不支,沉入了碧绿的池水中。帕扎尔随即看见一条六须鲇鱼钻进了运河边的芦苇丛中,一转眼便不见踪影了。这种鱼在尼罗河中并不常见,但如果有人在水里撞上它们,便会立刻昏厥,进而溺水。[①]

凯姆心急如焚地寻找狒狒,终于发现它正奋力地对抗着水流,凯姆连忙跳下水把它弄上了船。

狒狒小心地伸出了受伤的手掌,似乎在为自己不能亲手逮捕犯人而感到愧疚。凯姆则一脸歉意地说:"抱歉,孟莫斯再也不能开口说话了。"

帕扎尔既沮丧又震惊,回孟斐斯的路上他一直都没有说话,虽然他再次给贝尔·特兰的地下王国一记重创,但也害死了一名渔夫,

[①] 这种身体带电的鱼,撞到人的时候会放出约两百伏特的电。

尽管渔夫曾经替孟莫斯做事，但那毕竟是一条人命啊。

杀手只是受了轻微的外伤，凯姆给它稍微包扎了一下，等回到孟斐斯，奈菲莉自然有法子让它痊愈。凯姆注意到了帕扎尔的沉默，便说："看孟莫斯得到这样的下场，我可是一点都不难过，这家伙简直就像个被虫蛀烂透了的果子。"

"为什么贝尔·特兰这帮人要实施这么多暴行呢？他们的野心只会带来不幸啊。"

"你是一道可以阻挡这群魔鬼的壁垒，你一定要坚持下去。"

"我本以为我的职责就是让人民守法，根本没想到有一天竟然要调查恩师的死因，还要历经这么多的不幸。'首相的工作比胆汁更苦涩'，我就任时，法老就这样警告过我。"

狒狒听罢将受伤的手掌搭在帕扎尔的肩上，一直等船到了孟斐斯才放开。

对于最近发生的一切，帕扎尔在凯姆的协助下写了一份详细的报告。

一名书记官拿来了一个密封的卷轴。这是拉寇提斯呈交给首相的公文，上面还注有"紧急"与"机密文件"等字样。

帕扎尔启封之后，大声念出了其中惊人的内容："本人孟莫斯，曾任警察局长，因遭人诬陷而被判刑，如今在此揭发无能、不守法且不负责的首相帕扎尔。在无数证人的亲眼见证下，他派人将人们储备的鱼干丢人海中，剥夺了三角洲人民几个星期的口粮。我要向他本人提出指控，依据法律，他必须审判自己。"

"原来孟莫斯是因为这个才想销毁渔场的所有文件——这样就没有证据能反驳他的说辞了。"

"但他说得没错。"帕扎尔说，"虽然他撒了个无耻的谎，但我还是得在法庭上证明自己的清白。我们得追溯事实、传唤证人、证明其阴谋手段与诡计。而这段时间,刚好可以让贝尔·特兰为所欲为。"

凯姆挠了挠木鼻说:"仅有这封信是不够的,孟莫斯还会透过贝尔·特兰或其他高层官员提出指控,让你不得不正视他的指控。"

"那是当然。"

"不过,现在只有这份文书了。"

"没错,但是诉讼流程一旦开始,他们就算达到目的了。"

"如果这封信不存在,哪还会有什么诉讼程序呢?"

"我不能擅自毁掉它。"

"我可以啊。"

凯姆一把从帕扎尔的手中抢过了那张纸,将它撕了个粉碎,只余下那些碎纸片飞散在风中。

第 35 章

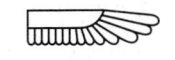

科普托斯内成片的白房子暴晒在五月的阳光下，苏提和豹子正目不转睛地注视着这座位于尼罗河右岸的美丽城市。它在卡纳克西北四十多千米的地方，是上埃及第五大省的首府，无论是前往红海沿岸各个港口的商队，还是前往东部矿区的矿工队，都会以这里为起点。当初苏提就是在这里加入了矿工的行列，然后才追踪到叛国的将军阿舍，并将他就地正法的。

通往城门的道路上设有一座小小的堡垒，苏提带着他那支奇特的队伍向堡垒走去，由于未经许可不能在四周任意走动，他们便请出了队伍中的警察证明他们的身份，并为他们担保。

岗哨上的卫兵觉得不可思议，这支由利比亚人、努比亚人和埃及警察组成的古怪的队伍是从哪里冒出来的？这群人看起来相处得很融洽，可是由警察队押解的俘虏不是应该不能自由行动吗？

苏提独自朝着手持利剑的卫兵长走了过去。

他一头长发，肤色黝黑，裸露的胸膛前挂着一条金项链，粗粗的手链显得他的手臂越发结实和壮硕，他自然流露出威仪，就像一个刚刚胜利归来的将军。

"我叫苏提，跟你一样，也是埃及人，我们何必自相残杀呢？"

"你们是打哪儿来的？"

"你也看到了，从我们所征服的沙漠那里来的。"

"但这是违法的呀！"

"沙漠法则是由我和我的手下制定的。如果你违背这一法则，将会死得很不值得。我们现在将攻占这座城市。归顺于我们吧，少不了你的好处。"

卫兵长迟疑了一下，问道："警察队也服从于你？"

"他们都很讲道理，我会给他们意想不到的奖赏。"

苏提向卫兵长脚边丢了一块金子，又说："这只是一份小小的见面礼，以免出现不必要的杀戮。"

卫兵长的眼睛睁得大大的，他急忙捡起金块，只听苏提继续说道："我有取之不尽的金子。快去通知你们的司令官，我在这里等着。"

就在卫兵长去传话时，苏提的手下已经将科普托斯团团围住了。科普托斯也和埃及其他地方一样，没有城墙，苏提的手下分成了几个小队，分别监控几个重要的入口。

豹子轻轻挽着苏提的左臂，仿佛一个忠诚顺从的妻子。她身上那些金光闪闪的宝石，让她更像一位天空与沙漠结合所诞生的女神。

"你会拒绝作战吗，亲爱的？"她问苏提。

"没有杀戮的胜利不是更好吗？"

"我可不是埃及人，要是能看着你的同胞死在我的族人手下，我会更高兴。我们利比亚人可不怕战斗。"

"现在不是挑衅我的时候吧？"

"我倒觉得随时都可以啊。"

她说完便献上了一记热吻，一想到马上就要成为科普托斯的女王，她的热烈情绪中不禁夹杂了一丝征服者的骄傲。

司令官一得到消息便马上赶来了。他以锐利的目光打量着眼前的入侵者。他从军多年，也曾经对抗过赫梯人，如今正打算退休，到卡纳克附近的小村落安度余年。由于关节有毛病，他平常只会负责一些例行公事，根本不上操练场。其实，在科普托斯也不怕有什么冲突，因为这个地方极具战略价值，平时总有警察巡逻，非法商人和窃贼向来对这里望而却步。即使真的要出兵，也不过是镇压一些盗匪，他在这里还从未遇见过真正勇猛的战士。

此时，只见苏提身后有很多辆全副武装的战车，右手边是努比亚弓箭手，左手边是利比亚掷枪手，而路口和山丘上则有埃及警察守着。还有他身旁那个留着金发、一身古铜色肌肤、浑身佩戴金饰的美女！虽然司令官并不相信神话，却也不由得怀疑她是否来自另一个世界，也许她来自天边那些神秘的岛屿呢。

"你们想怎么样？"司令官定了定神之后问道。

"我要你交出科普托斯，我将把这里作为我的根据地。"

"不可能。"

"我是埃及人。"苏提又说了一次，"我也在军队里待过。如今我不只有精兵，还拥有大量的宝藏和财富，因此我决定回馈这座属于矿工与淘金者的城市。"

"当初指控阿舍叛国与谋杀的那个人是你吗？"

"正是我。"

"你当时说得没错，他的确是个狡猾、不守信用的人。愿众神保佑他不会再出现了。"

"你放心，他已经被沙漠吞噬了。"

"他罪有应得。"

"我很希望能避免一场同胞相残的悲剧。"

"但是我必须维护治安。"

"有谁想破坏治安吗？"

"你的这队人马看起来可不像什么和平使者。"

"只要没人招惹他们，他们就不会生事。"

"那你有什么条件？"

"科普托斯的市长虽是名门之后，却毫无野心，他已经不适合这个位子了。我要他让位给我。"

"这样的人事调动必须经过省长同意，还要得到首相的批准。"

"我们先把那个老家伙赶走，再任由命运安排吧。"

听豹子这么决定了，苏提便说："那就带我去见见市长吧。"

科普托斯市长正一边品尝肥硕的橄榄，一边欣赏一名琴艺高超的女孩演奏竖琴。他十分喜爱音乐，因此花在这上面的时间也越来越多。治理科普托斯其实一点都不难，这里不但有强悍的沙漠警察维护治安，让居民衣食无忧，还有专家负责加工宝石与贵金属，神庙里更是一片繁荣景象。

军队司令的来访虽然很扫他的兴，不过他还是答应接见了。

"这位是苏提。"司令向市长介绍道。

"苏提……控告阿舍将军那个苏提？"

"正是他。"

"很高兴你莅临科普托斯。要不要来点新鲜的啤酒？"

"乐意之至。"

弹竖琴的女孩悄悄退下后，一名侍者呈上了杯子和美味的啤酒。

"我们大难临头了。"司令官忽然说道。

市长吓了一跳，连忙问："你说什么？"

"苏提的军队已经包围了这座城市，如果他们进攻，将会死伤无数。"

"他的军队里有真的士兵吗？"

"他的队伍里有努比亚人，都是神箭手，还有善于掷长枪的利比亚人，还有沙漠警察。"

"太离谱了！我要这些叛贼马上束手就擒，接受杖刑。"

"要说服他们恐怕没那么容易。"苏提反驳道。

"没那么容易……你以为你现在站在哪儿？"

"站在我的城市里。"

"你疯了吗?"

"他的军队恐怕是做得到的。"司令官说。

"赶快去请求支援!"

"援军抵达之前,我已经开始进攻了。"

"司令官,马上逮捕他。"

"你最好不要犯这样的错误,"苏提建议道,"否则黄金女神会立刻在城里大开杀戒。"

"什么黄金女神?"

"她来自遥远的南方,手中握着无尽的宝藏。好好迎接她,你将可以继续过安乐富足的生活,否则就准备迎接灾难吧。"

"你这么有把握能赢?"

"我没有什么可以输的,你却不然。"

"你不怕死吗?"

"死神早就一直陪伴着我了。无论是叙利亚的黑熊,还是叛国贼阿舍或努比亚的盗匪,都打不倒我。你如果不信,可以试试看。"

优秀的市长正应该深谙谈判技巧,况且他不已经用这种手腕解决无数的问题了吗?于是市长说:"看来我是不能小看你了,苏提。"

"你最好如此。"

"那你有什么提议?"

"你把位子让给我,让我来当市长。"

"这个想法太不实际了。"

"我能看透这座城市的灵魂,它会接受我和黄金女神的统治。"

"你要夺权,简直是痴心妄想,只要消息一传出去,埃及的军队马上就会赶过来。"

"这场战争一定很精彩。"

"让你的队伍散了吧。"

"我要回黄金女神身边去了,"苏提说,"我给你一个小时的时间考虑。你如果不答应我的要求,我们就攻城。"

苏提和豹子拥抱在一起望着科普托斯。他们想到了那些踏上未知之路、寻找梦寐以求的宝藏的探险队,他们中有多少人曾得到羚羊的指引并找到矿脉?又有多少人生还并回到这座淘金者之城,欣赏过尼罗河向东甩出的大河湾呢?

努比亚人在唱歌,利比亚人在吃东西,沙漠警察则忙着检查战车。他们都在等待。谁都没有说话,他们只是在等即将血洗道路与田地的一场战役。有些人已经疲于奔波和流浪,有些人做着发财梦,还有些人想借打仗证明自己的勇猛。他们每个人都被豹子的美貌与苏提的坚定意志深深地吸引着、影响着。

"他们会屈服吗?"豹子问道。

"我觉得无所谓。"

"你不会杀自己的同胞。"

"我保证你会得到这座城市,埃及人一向都很尊崇神明化身的女性。"

"就算你死在战场上,也别想逃出我的手掌心。"

"你是个利比亚人,却深爱着我的土地,你已经被埃及的魔力征服了。"

"这片土地要是吞没了你,我也会跟着你走的。而且我的魔力才是无与伦比的。"

就在最后一刻,军队司令带来了市长的答复:"市长答应了。"

豹子听罢露出微笑,苏提却不为所动。

只听司令又说:"他答应了,但有一个条件,你必须保证绝不进行掠夺。"

"我们是来奉献的,不是来掠夺的。"苏提冷冷地说。

于是，苏提和豹子便带领军队进城了。

消息传得很快，居民很快便都涌向了城中的各个要道与路口，苏提则命努比亚人掀掉盖在车上的篷布。

金子立刻发出耀眼的光芒。

科普托斯人从来没有见过这么多的金子，一些小女孩朝努比亚人撒花，也有小男孩跑到士兵旁边。不到一个小时，城中便处处都洋溢着欢乐，大家一起欢迎女神从远方归来，并赞颂传奇英雄苏提战胜夜魔，成为那座庞大金矿的主人。

"你好像有心事。"豹子看着苏提说。

"这也许是个圈套。"

他们一行人往市长的住处走去，那是一栋位于市中心的豪宅，周围是一个大庭院。苏提看了看屋顶，手里紧握着弓，他时刻都在准备着，只要有埋伏他便会一箭将对方射下来。

但一切都很顺利。成群的热情民众从周遭的郊外涌来，只为看一看刚刚发生的这场奇迹，大家都相信，从远方归来的女神将会使科普托斯变成全埃及最富足的城市。

女仆在那座豪宅门口撒了许多金盏花，花朵铺就了一张橙黄色的地毯，她们手里还拿着莲花欢迎黄金女神和苏提将军的到来。豹子对她们微笑致意，然后庄严地踏上了柽柳夹道的小径。

"这栋房子真美！你看那白色的外墙，那又高又细的柱子，还有那装饰着棕榈叶的大门过梁……住在这里一定很舒服。呀，那边还有马厩！我们骑过马之后，可以去游个泳、喝点酒。"

房子内部的装潢更是让豹子喜爱极了。市长是个很有品位的人，墙上描绘着野鸭展翅的场景，还绘有生机勃勃的池塘。画面中，一只野猫正顺着纸莎草往上爬，靠在一个满是鸟蛋的鸟窝旁，对着鸟蛋垂涎欲滴。

接着,豹子走进卧室,摘下金项链,躺在乌木床上,柔媚地说:"你可是胜利者,苏提,来好好爱我吧。"

科普托斯的新主人当然抵挡不住如此诱人的呼唤,他向豹子靠了过去。

这天晚上,苏提为市民举办了一场盛大的宴会,好让一些较为贫困的人家也能尝到烤肉和葡萄美酒的滋味。街道和巷弄里点了数百盏灯,人们就这样狂欢了一整夜。城里的那些显贵承诺,会听从苏提和豹子的吩咐,他们还盛赞了黄金女神的美丽,听得豹子心花怒放。

"怎么一直没看见市长?"苏提问军队司令。

"他离开科普托斯了。"

"没有我的允许,他就擅自离开了?"

"你就好好把握时间吧。市长去通知军队了,首相马上就会派兵来收复科普托斯。"

"你是说帕扎尔?"

"他的名气越来越大,他是个正直的人,但很严厉。"

"这么说,好戏很快就要上场了。"

"你要是聪明的话,就应该投降。"

"司令官,我是个疯子,因此我的行为难以预料。我只遵守沙漠法则,而沙漠法则向来是不会墨守成规的。"

"至少要放过老百姓吧。"

"死神从来都不会放过任何人。趁现在,赶紧及时行乐吧!明天我们就要饮血与泪了。"

苏提忽然用手遮住眼睛,说道:"去把黄金女神找来,我要跟她说话。"

豹子正兴高采烈地听着竖琴的演奏,演奏者让在座的宾客感受到了瞬间的欢愉，也体验到了永恒。一旁，有许多爱慕者用贪婪的目光紧盯着豹子。司令官来报告之后，豹子立刻回到苏提身边，却看到他正双眼无神地看着前方。

"我又看不见了。"他小声地说，"带我回房间里去。我会靠着你的手臂，绝对不能让别人发现我这个弱点。"

他们离开了宴会，临走时许多宾客都向他们行礼致意，宴会也因而告一段落。

苏提走进房间后，躺到了床上。豹子坚定地告诉他："奈菲莉一定会治好你的病。我去找她。"

"已经没有时间了。"

"为什么？"

"因为帕扎尔马上就要派兵来消灭我们了。"

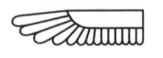

第 36 章

奈菲莉向拉美西斯的母亲图雅行礼："见过太后。"

"我应该向你这位御医总管致意。你才上任几个月，便有了如此辉煌的成绩。"

图雅神情傲然，她鼻子又尖又挺，双眼炯炯有神，脸上布满了皱纹，还长了一个方方正正的下巴，看起来确实威严感十足。她在每个大城市都有一座宫殿，手下宫人无数，但她只会劝导，不会下绝对的命令，最主要的是她维护了使埃及帝国屹立不倒的固有价值观。她也和埃及历代举足轻重的女性一样，在王室拥有绝对的影响力。想当初，驱逐希克索斯人，在底比斯建立王国并将之代代相传的，不正是像她一般强势的埃及王后吗？

然而，图雅心中的不满却与日俱增，因为儿子已经好几个月都没有向她吐露心事了。拉美西斯在渐渐疏远她，却又没有表示对她有何不满，好像在独自保守一个天大的秘密，连自己的母亲都要瞒着。

"太后身体可好？"

"多亏了你的治疗，我现在好极了，只不过眼睛有点灼热感。"

"为什么不立刻召我前来给您诊治呢？"

"琐碎的事太多了，你难道就很注意自己的健康吗？"

"我根本没有时间去想这个。"

"唉，你这样就不对了，奈菲莉！要是你病倒了，有多少病人会陷入绝望啊！"

"让我来给您检查一下吧。"

诊断结果很快就出来了，太后得的是角膜炎。奈菲莉给她开了一服用蝙蝠粪便制成的药，这种药可以消炎，并且没有副作用。①

"一个星期就会痊愈了，您平常用的眼药水也要继续点。您的眼睛已经好多了，不过还是得继续治疗。"

"我实在没办法花那么多心思照顾自己，要是别的医生跟我说这些，我一定不会听。在我心中，只有埃及才是最重要的。首相的职责你丈夫还承受得了吗？"

"这份职责比花岗岩还重，比胆汁还苦，但是他绝不会放弃。"

"我第一眼看到他时就知道了。大臣们对他又敬仰、又畏惧、又妒忌，他的能力可见一斑。任命他为首相让很多人吃惊，批评的声音也源源不断，但他却用行动堵住了那些造谣者的嘴，甚至还取代了巴吉首相的地位。他的功劳不可谓不大呀。"

"帕扎尔其实并不在乎别人的看法。"

"这样最好，只要他对褒贬无动于衷，就会是一个好首相。法老正是看中了他的正直，才对他推心置腹，也就是说，帕扎尔知道一些连我都不知情的秘密。而你和帕扎尔形同一体，因此你也知道这些秘密，是不是？"

"是的。"

"国家正面临危机，是不是？"

"是的。"

"自从拉美西斯不再对我说实话开始，我就知道了，他怕我会采取过于激烈的手段。也许他顾虑得没错，如今是帕扎尔在打这场仗。"

---

① 蝙蝠的粪便富含维生素A，也是极佳的抗生素。换句话说，现代医疗技术与古埃及医疗技术对蝙蝠粪便的认识是一致的。

"对手们都非常可怕。"

"所以也该是我出面的时候了。首相不敢要求我直接支持他，但是我得帮他。现在谁最让他头痛？"

"贝尔·特兰。"

"我最讨厌这些暴发户了，幸好他们最后总会因贪婪而自食其果。我想他的妻子西尔基斯在他的事情上也帮了不少忙吧？"

"她的确是其中一分子。"

"她就交给我来解决吧。她每次向我行礼时，脖子都扭来扭去的，活像只鹅，看了就叫人生气。"

"您可千万不要小看她。"

"奈菲莉，你已经医好了我的眼睛，因此我看得十分透彻。我知道怎么对付这个害人精。"

"还有件事我也不想瞒您，帕扎尔对主持外国使节进贡典礼一事深感困扰，他十分希望法老能及时从皮拉美西斯赶回来，亲自主持典礼。"

"这他可想错了。法老的情绪越来越低落，他现在根本不出宫，也不上朝，把一切事务都交给了首相。"

"法老病了吗？"

"大概是牙齿出了问题。"

"需不需要我给他检查一下？"

"他刚刚辞掉御用牙医，还谴责他无能。我观摩完典礼，你就陪我去一趟皮拉美西斯吧。"

使船载着外国的诸位显要由北向南驶来，在河道警察的指挥之下靠岸，这段时间内其他的船一律不许通行。外国事务处的处长在码头上负责接待贵宾。使节们坐上了舒适的轿椅，其余人员则紧随其后，接着这队人马便浩浩荡荡往王宫走去。

埃及的附庸国和与埃及有经济合作的国家每年都会前来向法老进贡致意。每到这个时候，孟斐斯便会放两天假，庆祝英明睿智的拉美西斯所带来的和平岁月。

帕扎尔战战兢兢地坐在一把矮背宝座上，穿着因上了浆而格外硬挺的首相官服，右手持权杖，颈间则挂着一尊小小的玛特神像。他的右后方是太后，而几位法老的友人则立于一众大臣之首，其中也包括满面春风的贝尔·特兰。西尔基斯穿了一件新衣服，几个没那么富裕的官夫人看在眼里，简直羡慕得不得了。前任首相巴吉也答应前来协助帕扎尔处理相关事务，他的出席让帕扎尔安心多了。对外国使节而言，巴吉胸前佩戴的铜心，代表拉美西斯对他不变的信任，也证明首相的更换并不意味着政策的转变。

法老不出宫，帕扎尔便确实有权代替他主持这个典礼，去年这项工作也是由巴吉首相代劳的。帕扎尔其实宁愿不出这个风头，但是他也知道这件事的重要性，他必须让来宾满意地离去，这样诸国才能与埃及继续保持良好的外交关系。在交换礼物的同时，他们都希望对方能尊重并理解自己国家的经济状况，因此帕扎尔在举止和态度上必须拿捏得恰到好处，不能太过严苛，也不能太过宽容，一旦犯下大错，就可能会破坏埃及与这些国家和谐的关系。

这样的大典也许是最后一次了。

贝尔·特兰绝对不会保留这种毫无利益可言的古老仪式。其实，金字塔时代的先贤正是在这种互信互惠、互相尊重礼让的基础上，才建立了这个幸福快乐的文明社会，但贝尔·特兰就是不明白这一点。

看到贝尔·特兰一副称心如意的样子，帕扎尔不禁感到困惑。希腊银行的关闭对他应该是个沉重的打击，他却像没事人一样，难道是自己动作太慢，已经挡不住他前进的脚步了吗？再有不到两个月的时间，就要举行再生仪式了，届时国王将不得不让位，看来这段时间内贝尔·特兰大可放心地等着，不必再制造什么乱子了。

等待……对一个不引发动乱就无法生存的野心家而言，是最难熬的。帕扎尔已经听到了很多的抱怨，大家都希望他撤换掉贝尔·特兰，重新派一个性情较为温和冷静的人担任白色双院的院长。因为贝尔·特兰不断地折磨下属，不给他们一点喘息的空间，还常常以紧急情况为由，塞给他们一堆伪造的公文，让他们无暇多想，进而更容易被掌控。于是抗议声开始此起彼伏。贝尔·特兰的手段实在太过极端，他完全不替属下着想，而那些为他工作的人也不甘心沦为工具。不过他才不在乎呢，他的政策里只有"生产力"这个词。谁不服就走人。

他有几个盟友甚至还在暗地里向首相吐露心声。他们都累了，不再想听贝尔·特兰那些滔滔不绝的言论，以及那些堆积如山的承诺，对他的虚伪与谎言也都感到厌倦了。他想要掌控一切的企图，已经暴露了他的贪得无厌。有几个省长曾被他蛊惑和煽动，如今也都开始客客气气地与他保持距离了。

帕扎尔的工作倒是一直都有进展。他渐渐看清了贝尔·特兰的真面目，识破了他意志的薄弱与不坚定。虽然他制造的危机并没有解除，但是他那些说辞的说服力却一天不如一天了。

可是他为什么还是显得满心欢喜呢？

此刻，礼官宣布贵宾抵达，众人都庄重严肃地等待着。

这些使节有的来自大马士革、比布鲁斯、巴尔米拉、阿勒颇、乌加里特、卡迭石、赫梯、叙利亚、腓尼基、米诺亚、塞浦路斯、阿拉伯等亚非诸国，还有的来自各个港口、商业城与重要的大城市；每个人都带着礼物。

被誉为神秘国度、非洲天堂的蓬特，派来了一个身材矮小、皮肤黝黑、头发浓密的代表，他献上了兽皮、乳香树、蛋以及鸵鸟的羽毛。努比亚使者身着盛装出席，在场的人都赞叹不已，他穿了一件由豹皮制成的缠腰布，外加一条褶裙，头上插着七彩羽毛，还戴着银耳环和沉重的手链。他的随从在首相的座位下方放了几坛油、一些盾牌、金银器和乳香，并牵来了几只猎豹和一只小长颈鹿。

米诺亚使者也吸引了众人的目光：他一绺绺的黑发参差不齐，那张光洁的脸上长着一个高耸的、尖尖的鼻子，呈内凹型的缠腰布有饰带镶边，并有菱形或四方形的图案装饰，脚上的鞋子尖端还微微翘起。使者命人献上了匕首、剑、状如兽首的瓶子和罐子，还有水壶与杯子。接下来是埃及的忠实盟友比布鲁斯派出的使者，他带来了牛皮、缆绳与纸轴。

每一名大使都会向首相行礼，并以固定的礼仪用语高声致意："请接受敝国为上下埃及之王献上的一点敬意，以维系和平。"

小亚细亚的军队曾与埃及军队发生过激烈交战，不过如今拉美西斯已不再追究，今日，亚细亚的代表偕同其夫人也前来进贡了。他的缠腰布上装饰着橡果，身着红蓝色的长袖长袍，袖口还用绳子束了起来，他的夫人则身着一袭有镶边的裙子和一件彩色的短披风。他们献上的贡品却少得令人意外。一般来说，在典礼的最后阶段出现的亚洲代表会在法老或首相面前放置铜条、青金石、绿松石、珍贵的木梁、香脂罐、鞍辔、弓与装满箭的箭袋、匕首，当然，还有熊、狮子与公牛。然而这次他们只呈上了几个杯子、几坛油和一些价值不高的珠宝。

当使者向首相行礼时，首相并没有任何情绪反应。但使者所传达的信息已经十分清楚：亚洲对埃及极度不满，如果不尽快厘清原因，任由误会继续扩大，那双方再度交战的日子就不远了。

正当孟斐斯一片喜气欢腾之际，帕扎尔独自接见了亚洲使者。这场接见没有书记官在场，因为在正式记录并对外宣布之前，双方

第36章 255

必须先达成协议。

亚洲大使四十多岁，目光锐利，言辞尖锐，一开口便问："为什么拉美西斯没有亲自主持典礼？"

"跟去年一样，他还在皮拉美西斯监督一座神庙的建造工程。"

"首相巴吉失势了？"

"我想你也看到了，事实并非如此。"

"是的，我注意到了他的出席以及他所佩戴的铜心，这些都是法老对他依然信任有加的铁证。可是你太年轻了，帕扎尔首相。拉美西斯为什么会把这么沉重的担子交给你呢？"

"因为巴吉自觉已经负荷不了，法老便答应了他的辞职请求。"

"你并没有回答我的问题。"

"谁猜得透法老的心思呢？"

"当然是他的首相。"

"这一点我不敢苟同。"

"这么说来，你只是个傀儡了？"

"这得由你来判断。"

"我的想法自然是有事实根据的：你本来只是一个乡下的小法官，而拉美西斯却让你当上了首相。我认识法老已经有十年了，他绝不会错估自己亲信的能力。因此你一定是个了不起的人，帕扎尔首相。"

"现在是不是该换我问你几个问题了？"

"当然，这是你的职责所在。"

"你们这次进贡的态度有什么用意？"

"你觉得亚洲的贡品太少了？"

"你应该知道，这番举动可以说是在挑战我们忍耐的极限。"

"的确是极限——在经历那些侮辱之后，这也是我保持冷静、意图和解所能做到的极限了。"

"我不明白你的意思。"

"听说你凡事都喜欢追求真相,这该不会只是传说吧?"

"我可以以法老的名义发誓,我真的对此毫不知情。"

亚洲代表的态度有些动摇,语气也不再那么尖酸刻薄:"这就奇怪了,难道你的行政部门已经不再受你管制了?尤其是白色双院。"

"我上任前的一些措施存在不妥之处,而我正在对此进行改革。对于你说的事,会不会其中有什么我不知情的舞弊之处,让贵国蒙受其害?"

"事情可没有这么简单!其中涉及了严重的过失,可能致使两国失和,甚至会引发战争。"

帕扎尔极力掩饰内心的不安,但声音仍然忍不住发抖:"你愿意向我说明事实吗?"

"我实在无法相信这件事与你无关。"

"我身为首相,当然不能推卸责任。不过即使你觉得荒唐,我还是得承认我并不知情。如果你不让我知道我们到底犯了什么错,又让我如何弥补呢?"

"你们埃及人总笑我们喜欢玩弄阴谋诡计,但这一次玩弄诡计的人恐怕是你吧。你这么年轻,似乎不是处处都受欢迎啊!"

"请你把这件事解释清楚。"

"你如果不是演技太好,就是很快便要下台了。你难道没有听说我们之间的交易出了问题吗?"

面对亚洲大使尖刻的讽刺,帕扎尔仍然不死心。就算对方把他当成一个头脑简单的无能之辈,他也要问出来实情。

"以往我们把产品运过来,"大使接着说,"白色双院就会给我们等值的黄金。自从达成和平协议以来,交易都是这么进行的。"

"难道这次你们没有收到黄金?"

"金子是送来了,可是质量非常差,黄金质地不纯,而且容易断裂,只能拿去骗一骗那些落后的游民。贵国送来了一些不能用的东西,难道不是在恶意嘲弄我们吗?拉美西斯必须对此事负责,我们认为他违背了他的诺言。"

原来这就是贝尔·特兰兴奋不已的原因:先破坏法老在亚洲的声誉,然后再由他出面当好人,弥补法老的过失。

"这只是一时的疏忽,绝对不是我们有意挑衅。"帕扎尔解释道。

"据我所知,白色双院并非独立的单位!他们是要听令行事的。"

"这真的只是我手下的部门在运作和沟通上的失误所致,请你千万见谅,我们绝无恶意。我会亲自向法老请罪的。"

"你手下有人在搞鬼,是吗?"

"我一定会对这件事严加彻查,并会采取必要的措施,否则你将很快会见到新的首相。"

"那倒是十分令人惋惜啊。"

"你愿意接受我诚心诚意的道歉吗?"

"我相信你说的话,但是贵国必须依照惯例补偿我们,尽快送来两倍的黄金。否则,冲突是避免不了的。"

帕扎尔和奈菲莉正准备动身前往皮拉美西斯,突然有一名传令官要求立刻见他。

"出事了。"传令官说道,"科普托斯来了一支由利比亚人和努比亚人组成的军队,刚刚已经把市长驱逐出城了。"

"有人员伤亡吗?"

"没有。他们没有动武便占领了城区。沙漠警察也加入了他们的行列,人们不敢反抗。"

"这支队伍是由谁率领的?"

"一个名叫苏提的人,还有一个黄金女神帮他,所以那些人才会归顺于他们。"

帕扎尔实在是太高兴了：苏提还活着，而且还活得好好的！这真是个天大的好消息，虽然情况似乎有点混乱，不过他左盼右盼，终于盼到苏提出现了！

"底比斯的驻军已经准备出兵援助，现在将领只等您的指示。公文一写好，我就马上送过去。据将领所言，叛乱应该很快就能平息。即使乱贼拥有精良的武器，但人数毕竟不多，是无法抵挡正规军队的攻势的。"

"等我从皮拉美西斯回来，一定会亲自处理这件事，这段时间先派兵包围科普托斯，只守不攻。补给车队与商人可以照常出入，不要让城里的居民出现物资匮乏的情况。派人通知苏提，我会尽快前往科普托斯与他进行协商。"

第 37 章

帕扎尔和奈菲莉站在专为他们二人安排的一栋华丽别墅的阳台上，看着拉美西斯二世最喜爱的这座城市——皮拉美西斯。

皮拉美西斯位于阿瓦利斯附近，曾被入侵的亚洲人立为首府，后来于新王国初期被埃及收复，并在法老的全力推动下，成了三角洲最大的城市。此地有居民十几万人，还有好几座庙，供奉着阿蒙神、拉神、普塔神、可怕的风暴之神赛特、医药女神塞赫美特，以及从亚洲来的女神亚斯他录。城里有四座军营，南侧的港口四周都是仓库与手工艺作坊。在市中心，除了王宫之外，还有贵族与高层官员的宅邸，以及一个供人们休闲娱乐的大湖。

夏季，因为有尼罗河的两条支流——拉神之河与阿瓦利斯河环绕，所以气候舒爽宜人；市区里水道纵横，有鱼群游弋其中的池塘是钓鱼爱好者的最佳休闲去处。

这座城市的选址很有讲究，最利于观察三角洲与亚洲的形势，也是邻近的保护国发生动乱时法老出兵平乱的理想据点。贵族子弟们总会极力争取进入战车队，也希望能有机会骑上那些风驰电掣的战马。法老也十分关心这里的木匠、造船工与冶金工的工作情况，经常前来探视。

有一首民歌是这么唱的："住在皮拉美西斯是多么快乐。再也没有比这里更美的城市，弹丸之地都能受到重视。金合欢树和无花果树为路人提供阴凉，王宫闪耀着黄金与绿松石的光芒，微风轻轻地吹,鸟儿在池塘边欢唱。"

首相夫妇在果园、橄榄树园,以及生产葡萄酒供节庆宴会之用的葡萄园度过了一个上午,但宁静平和的时光却似乎过得特别快。高高的谷仓仿佛耸入云霄,那些华丽住宅大门上装饰着蓝色的琉璃瓦,因此皮拉美西斯也有"绿松石之城"的美名。砖房错落分布在别墅之间,几个小孩在房门前吃着苹果和石榴,玩着木偶。他们才不把那些野心勃勃的书记官放在眼里呢,他们只仰慕驰骋沙场的战车尉。

幻梦着实短暂,果子香甜如蜜,宅院犹如天堂,但帕扎尔还是得暂别这一切,去面对法老。据太后透露,法老已经不再相信他的首相会成功了。他如今就像一个被判了刑且毫无希望的人,整日离群索居。

奈菲莉化了妆,她用两端圆鼓鼓的小棒,在眼睛周围涂上了一种含硫化砷成分的眼影。她的这个眼影盒还有个特别的名称,叫"开眼之盒"。随后帕扎尔替她系上了她最喜爱的那条紫水晶珠搭配压花金饰的腰带。

"你会陪我进宫吗?"

"太后希望我去看看法老。"

"我很害怕,奈菲莉,我怕法老已经对我失望了。"

她将头向后一仰,靠在帕扎尔的肩膀上,轻声说:"我会永远牵着你的手,我的幸福就是跟你一起漫步于无人的庭院,耳边只有风声。你会永远牵着我的手,因为每当我们在一起时,我的心便沉醉于喜乐之中。我们还有什么奢求呢,首相大人?"

在宫廷每个入口守护的警卫,每个月的一号、十一号与二十一号都会更换一次。除了正常发放的谷粮之外,他们还可以领到肉、酒和糕点。这一天,所有人都在宫外列队欢迎首相的到来,想必他们又可以得到一笔可观的奖赏了。

帕扎尔和奈菲莉在一名内侍的接待下，参观了法老的夏宫。在白色墙壁配上彩色地板的候客厅后面，是几间会客厅，厅中装饰着以黄、棕为底色，点缀着蓝、红、黑点的瓷砖。宫殿中还有一道由一排小圆柱围成的围栏，每根圆柱上都刻有法老的名讳。还有几间专门用来接见外国首脑的厅室，厅中的彩绘美轮美奂：有裸泳的女子、展翅的鸟禽和郁郁葱葱的绿地，赏心悦目。

"法老在花园等候二位。"参观过后，内侍说道。

拉美西斯很喜欢种树。其实，依先人所愿，埃及不就应该像一座飘散着各种花香的大花园吗？他们走进花园时，法老正单膝跪地，为一棵苹果树嫁接。他的手腕上还戴着他最喜欢的配饰：野鸭头造型的金镯与青金石镯。

拉美西斯最优秀的贴身侍卫正守在十余米之外的地方。那是一头半野生半驯化的狮子，在拉美西斯刚登基时，它曾陪着他征战亚洲。这头狮子被赐名为"杀敌者"，一向只听从主人的命令，任何意图接近并伤害法老的人，都会在它的爪下丧生。

帕扎尔向拉美西斯走去，奈菲莉则在鱼池旁的凉亭里等着。

"现在国家的情况如何，帕扎尔？"拉美西斯背对着首相问道。

"已经跌到谷底了，法老。"

"进贡典礼上有什么麻烦吗？"

"亚洲大使非常不高兴。"

"亚洲对我们一直是个威胁，那里的人太好战了，他们总会在和平年代蓄谋下一场战役。我已经加强了东西边防的警戒，那一座座堡垒能同时抵御利比亚人与亚洲人的入侵。我还下令，弓箭手与步兵必须日夜警戒，并互相传信。我在皮拉美西斯每天都能掌握亚洲各附庸国的动静，同时也会收到关于我的首相的行事报告。"

拉美西斯顿了一下，站起来面对帕扎尔，又说："有贵族抱怨，也有省长抗议,大臣们都觉得受到了蔑视。律条里说了:'首相若犯了错,不能隐瞒真相,必须向大众认错并改过。'"

"陛下,我犯了什么错?"

"你难道没有对一些达官显要处以杖刑?行刑的人在行刑前甚至还幸灾乐祸地说:'送你们一份前所未有的大礼。'"

"这些细节我并不知道,不过,法律面前,无论贫富,人人平等。犯罪者头衔越大,处罚就应该越重。"

"那你是不否认了?"

"不否认。"

拉美西斯点点头说:"我很欣慰,你并没有因为获得权势而改变作风。"

"我只怕让您失望。"

"希腊的商人呈上了一份很长很长的诉状。你该不会是妨碍了他们的交易吧?"

"我只是结束了一桩非法的货币交易,并禁止他们在埃及的国土上设立银行罢了。"

"贝尔·特兰当然会采取报复行动了。"

"罪犯已经都被驱逐出境,贝尔·特兰的主要经济来源也断了,他的一些盟友十分失望,因此都开始渐渐疏远他了。"

"一旦让他得势,他一定会让钱币流通的。"

"我们只剩几个星期了,陛下。"

"再找不到众神的遗嘱,我就非让位不可了。"

"贝尔·特兰的势力减弱了,他还能统治国家吗?"

"他肯定宁可毁灭一切也不会放弃。像他这种人多的是,不过到目前为止,他们都没有得逞。"

"我们还有希望。"

"亚洲那些人对我们有什么不满?"

"贝尔·特兰给他们送了一批劣质黄金。"

"这真是奇耻大辱！亚洲大使表示过什么威胁吗？"

"他说只有一个办法可以避免冲突，那就是送给他们双倍的黄金。"

"我们有这么多黄金吗？"

"没有。贝尔·特兰已经掏空了国库。"

"亚洲方面会认为我违背了诺言。如此一来，又多了一个逼我下台的借口，贝尔·特兰刚好可以出面弥补。"

"我们也许还有一个机会。"

"那就快说吧。"

"苏提现在科普托斯，身边还跟着一个黄金女神，他或许知道某些宝藏的下落呢。"

"你马上去找他，问个清楚。"

"事情恐怕没有这么容易。"

"为什么？"

"因为苏提带了一队人马，赶走了科普托斯的市长，并控制了那里。"

"他们要造反？"

"我们的军队目前已包围了科普托斯，但我已经下令暂时不要进攻。他们占领该地的过程十分和平，并无人员伤亡。"

"你想向我提什么要求，帕扎尔？"

"如果我能说服苏提协助我们，就请陛下赦他无罪。"

"他不但逃跑，还犯下滔天大罪。"

"他其实是冤枉的，而且他对埃及一向忠心耿耿，这难道还不足以赦免他的罪行吗？"

"不要感情用事，帕扎尔，一切要遵从法律，这样才能重建社会秩序。"

帕扎尔对拉美西斯行了个礼,没有再多说什么,拉美西斯则带着狮子走向奈菲莉所在的凉亭,并问道:"你准备好折磨我了吗?"

奈菲莉为拉美西斯检查了一个多小时。她发现法老患有风湿,便为他开了柳树皮①煎药,让他每天服用,还给他重新补了几颗牙。她在宫殿的实验室中,用黄连树脂、努比亚土、蜂蜜、石磨碎片、绿眼药和少量铜混合制成补牙剂。补好之后,又建议法老不要再食用甜的纸莎草苗,以避免蛀牙及牙齿磨损。

"你觉得乐观吗,奈菲莉?"

"老实说,您左上方的牙龈似乎有脓肿的现象。您应该定期检查,只要经常用金盏花酊剂涂抹牙龈,就可以不必拔牙了。"

奈菲莉洗手的同时,拉美西斯也以天然苏打漱了漱口。

"我并不担心我的未来,奈菲莉,我担心的是埃及的未来。我知道你跟我的父亲一样,对于潜藏在表象下的无形的力量,有一种特别的感应。因此我要再问你一次,你觉得乐观吗?"

"我一定要回答这个问题吗?"

"难道你已经绝望到这种地步了?"

"布拉尼尔的灵魂会保护埃及,他不会白白牺牲的。至暗之渊中,必将有光芒出现。"

努比亚人守在科普托斯城内的屋顶上,观察着四周的动静。每三个小时,长老就会向苏提作一番口头报告。

"已经有数百名士兵经由尼罗河抵达这里了。"

"我们被包围了吗?"

"他们保持了一定的距离,暂时按兵不动。如果他们进攻,我

---

① 如今的常用药阿司匹林也萃取自柳树皮。

们一点赢的机会也没有。"

"让你的手下去休息吧。"

"我觉得利比亚人不可靠，他们一心只想着偷窃、赌博。"

"沙漠警察会看着他们。"

"谁知道这些警察什么时候会背叛你？"

"我可是有用不完的金子呢。"

长老满心疑惑地回到了市长官邸的阳台上，注视着尼罗河。他早就厌倦了沙漠。科普托斯简直让他感到窒息。

每个人都知道埃及军队马上就要展开猛烈的攻势。如果苏提的部队投降，便能避免一场腥风血雨，但是豹子毫不动摇，并且不断游说部下要奋战到底，否则他们将会遭到埃及政府的严酷刑罚。

黄金女神千里迢迢地从南方回来，当然不可能在第一场战役中就轻易退缩。用不了多久，她的帝国便将延伸到海边，只要服从她，以后自然会有享不尽的富贵荣华。

苏提身上散发的光芒，让他看起来就像一位来自另一个世界的半神半人的英雄。他不知畏惧为何物，还能把这份勇气传递给那些胆小的人。沙漠警察们一直希望能拥有这样的领袖——他平静的声调中自然流露出一股威严，他能拉开最重的弓，还能让那些懦夫头破血流。如此全能的一位人物，他们怎么会不信服呢？苏提的神话一传十、十传百，大家都知道他识破了山的秘密，并从山中带回了稀有金属。如果有人敢与他作对，立刻会被地底的火焰吞噬。

"你已经让这座城市和它的居民着魔了。"苏提对豹子说，她刚游完泳，正懒懒地躺在水池边。

"这只是个开始，亲爱的。过不了多久，科普托斯对我们而言就该变得太小了。"

"你的美梦很快就会变成噩梦。面对正规军队，我们是抵挡不了太久的。"

豹子抱住苏提的脖子,拉着他躺下:"你不再相信你的黄金女神了吗?"

"我当初怎么可能那么疯狂?竟然听了你的话。"

"因为我不顾一切地救了你。不要管什么噩梦了,想想我们的美梦吧,是不是充满了黄金的色彩呢?"

面对豹子的诱惑,苏提本想抗拒,但很快就认输了。一触到她金黄的肌肤,闻到她身上迷人的香味,他心底的欲望便如洪水一般汹涌而来。他不等她有所动作,双手便开始轻抚了起来。豹子先是温顺地任由他的手在身上游移,随后一个翻身,两人便双双落入水中。

正当两人缱绻难分之时,努比亚长老忽然匆匆赶来了:

"有一名军官要跟你谈谈,他眼下正在尼罗河畔的大门边等着呢。"

"他一个人来的?"

"是的,而且没有带武器。"

苏提在一片安静的氛围中,会见了这名来自阿蒙神军团的身穿彩色锁子甲的军官。

"你就是苏提?"军官问道。

"市长已经让位给我了。"

"你是这些叛军的领袖?"

"我很荣幸能领导这群自由的人。"

"你的哨兵已经看到了我军的人数。无论你们多么骁勇善战,终究还是会被我们歼灭的。"

"我记得在战车团中,我的上级曾经教导我不能狂妄自大。而且,我从来不怕威胁。"

"这么说你是不愿意投降了?"

"这还用说吗?"

"以现在的形势来说，你们可是插翅难逃啊。"

"进攻吧，我们已经准备好了。"

"进不进攻不是我能决定的，而是首相决定的。在他抵达这里之前，你们的粮食依旧会得到正常供应。"

"他什么时候到科普托斯？"

"趁现在还有时间，你好好喘口气吧。等帕扎尔首相一到，他立刻会引领我们迈向胜利，恢复此地的秩序。"

第38章

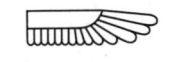

西尔基斯一会儿跺脚，一会儿叫女仆，一会儿又跑到花园里去。她一直在激动焦躁地等着贝尔·特兰回来。因为女儿偷吃了一块蛋糕，她打了女儿几个耳光，并任由儿子去追一只躲到棕榈树上的猫。等她开始准备晚餐时，又突然换了菜色，她还不断地斥骂孩子。贝尔·特兰终于到家了，她马上奔向大门口，喊道："太好了，亲爱的！"

不等丈夫下轿，她就使劲地拉扯他披在肩上遮阳的亚麻布，没想到由于用力过猛，她竟把布扯破了。

"小心点！这很贵的。"

"告诉你一个天大的好消息，快来，我已经在你最喜爱的杯子里盛上陈年美酒了。"

西尔基斯不停地向丈夫撒娇，媚态更胜以往，还不时发出尖锐刺耳的笑声。

她兴奋地说："今天早上，宫里的传令官来传旨了。"

接着，她从一个箱子里拿出一份盖有法老印玺的诏令说："太后宣我入宫……是我！这是多么荣幸的事啊！"

"宣你入宫？"

"她让我到她的宫殿去！全孟斐斯都会知道这件事。"

贝尔·特兰讶异地看了看诏令。

那是太后亲笔所写，她并没有用秘书，由此证明她一定有非常重要的原因要见西尔基斯。

"多年来，有多少官夫人都在期待这份荣耀。如今，竟然落到我身上了！"

"的确是令人意想不到。"

"意想不到？怎么会呢！这都是你的功劳啊，亲爱的。图雅是个聪明的女人，她跟儿子的关系又十分亲密，拉美西斯一定已经告诉她了，他的王朝即将结束，因此她才急着为未来打算。她是想趁现在跟我攀关系，以便日后他们还能保有特权。"

"也就是说，拉美西斯已经向她吐露实情了。"

"他可能只提了退位的事。说他倦怠，说他身体一天不如一天，说他无力使埃及现代化……不管他提出了什么理由，图雅都已经发现埃及马上就要改朝换代了，也明白你将来所要扮演的角色。而她笼络你最好的方法，当然就是先让我成为她的亲信了。这个老妇人非常狡猾，但她也知道他们输定了。如果跟我们作对，她就会失去她的宫殿、仆人与安逸的日子。她都这把年纪了，怎么能忍受自己突然一无所有呢？"

"利用她的声望倒也是个好主意。有她为我们的新政权担保，我们很快就能扎根，外面也不会有任何反对的声音。我真不敢相信我们会有这样的好运气。"

"那我应该怎么应对呢？"西尔基斯问道，语气兴奋异常。

"你要表现得恭敬友善。引她提出请求，并且要让她知道我们很乐意接纳她，愿意接受她的帮助。"

"可是如果她提到对她儿子的安排呢？"

"我们会让拉美西斯归隐努比亚的某座神庙，和一些隐居的祭司一起终老。不过，等新政权根基稳固、没有任何转圜的余地之后，我们就可以除掉这对母子了，我们不能让过去的人和事物妨碍我们的大业。"

"你实在太棒了，亲爱的。"

凯姆简直坐立不安。帕扎尔虽然不喜欢社交活动、礼仪排场，却也不像他这样深恶痛绝。穿着这一身与警察局长的身份相符的衣服，他觉得可笑至极。理发师给他理了发，然后给他戴上假发、刮了胡子、喷了香水，还给他的木鼻子涂了黑色的颜料。他已经在候客厅等了一个多小时了，这样浪费时间让他颇为不满，但是太后召见，又怎能不来呢？

最后，终于来了一名内侍把他带到了图雅的办公室，在那个装潢简单的房间里，只放置了一些埃及的地图和祖先的纪念碑。虽然太后比他矮小得多，但她身上那种威严的气势，却比一头蓄势待发的猛兽更让他印象深刻。

"我是故意考验你的耐性的。"太后坦言道，"警察局长是不能鲁莽和失去理性的。"

此时的凯姆完全不知该如何是好。

太后又问："你对帕扎尔首相有什么看法？"

"他是个正直的人，也是我所认识唯一的一个这样的人！如果太后想听到的是我对他的批评，就请找他人吧。"

凯姆一说完，马上就发现自己的回答实在太莽撞、太失礼了。

"你比前任的警察局长更有个性，却不太懂得圆滑和变通。"

"我只是实话实说，太后。"

"身为警察局长，这么鲁莽不太合适吧。"

"我根本不在乎这个头衔和地位，我之所以会接受，完全是为了帮助帕扎尔。"

"首相真是好运气，我就喜欢运气好的人。那你就好好帮他吧。"

"怎么个帮法？"

"让我知道西尔基斯的一切。"

获知首相的官船即将抵达，河道警察连忙在通往孟斐斯港大码头的河道上为他开路。笨重的运输船移动起来却轻盈得好似蜻蜓，每艘船都能迅速找到自己的位置，不致互相碰撞。

暗影吞噬者就在海关与纸莎草仓库间的一个谷仓顶上过了一夜。他打算一得手就马上从海关溜走。在港务长的办公室里，他只要竖耳倾听，便不难得知有关帕扎尔行程的信息，以及他自皮拉美西斯返回的时间。凯姆的防备再严密，也防不住他临时起意的突袭。

暗影吞噬者会有这一计划，是因为他有这样的假设：帕扎尔为了躲避争相目睹他的人潮，必定不会走码头与宫殿间的大道，而是会在一组警员的戒护下，改走谷仓底下可供马车行驶的小巷。

果然，谷仓下来了一辆马车，就停在暗影吞噬者的下方。

这回飞棍不会再射偏了。他手中的飞棍造型简单，因为用了太久，所以被原主人拿到市场上拍卖了。暗影吞噬者混在嘈杂的人群中，商贩并没有注意到他。他和其他人一样，用几个新鲜的洋葱达成了一笔交易。

事成之后，他会再和贝尔·特兰联络。贝尔·特兰的地位越来越不稳当，很多人都预测他不久就要下台了。如今要是杀了帕扎尔，就等于让贝尔·特兰又有了胜利的把握。不过，贝尔·特兰肯定不会奖赏他，而是会把他杀了灭口，因此他必须特别留意。他会和贝尔·特兰单独约在偏僻的地方碰面，若能达成共识，贝尔·特兰就能以胜利者的姿态活着离开，否则他就会让贝尔·特兰永远都不能再开口说话。其实，他的要求对贝尔·特兰来说根本不算什么，他只想要更多一点的金子、各项豁免权，还想改名换姓担任公职，并得到位于三角洲的一栋大别墅，仅此而已。贝尔·特兰一开始就不该找他的，只要找了他，将来就会依赖他。因为建立在谋杀之上的政权，只有靠谋杀才能变得更加巩固。

码头上，凯姆和狒狒出现了。

暗影吞噬者最后的一丝疑虑也消除了：风的方向对他有利。如此一来，狒狒便察觉不到他的存在，自然也来不及拦截如闪电一般从天而降的飞棍。现在唯一棘手的是，攻击的角度非常刁钻。不过，在愤怒与求胜欲的驱使之下，他这次出手绝对会完美无瑕。

首相的船靠岸了。帕扎尔和奈菲莉刚一下船，凯姆和手下便立刻迎上前去保护他们。杀手也在向他们点头致意后，走到了队伍的最前头。

接着他们一行人果然改行小巷，没有走大道。风呼呼地吹着，让狒狒颇为不安，鼻翼也翕动得更厉害了。

再过几秒钟，首相就会站到车旁，他上车时，就是飞棍刺穿他太阳穴的时刻。

暗影吞噬者手臂弯曲了起来，全神贯注地盯着这支队伍。只见凯姆和狒狒分站在马车两侧。凯姆伸出手扶奈菲莉上车，她的身后便是帕扎尔。暗影吞噬者缓缓站起身来，他看着帕扎尔的侧脸，用力握紧了飞棍，眼看武器就要出手了。

然而，突然间闪出的一个人挡住了帕扎尔——贝尔·特兰竟在无意中救了这个他恨之入骨的人。

"我必须马上和你谈谈。"贝尔·特兰急促的声音与夸张的手势惊动了狒狒。

"有这么急吗？"帕扎尔惊讶地问。

"我听你办公室的职员说，你取消了好几天的约见。"

"我难道需要向你汇报我的日程安排吗？"

"事态严重，我要求玛特女神为我做个见证。"

贝尔·特兰这两句话可不是随便说说的，在场的众人，包括警察局长在内都听到了。他说得如此郑重，首相也不得不同意他的请求："女神会遵循法则为你解决的。两个小时后到我的办公室来吧。"

风停了，杀手抬头往上看了看。暗影吞噬者连忙趴在谷仓顶上，然后贴着屋顶慢慢后退。当听见首相的马车渐行渐远时，气得他把嘴唇都咬出血来了。

帕扎尔满意地称赞着巴克，他现在已经是首相的特别助理了。他年轻、谨慎又勤奋，撰写公文时一丝不苟，因此帕扎尔让他负责检查谕令与文书，这样在属下与民众的眼里，帕扎尔才是一个真正无懈可击的首相。

"我对你真的很满意，巴克，不过你最好还是换个地方工作。"

巴克一听，脸都白了："我犯了什么错吗？"

"没有。"

"请你如实告诉我。"

"真的没有。"

"那为什么要调我的职？"

"这是为了你好。"

"为我好……我在你身边做事就挺好啊！是不是我冒犯了什么人？"

"你行事谨慎，书记官们对你的评价都很高。"

"请告诉我实情。"

"这个嘛……离我远一点是比较明智的做法。"

"我不要！"

"我的未来很不乐观啊，巴克，连我的亲信都会被连累。"

"是那个贝尔·特兰，对吧？他想打倒你。"

"你犯不着跟着我受罪。只要调到另一个部门，你就没事了。"

"我不屑于做这种懦夫。不论发生什么事，我都会跟你站在一起。"

"你还年轻，何必拿自己的前途做赌注呢？"

"我不在乎我的前途，你愿意信任我，现在我也要信任你。"

"你知道这么做有多么不明智吗？"

"换作是你，你难道不会这么做吗？"

"好吧。这是孟斐斯北区一个树木种植园的文件，你去查一下，看看有没有人对分派地有意见。"

巴克见首相不再坚持，便欣喜若狂地接下了工作。

当他看到贝尔·特兰走进首相办公室时，脸色马上沉了下来。

帕扎尔正盘坐着拟定一份公文，他让各省的省长在下次河水涨潮之前检查所有的堤坝与蓄水池，以便最大化地利于民生。

贝尔·特兰站在旁边等着，他身上那件新袍子的褶皱大得有点夸张。

"你说吧，"帕扎尔埋头说道，"麻烦你长话短说。"

"你知道你的权力有多大吗？"

"我只会履行我的职责。"

"你现在的职位非常重要啊，帕扎尔。如果国家首领犯了重大的过失，就必须由你来伸张正义。"

"我不喜欢听拐弯抹角的话。"

"那我就直说了，如果国王背叛了国家，只有你能够审判他和王室成员。"

"你竟敢提到叛国！"

"拉美西斯有罪。"

"谁指控他了？"

"我，为了维护我们的道德价值观，我不得不这么做。拉美西斯竟然把劣质黄金送给了亚洲的友邦，因而破坏了和平。希望你能开庭审理此案。"

"送出这批黄金的人就是你。"

"法老从不让任何人干预亚洲的政策，有谁会相信他底下的部长竟敢违背他的意愿行事呢？"

"诚如你刚才所说,我必须澄清事实。拉美西斯无罪,我会证明的。"

"我将出示对他不利的证据。而你身为首相,必定要将这些证据纳入考虑范围,而且要立即开庭。"

"审理此案的过程将会很长。"

贝尔·特兰再也按捺不住了:"你还不明白?我是在给你最后一次机会啊!只要你对国王提起诉讼,就等于救了自己一命。诸多权贵都已成了我的盟友,拉美西斯如今已是孤身一人了,他早已经众叛亲离。"

"他还有他的首相。"

"你的继任者将会判定你犯了叛国的重罪。"

"我们就把一切交由玛特裁决吧。"

"你这是在自讨苦吃,帕扎尔。"

"我们每个人的行为最终都会被置于阴间的天平上衡量,你也不例外。"

贝尔·特兰走了之后,巴克交给帕扎尔一封奇怪的信函,说道:"我想这封信对你来说可能很紧急。"

帕扎尔看了信后,点点头说:"你说得没错,谢谢你在我离开前把信交给我。"

在五月火热的太阳下,底比斯的这个小村落里的人应该正躲在棕榈树的树荫下打盹,然而此刻只有牛和驴子在偷闲休息,村民们都聚集在尘土飞扬的广场上旁听一场审判。

村长终于逮到了整治老牧羊人贝比的机会。贝比一直都离群索居,整天跟白鹭和鳄鱼混在一起,只要税务人员进村,他就会立刻躲进纸莎草丛中。由于他已经有好多年都没有纳税了,因此村长便决定将他名下一小块位于尼罗河畔的土地充公。

这一天，老牧羊人拄着木棍终于走出了自己隐蔽的居所，为自己辩护。村子里的法官跟村长交情不错，而且他从小就与贝比交恶，因此尽管有人抗议，他还是丝毫不顾贝比的辩白就开始宣判了：

"审判结果如下……"

"调查不充分。"

"谁敢打断我的宣判。"

帕扎尔站了出来，凛然说道："埃及首相。"

所有人都认出了帕扎尔，他是在这里出生的，其法官生涯也是从这里开始的。大家都带着惊讶与仰慕向他深深鞠了个躬。

"我现在要依法主持这场审判。"他宣布道。

"文件的内容很复杂。"村长嘟囔着说。

"我已经看过邮递员送来的文件了，所以对一切都了然于胸。"

"贝比被指控……"

"他的债已经还清了，因此本案也不成立了。贝比将继续拥有他父亲的父亲所留下的土地。"

村民们热烈地欢迎着首相，纷纷为他献上啤酒与鲜花。

一阵喧闹过后，他终于有机会和今天的主角独处了。

"我就知道你会回来的。"贝比说，"你来得正是时候。虽然你选择了一个不同寻常的职业，不过你并不是个坏人。"

"你也看到了，依然有正直的法官。"

"但我还是会继续保持戒心。你要回来定居了？"

"很遗憾，不是的。我得到科普托斯去。"

"首相可不好当，大家都希望你能让每个人幸福快乐。"

"有谁不会被这样的重担压得直不起腰呢？"

"学学棕榈树吧。人越是用力把它们往下拉、往下压，它们就反弹得越高、越直。"

第 39 章

豹子吃了一片西瓜，在泳池里泡了一会儿，享受了日光浴，又喝了几口清凉的啤酒，然后依偎在苏提身边。看到他目不转睛地看着西山的边缘，豹子问道："你在担心什么？"

"他们为什么不进攻？"

"是首相下的令，你不记得了？"

"要是帕扎尔来了，我们……"

"他不会来的。埃及首相已经背弃了你，你现在只是个叛贼乱党。你要是再等下去，等大家的神经紧绷到极限，一定会爆发冲突的。利比亚人很快就会和努比亚人打起来，而沙漠警察也会重新开始行动，到时候，根本不用等埃及军队动手，我们自己就先垮了。"

苏提抚弄着豹子的头发问道："那你有什么建议？"

"我们应该破釜沉舟。趁现在手下还愿意顺从，好好利用这股士气打一场胜仗。"

"我们会被一举歼灭的。"

"你怎么知道呢？我们遇上的奇迹还不够多吗？我们若打胜了，底比斯也将臣服于你我。现在，科普托斯对我来说已经太小了，而你也不应该这样一天到晚都闷闷不乐。"

苏提揽着她的腿，一把将她抱了起来。豹子的胸部高耸在爱人的眼前，她头向后仰，金发散落在阳光下，张开双臂，然后发出了一声满足的叹息："好好爱我吧，我死也情愿。"

尼罗河变了。经验老到的人都能看得出来，它蓝色的河水不再那么鲜艳，从南方远道而来的第一批河泥似乎让河水的颜色变暗了。六月一到，收割完毕，村民们就该忙着打谷子了。

帕扎尔在凯姆与狒狒的守护下，就睡在村子的空地上。当他还是那个小法官时，经常像这样在户外过夜，享受黑夜散发的芬芳与黎明的绚烂。

"我们到科普托斯去，"他对凯姆说，"我会说服苏提放弃他的疯狂计划。"

"你打算怎么做？"

"他会听我的。"

"你明知道不可能。"

"我们发过血誓，我们之间无需言语也心有灵犀。"

"总之，我不会让你跟他单独见面。"

"但这是唯一的办法。"

奈菲莉从棕榈树林中走来时，帕扎尔还以为自己在做梦。她体态轻盈、艳光四射，头上戴着莲花冠，颈间挂着绿松石项链，缓缓向他靠近。

当他拥她入怀时，奈菲莉才强忍着泪水说："我做了个可怕的梦，梦见你孤单地死在尼罗河畔，死前还呼唤着我。因此我要来改变命运。"

这次行动的风险的确很大，但是暗影吞噬者已经别无选择。还有什么地方比科普托斯更容易下手呢？

在孟斐斯，帕扎尔是碰不得的。他不但身边戒备森严，运气更是好得令人不敢置信。也许会有人说帕扎尔有神明护体，就连暗影吞噬者偶尔也会这么想，不过他还是不愿相信。他可不能三心二意，否则最后的胜利可能就是对方的了。

消息还是走漏了。市场上，大家都在谈论那支从沙漠里冒出来的叛军，说他们占领了科普托斯并对底比斯造成了威胁，虽然军方已经迅速掌控形势，暂时打消了人民的疑虑，但令人好奇的是首相将会如何惩处这些乱民。民众对首相亲自出面平乱、恢复秩序颇有好评，帕扎尔从来都不是守着办公桌的公务员，而是一个地道的行动派。

暗影吞噬者隐隐觉得手指发麻，这让他回想起第一次为贝尔·特兰等人杀人的情形。因此，当他踏上前往科普托斯的船时，他就觉得自己这次稳操胜算了。

"首相来了！"一名努比亚哨兵喊道。

科普托斯的居民纷纷跑上街。大家都说埃及军队马上就要进攻了，还说城外有一个弓箭队军团，有几台移动攻城塔和几百辆战车。

苏提站在市长官邸的阳台上，让所有人安静下来，他用洪亮的声音说："那的确是帕扎尔首相。他穿着官服，并且将独自前来。"

"军队呢？"一名妇人焦急地问。

"他身边一个士兵也没有。"

"那你打算怎么做？"

"出科普托斯城与他会面。"

豹子试着让苏提打消这个念头："这是个陷阱，你一出城，弓箭手就会攻击你的。"

"你太不了解帕扎尔了。"

"要是他的军队不听他指挥呢？"

"他会跟我一起死。"

"你千万别听他的话，你绝不能让步。"

"让你的子民放心吧，黄金女神。"

奈菲莉、凯姆与被强行留下的狒狒，在战舰的船头看着帕扎尔离去。奈菲莉真是害怕极了，而凯姆则不断责骂自己："帕扎尔许下了承诺，所以才这么固执。我真应该把他关起来！"

"苏提是不会伤害他的。"

"谁也不知道他现在变成什么样了，也许权势和欲望已经冲昏了他的头。首相这次面对的将是一个什么样的人呢？"

"帕扎尔知道怎么去说服他。"

"我不能静静地待在这里。我要跟他一起去。"

"不，凯姆，我们要为他遵守承诺。"

"他要是有个三长两短，我就把这座城夷为平地。"

帕扎尔走到距尼罗河畔上的主城门十多米的地方，便停了下来。他沿着码头上的小石板路走过来，沿途有一些小祭坛，每逢祭祀典礼，祭司都会在这里放置供品。

帕扎尔穿着又硬又重的长袍，两手自然垂落，气度自是不凡。他远远地便看见了苏提——还是长长的头发，黝黑的皮肤，五官却比从前更深邃，脖子上戴着一串金项链，缠腰布的腰带上还插着一把圆头金柄的匕首。

"我们该由谁走向谁？"

"你还敬我为首相吗？"

苏提走上前去。

两人终于面对面了。

"你离弃了我，帕扎尔。"

"从来没有。"

"我应该相信你吗？"

"我骗过你吗？我身为首相，不能违法撤销对你的判决。你逃离扎鲁之后，驻军没有追捕你，那是因为我下令让他们留在堡中。后来，我虽然没有了你的消息，但是我知道你会回来的。而等你回来的那一天，我也一定会出现，因此我来了。要是你悄悄地回来，会给我省去许多麻烦，不过这次再见到你，我还是很高兴。"

"在你眼里，我只是个叛贼。"

"我并未接获任何类似的指控。"

"但我占领了科普托斯。"

"可是这个过程中没有死伤，也没有起任何冲突。"

"市长呢？"

"他向在附近操练的军队求援，但我认为尚未造成无可弥补的憾事。"

"你忘了，依照法律，我必须成为塔佩妮的奴隶。"

"塔佩妮已经被剥夺公民权利了。这是她和贝尔·特兰串通一气的后果，她没想到贝尔·特兰憎恨女人到如此地步。"

"也就是说……"苏提有点不敢相信。

"也就是说，你随时可以宣布离婚。你甚至可以要求得到她的一部分财产，不过我不建议你这么做，因为诉讼过程很可能会拖很久。"

"她那一点财产我才看不上呢。"

"你的黄金女神给了你更多吗？"

"豹子在努比亚救了我，而埃及的法律竟然将她永久驱离。"

"错了，既然她是因为你才受此判决，现在当然也无效了。何况，她为了一个埃及人所表现出的英勇行为，也足以让我对她重新量刑。从今天起，豹子可以在埃及自由行动了。"

"你说的是真的？"

"我是首相，当然不能说谎。这些决定完全合法，我将会在法庭上正式宣布。"

"我不相信。"

"你不能不信。因为我不只是和你立下血盟的兄弟，还是埃及的首相。"

"你这样做不会有损你的地位吗？"

"无所谓。等河水泛滥之初，我就会遭到罢免入狱了。贝尔·特兰和他的同党终究是要赢的，而且可能随时爆发战争。"

"是亚洲人？"

"贝尔·特兰给了他们劣质黄金，还把错都推到了法老身上。为了弥补这个过失，我们必须赔给他们双倍的黄金，而国库早就被贝尔·特兰掏空了，我一时也筹不出这么一大笔钱。我无论往哪里走，都会碰到陷阱。不过，至少我会救你和豹子，趁拉美西斯退位之前还有几个星期的时间，好好享受埃及的一切，然后就可以离开了。这里很快便将成为地狱，一个只以希腊货币、利益与最残酷的物质主义为纲领的地狱。"

"我有金子。"

"你说的是阿舍将军所偷取，又被你夺回来的那批金子？"

"这足够清偿埃及的负债了。"

"我们若能避免被侵略的命运，可就是你的功劳了。"

"你应该更好奇一些。"

"难道你不愿意帮忙？"

"你没有听懂，我发现了荒废在沙漠中的黄金城。那里有数不尽的宝物！我愿意送给科普托斯一车的金条，并为埃及偿还债务。"

"豹子会答应吗？"

"你恐怕得费一番唇舌了，现在正是证明你能力的最好时机。"

二人至此终于前嫌尽释，紧紧地拥抱在一起。

在为守护神敏神举办庆典期间，科普托斯便会陷入一片其他地方难得一见的狂欢气氛中。因为敏神不仅掌控天地万物的繁衍，也会鼓动男女在两情相悦的欲望中结为一体。而当和平的协议一宣布，全城的欢腾喜气一点也不逊于这个传统的节日。

根据首相的决定，科城市民均可获得苏提的黄金，并可以免税。利比亚人编入底比斯驻军的步兵团，努比亚人编为弓箭手，而沙漠警察则继续担任保护商队与矿工的职务，不需要受罚。

正规军的士兵们也从未如此轻松愉快过。六月炎热的夜里，在月光的笼罩下，处处欢笑声不绝于耳。苏提和豹子便在已经正式交由首相处理的市长官邸，接待帕扎尔与奈菲莉。

豹子虽然一身金光闪耀，却是满脸的不高兴："我不离开这里。这座城被我们征服了，就是我们的。"

"别再做梦了。"苏提说，"我们的军队都已经解散了。"

"可是我们的金子，足以买下整个埃及了！"

"那就先用来救她吧。"帕扎尔提议。

"什么？你要我救我的死敌！"

"如果亚洲人入侵，对你也没有好处。万一真的发生战争，你的宝藏恐怕也就没有价值了。"

豹子看了看奈菲莉，希望她支持自己。但奈菲莉说："我也同意首相的看法。你空有一笔宝藏，有什么用呢？"

豹子一向很尊重奈菲莉。她纠结万分，然后焦躁地站了起来，在宽大的宴客厅中来来回回地踱着大步。

"你有什么条件吗？"帕扎尔问她。

"我们能救埃及，"豹子骄傲地回答，"当然也会有很多条件。既然首相在这里，我也不妨直接一点，请问你打算用什么报答我们？"

"什么也没有。"

豹子吓了一跳："什么？什么也没有？"

"你们两人将洗清一切罪嫌，毫无前科，因为你们根本就没有犯罪。而科普托斯的市长则会接受你们的道歉，以及你们送给市民的黄金。这样你们还不满意吗？"

苏提不禁放声大笑："我这个好兄弟真是太厉害了！说话不但合乎理法，还说得圆融得体。看来你已经很像一个首相了。"

"我在努力。"

"拉美西斯选择了你，果然聪明，我能当你的朋友也算运气。"

豹子一听，简直怒不可遏："苏提，你现在还能给我什么王国啊？"

"我连命都交给你了，这还不够吗，黄金女神？"

豹子立刻冲向苏提，挥拳就往他胸口搥，口中愤愤地说："早知道我就该杀了你！"

"不用绝望嘛。"苏提牵制住她的双手，把她往怀里一拉。

这回却换豹子哈哈大笑："你以为你真是什么达官贵人吗？"

她挣脱之后，夺过一坛酒便大口喝了起来。当她正要把酒递给苏提时，忽然见他用手遮住了眼睛。

"他被毒蝎子蜇过后，就瞎了！"豹子尖叫道，酒坛也应声落地。

奈菲莉安慰她说："不用担心，夜盲症的确是一种罕见的疾病，不过这种病我了解，我可以治好他。"

他们的忧虑很快就消除了，因为科普托斯的医药处有必需的药品。奈菲莉在从猪眼中抽取的液体中加入方铅矿、黄赭石与发酵过的蜂蜜，研磨并压缩成密实的药块，让苏提服用。另外，还开了一服以牛肝制成的煎剂，三个月内必须每天服用，才能痊愈。

豹子放下了心中的大石，睡得很沉；奈菲莉也因过于疲惫很快入睡了。苏提望着漫天的星星，尽情地感受夜晚。帕扎尔陪着他，穿梭在静谧的街道间。

"太好了！奈菲莉治好了我的病。"

"你的运气一向很好。"

"现在国家的情形如何？"

"即使有你的帮助，我都没有把握救得了埃及。"

"把贝尔·特兰抓起来，关进监狱就好了。"

"我也常有这个冲动，可是这么做也无法将问题根除。"

"要是真的没有办法，也不要牺牲你自己啊。"

"只要还有一丝希望，我就会尽力完成法老所托付的任务。"

"你缺点一大堆，顽固也是其中之一。你干吗非得拿头去撞墙呢？你就听我一次吧，我可以让你过得更好。"

二人经过一间小酒馆，门外有一群利比亚人醉倒在地，鼾声震天。

苏提又抬头看了看天空，能再度见到月亮和星星，他心里着实很高兴。突然间，远远跟随在后的狒狒警察发出示警的尖叫声，几乎在同一时间，苏提也发现了屋顶上站着一个人，那人手里的箭已然在弦上，眼看就要射出。

他立刻往前迈了一步，挡在帕扎尔身前。

当苏提中箭倒下来时，暗影吞噬者早已跳上备好的马车，逃得无影无踪了。

第40章

手术在黎明前开始，持续了三个小时。睡眠不足的奈菲莉勉强打起精神，耗尽所有的心力，唯恐出丝毫差错。另外还有两名科普托斯警察队的特约外科医生在一旁帮忙。

箭深深插在苏提的胸口，差一点就正中心脏。拔箭之前，奈菲莉先为苏提做全身麻醉。她连续十次让苏提吸食以曼德拉草根与硅石制成的麻醉药粉，手术期间，助理医生则将麻醉药粉加入醋中，释放出酸气让苏提吸取，使他持续保持睡眠状态。为了更保险，一位外科医生还在苏提身上涂了止痛药膏，其中的主要成分也是强力麻醉剂曼德拉草根。

奈菲莉拿起以坚硬石材制成的手术刀，试了试刀锋之后，她将伤口割开，以便取出箭头。伤口的深度让她有些担心，幸好血流得虽多，却未伤及心脏附近的血管。她先用一些含蜂蜜成分的敷料止血，然后以沉稳缓慢的动作修复了伤口，最后再用以牛肠制成的细线缝合创口。这中间她迟疑了几次：需不需要进行移植手术呢？但凭着自己的直觉，加上对苏提身体状况的信心，她还是决定不用了。从皮肤最初的反应来看，她的决定并没有错，因此她开始动手在缝合处贴上了涂有油脂与蜂蜜的纱布胶带，再用一种非常柔软的植物纤维布条缠住苏提的胸部。

从技术层面来说，这次的手术算是成功了，但苏提能醒过来吗？

凯姆勘查了暗影吞噬者发射暗箭时所在的屋顶。他在那里捡到了一把努比亚人使用的弓，暗影吞噬者就是用这把弓射箭行刺后，才跳入巷子里，搭上他从利比亚人那儿偷来的马车逃走的。杀手虽然立刻冲向前去，却仍没能追上暗影吞噬者，最终，暗影吞噬者逃到了田野里。

凯姆到处寻找可靠的目击证人，可是人们都只看到一辆马车在大半夜里出了城，谁也没看到车夫的模样。凯姆气得都想把木鼻子拽下来，踩它几下。但狒狒的手掌握住了他的手腕，他这才控制住了情绪。

"谢谢你，杀手。"

然而狒狒并没有松手。他觉得奇怪，便问道："你想做什么？"

只见杀手把头转向左边。

"好，我跟你去。"

狒狒带着凯姆来到一条巷道的转角，并指了指一块墙角石，上面有马车留下的擦痕。

"他的确是从这儿逃走的，可是……"

狒狒又拉着主人循着马车行经的路线走了几步。它弯下身朝路边的一个洞里看了一眼，然后作势让凯姆也去看看。凯姆感到好奇，便凑了上去。洞里赫然躺着一把黑曜石制的刀子。

"是暗影吞噬者不小心掉的。"

凯姆检查了刀子之后，说："杀手，我想你为我们找到了一条重要的线索。"

苏提一睁开眼，就看到了奈菲莉的盈盈笑脸。

"我真替你担心。"她坦承道。

"熊都要不了我的命，一支箭算什么？你又救了我一次。"

"只差几厘米，就正中心脏了。"

"会不会有什么后遗症？"

"也许会留下疤痕，不过只要经常换药，应该就可以避免了。"

"我什么时候可以下床走动？"

"你体格健壮，不用太久的。你这次的身体状况好像比第一次手术的时候还要好。"

"我是越死越起劲了。"

奈菲莉不由得激动："你为了帕扎尔牺牲自己，我真不知道该怎么谢你。"

他轻轻执起她的手说："豹子把我的爱全都抢走了，要不然我怎能不疯狂地爱上你？谁也无法将你和帕扎尔分开，你们紧密地结合，就连命运之神也无可奈何。今天神明选择了我做他的盾牌，我觉得很骄傲啊，奈菲莉，非常骄傲。"

"你愿意和帕扎尔说说话吗？"

"如果医生许可的话。"

帕扎尔和妻子一样激动："你实在不该冒这个险，苏提。"

"我还以为首相不会说废话呢。"

"伤口疼不疼？"

"奈菲莉真是神医，我几乎一点感觉也没有。"

"我们当时的谈话还没有结束呢。"

"我记得。"

"你说吧，你打算给我什么建议？"

"你觉得我最大的心愿是什么？"

"从你的谈话看来，应该是过一种特别的生活，寻欢作乐，陶醉于每一场日出。"

"那你呢？"

"你知道的，我只想跟奈菲莉归隐家乡，远离眼前的是是非非。"

"沙漠改变了我，帕扎尔，那里才是我的未来、我的王国。我学会了沉浸在它的神秘色彩里，分享它的秘密。一远离沙漠，我就觉得自己沉重且苍老，而当我的脚一踩进沙地，我就变得年轻甚至如同可以永生。这世上只有沙漠的法则才是真理，跟我来吧，你也是有这种心性的人。我们一起离开，离开这个充满妥协与谎言的地方。"

"苏提，埃及之所以设有首相，就是为了对抗妥协与谎言，让正直与公理重新抬头。"

"你做得到吗？"

"每一天我都要面对未知的胜利和失败，不过玛特依然主宰着埃及。一旦贝尔·特兰夺了权，正义也就随之消逝了。"

"那就不要等到那个时候呀。"

"帮我打这场仗吧。"

苏提拒绝似的转过身去，说道："让我好好睡觉。要是睡眠不足，还怎么打仗啊？"

太后的船载着西尔基斯从孟斐斯码头出发，前往皮拉美西斯。船舱里通风良好，还能遮蔽六月吃人的阳光，这里有专人服侍西尔基斯：有人给她按摩、涂护肤油；有人给她倒果汁；有人将清凉的布巾覆上她的额头和脖颈，以消解暑气。这趟旅程舒适极了。

码头上，有一顶来接她的轿子，轿子上还有两把遮阳伞。不一会儿，轿子便来到了王宫湖畔，两名打伞的仆人陪西尔基斯踏上了一叶蓝色的小舟。船夫稳稳地把他们送到了一座小岛上，只见太后图雅正在一座木亭里读一本古王国时期的诗集，诗句所称颂的是埃及的壮丽风景，以及凡人对神明应有的尊敬。

西尔基斯身着一件耀眼华丽的亚麻布衫，此时却忽然感到惊慌，佩戴再多的珠宝都无法让她安心，想到即将面对埃及最富有、最具影响力的女人，她一点把握也没有。

"过来,坐到我身边来,西尔基斯夫人。"

但出乎她意料的是,眼前的太后与其说是拉美西斯大帝的母亲,倒不如说是一般平民妇人来得恰当。她披散着头发,打着赤脚,穿一件简单的白色吊带连身裙,没有戴项链,没有戴手镯,也没有化妆。然而她的声音却直直刺入肺腑:"你一定热坏了吧,孩子。"

西尔基斯一句话也说不出来,只是呆呆地坐在草地上,根本没去想珍贵的布料会不会染上草绿。

"放轻松一点,如果想凉快一下,就去游泳吧。"

"我……我不想游泳,太后。"

"那要不要喝一点清凉的啤酒?"

西尔基斯战战兢兢地接过一个附有金属吸管的长方形容器,喝了几口啤酒。她的眼睛一直低垂着,几乎无法忍受图雅逼视的眼神。

"我很喜欢六月。"图雅说,"因为六月的阳光直率而耀眼。你怕热吗?"

"一到六月我的皮肤就会变得很干燥。"

"你不是有很多护肤品和化妆品吗?"

"是的,当然有了。"

"你会花很多时间在打扮上头喽?"

"每天几个小时吧……我丈夫的要求十分严格。"

"听说他成就非凡。"

西尔基斯稍稍抬起了头,听到太后马上就进入正题,她心里也就没那么害怕了。这个鼻子又尖又挺、颧骨高耸、下巴方方正正且气度不凡的妇人,不是马上就要成为她的阶下囚了吗?她还有什么好怕的?突然间,一股恨意油然而生,当初就是这股力量让她在那个卫兵长面前褪去了衣物,使对方失去理智,贝尔·特兰这才有机会将他击毙。西尔基斯对贝尔·特兰百依百顺,并希望其他人都拜服在她的脚下。现在如果能羞辱太后一番,必定会是个痛快的开始。

"他的确成就非凡，您说得一点都没错。"

"一个小小的会计竟成了国家的重要官员，这种事也只会在埃及发生。不过，晋升到高位之后，他是不是也该有宽宏的气度呢？"

西尔基斯皱了皱眉头："贝尔·特兰不但诚实、勤奋，而且只为大众的利益着想。"

"但想要谋得权势就会引发矛盾和冲突。我对此无能为力。"

西尔基斯听罢大喜过望：鱼儿上钩了！为了让自己镇静下来，她喝了点清凉可口的啤酒，人果然轻松了不少。

"孟斐斯到处都在传说国王生病了。"

"他的确很疲倦，他肩上的担子太重了。"

"他不是很快就要举行再生仪式了吗？"

"根据神圣的传统，是的。"

"那么如果仪式失灵了呢？"

"那就表示众神希望有新的国王上任。"

西尔基斯脸上出现了一抹残酷的微笑：

"只和神明有关吗？"

"你似乎话里有话。"

"不也因为贝尔·特兰具备了当国王的条件吗？"

图雅若有所思地看着湖面上一群绿头鸭悠闲地游来游去，然后缓缓说道：

"我们又怎么有能力揭开未来的面纱呢？"

"贝尔·特兰就能啊，太后。"

"太令人敬佩了。"

"贝尔·特兰和我都希望能获得你的支持。大家都知道你的判断是非常可靠的。"

"这正是太后所该扮演的角色：细心观察，提供建议。"

西尔基斯获胜了。她顿时感觉自己轻如飞鸟、快似豺狼、利若刀刃。埃及已然属于她。

"你的丈夫是如何发迹的？"

"他以经营纸厂起家。当然了，他无论到哪里，都能够灵活地运用金钱，这一点是任何人都比不上的。"

"他从未舞弊吗？"

西尔基斯开始像连珠炮似的辩解了起来："太后！在商言商，不是吗？如果想往高处爬，有时候就不得不抛弃道德的包袱。一般人都会因此陷入两难，但是贝尔·特兰却摆脱了这个桎梏。在行政上，他颠覆了传统。没有人发现他曾经盗用公款，他让国家获利，也让自己得到了好处。现在要指控他已经太迟了。"

"他向你保证过一定会赚大钱？"

"当然了！"

"怎么个保证法？"

西尔基斯喜滋滋地说："他采取了有史以来最大胆的计划。"

"说给我听听。"

"你一定不敢相信，他进行了'死者之书'的地下交易。由于大部分官宦人家的'死者之书'都由他供应，因此他得找书记官，绘出死者复活的图画，并写下相关内容。"

"其中玄机何在？"

"有三处玄机呢！首先，他会选用质地较差的纸。其次，他还会缩减文章内容，如此一来，成本就低了，要价不变。最后，他还会同样处理图画。逝者家属因为忧伤过度，根本不会注意这些细节。此外，我还拥有大量希腊货币，现在都安稳地放在我的钱箱里，只等着货币通行的那一天了……这是多么大的变革啊，太后！你将再也见不到那个因无用的传统与过时的习俗而束手束脚的古老埃及了。"

"如果我想的没有错，这些一定都是你丈夫的说辞吧。"

"这也是埃及所应该听从的唯一说法!"

"你有没有自己的想法呢,西尔基斯?"

这个突如其来的问题把贝尔·特兰的妻子彻底问住了:"你的意思是?"

"谋杀、盗窃、谎言,你觉得这些能成为治理国家的基础吗?"

西尔基斯毫不退缩,慷慨激昂地说:"必要的话,又有何不可?我们走到今天,早已没有转圜的余地了。我也参与了这场阴谋,我也有罪!我唯一后悔的是自己没能亲手除掉布拉尼尔和帕扎尔,他们阻碍了……"

她忽然感到一阵头晕目眩,她急忙按住额头:"我这是怎么了,我怎么会向你说这些……"

"因为你喝了加有曼德拉草精的啤酒,它无色无味,却能让人说实话。有了它,意志力薄弱的人便会说出心底的秘密。"

"我说了什么?我都说了些什么?"

"曼德拉草这么快就起效了,"太后说,"这表明你有吸毒的恶习。"

"我的肚子好痛啊。"西尔基斯站了起来,却觉得天旋地转。她立刻双膝跪地,用手捂住了眼睛。

"你们非法交易'死者之书',难辞其咎。"图雅说道,"你们竟然利用别人的痛苦来牟利,实在太过冷血和残酷。我会亲自到首相法庭上告发你。"

"没有用的!你很快就会成为我的奴隶了。"西尔基斯抬起头说。

"你不会成功的,西尔基斯,因为你注定会失败,你永远都无法成为宫廷贵妇。你那些卑鄙的勾当终究会为人所知,到时候,就算你权势滔天,也绝不会有人接纳你。你等着瞧吧,这种情势是维持不了多久的,曾经有许多比你更热衷于权势的女子,最后也都被迫低头了。"

"贝尔·特兰会让你一败涂地。"

"我这个老太太可不怕他那种恶匪，我的祖先也曾对抗过跟他一样危险的入侵者，而且最后都得胜了。如果他希望得到你的帮助，他恐怕要失望了，因为你对他一点儿用也没有。"

"我会帮他，我们会成功的。"

"你做不到，因为你智力有限、神经过敏、缺乏主见，又常因怨恨与虚伪而坏事。你不但会毁了他，而且会背叛他，这都是迟早的事。"

西尔基斯气得直跺脚，还用紧握的双拳猛捶地板。

图雅打了个手势，让小舟靠岸，然后命令船夫："带这名女子回码头去，让她立刻离开皮拉美西斯。"

西尔基斯感到昏昏欲睡，她倒在小舟中，只觉耳边嗡嗡作响，好像有好多蜜蜂在脑子里钻似的。

而太后则安详地注视着平静的湖面和几只自由飞舞的燕子。

第 41 章

在回孟斐斯的船上,苏提搭着帕扎尔的肩膀试着走了几步。奈菲莉在一旁观看,她对苏提的恢复情况感到很满意。豹子也以不胜仰慕的心看着她的英雄,并幻想着一条即将属于自己的汤汤大河。他们将搭乘一艘载满黄金的大船,先由北到南,再由南到北,把金子分给沿岸的村民。既然无法以武力征服这个帝国,那么用礼物收买也未尝不可。等失落之城的黄金用光的时候,也将是全埃及人民高声颂扬豹子与苏提的时候。她躺在船舱顶上,任由古铜色的身躯被夏日的艳阳照射。

奈菲莉一边给苏提换药,一边问道:"伤口结痂的情况很好。你自己觉得怎么样?"

"我还没有办法战斗,不过已经可以站直了。"

"能不能请你多休息一会儿?要不然你的皮肤可就不容易再生了。"

苏提听罢便来到由四根柱子撑起来的篷布下,他要躺在草席上好好睡一觉,这样他的体力应该很快就恢复了。

奈菲莉正兀自望着河水发呆,帕扎尔忽然从后面抱住她,问道:"你觉得河水会提前泛滥吗?"

"水势的确变大了,不过河水的颜色变得很慢。也许我们会多得到几天的时间。"

"当天空出现天狼星时,伊西斯神便会开始流泪,她再生的力量还将赋予冥世之河以新的活力，死神将一如往年被击败。可是我们祖先所遗留下来的埃及却即将消失。"

"每天晚上我都会向恩师的灵魂祈祷，我相信它一定就守候在我们身边。"

"奈菲莉，我这回是彻底失败了。我既没有查出凶手是谁，也没有找到众神的遗嘱。"

这时，凯姆向他们走来，并说："对不起，打扰你们了，不过我想向首相提请晋升。"

帕扎尔感到不可思议，他问："凯姆？你现在也开始关心升迁了？"

"杀手的确值得奖励。"

"其实我早就该想到的，要不是它，我已经不在人世了。"

"它不但救了你的命，还能替我们识破暗影吞噬者的身份。这些功劳难道不应该让他升职加薪吗？"

"它怎么才能识破呢，凯姆？"

"就让杀手用它的方法办案吧，我会加以协助的。"

"谁的嫌疑最大呢？"

"我还要进行一些验证工作，才能知道嫌犯是谁，无论如何，这次他是逃不了了。"

"你的调查需要多长时间？"

"最少一天，最多一星期。只要他出现，杀手就能认出他来。"

"别让杀手伤了他，我还要让他接受审判。"

"暗影吞噬者已经犯下了多起谋杀案。"

"如果你不能制止杀手，我只能让它退出这次的调查行动了。"

"暗影吞噬者曾经企图用另一只狒狒除掉杀手，它怎么能忘得了这样的深仇大恨？如果不让它完成这项任务，对它来说就太不公平了。"

"但是我们必须知道布拉尼尔是不是他杀的，还要问出幕后主使是谁。"

"这一点你放心,我一定能查出来。至于其他的,我可不能保证。如果杀手的性命受到威胁,我怎么去制止它?勇者与恶魔之间,我的选择是毋庸置疑的。"

"你和杀手可都要小心啊。"

贝尔·特兰回到别墅的大门口时,发现竟然没有人前来迎接,便生气地叫总管过来,却只看到一名园丁匆匆地跑了过来。

"总管呢?"

"他带着小姐、少爷和两名女仆离开了。"

"你该不是喝醉了吧?"

"没有,我说的是真的。"

贝尔·特兰盛怒之下冲进了屋子,迎面就撞上了西尔基斯的贴身女仆。

"孩子们呢?"

"到三角洲的家去了。"

"谁让他们去的?"

"是夫人。"

"她现在人在哪里?"

"在她房间里,可是……"

"快说!"

"她十分消沉。自她从皮拉美西斯回来以后,就哭个不停。"

贝尔·特兰立刻迈开步子,穿过几个厅室之后,来到了妻子专属的房间。西尔基斯像个婴儿似的蜷缩着,还不断发出嘤嘤的哭声。

"你又生病了?"他用力地摇着她,她却毫无反应。

他又质问道:"你为什么把孩子送到乡下去?快回答我!"

他扭着妻子的手腕,让她好好坐起来:"我让你说话!"

"他们有危险。"

"你在胡说些什么？"

"我也是，我也有危险。"

"发生了什么事？"

西尔基斯一面抽泣，一面讲述了她和太后见面的经过，最后还加了一句："这个女人太可怕了，她真是让我筋疲力尽。"

贝尔·特兰可不敢把妻子的这番话当作耳旁风，他让她重复了一遍太后对他的指控，然后才安慰道："振作起来，亲爱的。"

"这是个陷阱！她竟然设计陷害我。"

"你放心好了，她很快就会无权无势的。"

"你还不明白吗？我已经不可能入宫做王后了。我的一举一动都会受到质疑，我的态度会受到抨击，就连一点小动作也会被诋毁的。这种折磨谁受得了？"

"你冷静一些。"

"我的名誉都被图雅毁了，你还让我冷静！"

西尔基斯的情绪在狂怒中失去了控制，她吼叫着，说出的话令人费解，一会儿是解梦师，一会儿是暗影吞噬者，一会儿又是她的儿女和她遥不可及的后位，她还不停地抱怨她的肚子痛得受不了。

贝尔·特兰只得丢下她跑了出去，他脸上的神色十分凝重。图雅是个头脑清晰的女人，她说的没错：西尔基斯总是这种精神错乱的样子，的确无法成为埃及王室的一员。

豹子正幻想着未来。她的这趟尼罗河之行，有首相和奈菲莉作陪，还有森严周密的警力相护，这让她享受到了难得的平静时光。她一直梦想能有一座带花园的豪宅，但她从未告诉苏提，因为她觉得只要放弃征服的欲望，哪怕只有短短几个小时，都是可耻的。而奈菲莉的出现，终于让她内心那股为了求生而燃烧不息的熊熊烈火降了温，更让她体会到了温柔的益处，她可是向来都把温柔当成一种致命的疾病呢。埃及，这方曾经让她憎恶至极的土地，如今竟成了她的避风港。

"我要跟你谈谈。"她严肃地对盘坐着的帕扎尔说。

帕扎尔正在拟定一部动物保护法，规定各省必须严禁捕杀和食用某些动物。

"你说吧。"

"我们到船尾去，我喜欢看着尼罗河。"

帕扎尔和豹子倚着船舷，看着潺潺的河水聊起天，就好像是两个为风景着迷的旅客。

山顶的泥巴路上，驮着粮食的驴子正一步一步地往前走，还有一群孩子围着温顺的驴子叫嚷不休。村里的棕榈树下，妇人正忙着制造啤酒，伴着笛子吹奏的古老小调，田里的农夫打完了谷子。每个人都在等着尼罗河涨潮。

"首相，我要把我的金子给你。"

"既然苏提和你发现了这个废弃的矿坑，那这些金子就是你的财产。"

"把这些财富留给众神吧，众神应该比凡人更懂得如何利用它们。不过，我想请你让我留下来，过去的事，咱们就忘了吧。"

"我不能瞒你，再过一个月，这个国家就要变天了。这里将会因遭受一连串的动荡而面目全非。"

"一个月的平静时光，足够了。"

"到时候，我的朋友将会被追踪、逮捕，甚至可能会被处决。你如果帮我，将来也会被人检举的。"

"我不会改变主意的。金子你拿去吧，不要和亚洲发生冲突。"

接着她又回到船舱顶上，她就是深爱那已被她驯服的炽热阳光。

接着，苏提也找到了帕扎尔："我可以走了，左臂也可以晃动了，还有一点疼，不过情况还算不错。你那个妻子可真是个魔术师。"

"豹子也一样。"

"她呀，是个货真价实的女巫！我到现在都离不开她，就是最好的证明。"

"她把你们的金子给了埃及，以避免亚洲与我们发生冲突。"

"我不得不顺从她的意愿。"

"她希望和你过幸福的日子。我想埃及已经将她征服了。"

"多么可怕的未来啊！我是不是得杀一大群利比亚人，才能让她恢复以往的气焰呢？"苏提顿了一下，转言道："算了，别聊她了，现在我最关心的是你。"

"你已经知道事实了。"

"那只不过是一部分事实罢了。不过，我发现你最大的阻碍就是你最大的缺点——你太尊重别人了。"

"这是玛特的法则要求的。"

"废话！你现在可是在战斗啊，帕扎尔，你平白忍受了太多的打击。幸亏奈菲莉的技术神乎其神，再过一个礼拜，我就能重新上场攻敌了。你让我放手去做吧，到时候我一定会把敌人弄得头昏脑胀。"

"你该不会要做什么违法的事吧？"

"一旦宣战，我们就要自己开辟出一条道路，否则就会掉进敌人的陷阱之中。贝尔·特兰跟其他敌人并没有什么不同。"

"不，苏提，他手中握有关键的武器，你我都无能为力。"

"什么武器？"

"我不能说。"

"你剩下的时间不多了。"

"河水一旦泛滥，拉美西斯就得让位。他将无法举行再生仪式。"

"你的态度开始变得有点荒谬了。没错，目前你或许有理由怀疑任何人。可是现在，你必须将你信任的人联合起来，告诉大家贝尔·特兰手里有什么武器,并且要让他们知晓拉美西斯失去力量的真正原因。我们同心协力,总能想出解决之道的。"

"我得先问一问法老,征得他的同意后,我才能答应你的要求。到了孟斐斯,你先下船,我要继续坐船前往皮拉美西斯。"

在供生者追悼亡灵的小礼拜堂内,奈菲莉为恩师奉上了莲花、矢车菊与百合,借此与恩师灵魂相通。布拉尼尔的光明体在复活仪式上受到神的恩宠与召唤,如今已安息于厚土之下的石棺中。

她透过坟墓墙壁上的一道裂缝,注视着恩师的雕像。雕像直立着,双眼向上看着天空,就像布拉尼尔正在走路一样。

这一天,坟墓里似乎比平日亮一些,更让她惊讶的是,布拉尼尔的雕像似乎在用一种非同寻常的目光盯着她看。那看上去已经不是死者的眼神了,而是一个活生生的人的眼神,他想传递一些无法用人类的语言和思想传达的信息。

奈菲莉震惊之余,立刻摒除一切杂念,希望能用心体会那些不可言传的信息。接着,布拉尼尔开始如往常一样,用低沉稳重的声音对她说话。他提及了正直之士身上散发的光芒,以及可任由思绪遨游天际的天堂之美。

再后来,布拉尼尔不再说话了,奈菲莉知道老师已经为帕扎尔开辟了一条路。恶势力的胜利并非不可避免。

离开塞加拉大墓园时,奈菲莉碰到了脸色苍白、手指纤细、双脚瘦长的木乃伊工人朱伊,他正要到工作坊去。

"我已经依你的吩咐,修整过布拉尼尔的坟墓了。"

"谢谢你,朱伊。"

"你的情绪好像很激动。"

"没有。"

"你要不要喝点水?"

"不用了,我还得赶回医院去。改天见。"

朱伊顶着毫不留情的烈日,步履疲惫地回到他那所开有许多小窗的房子,屋内的墙边摆了几副质地不一的石棺。他的工作坊所在之处极为荒凉,远处是金字塔与墓园,一座遍布碎石的山隔开了沙漠边缘的棕榈树林与农田。

朱伊用力一推,门开了。他重新穿上了那条沾满褐色污渍的山羊皮围裙,双眼无神地看着刚刚送来的尸体。死者家属付给他的是制作二等木乃伊的价钱,因此必须使用油料与香脂。朱伊拿起铁钩,伸进死者的鼻孔,开始挖除脑浆。

忽然,有人将一把黑曜石制成的刀子丢到他脚边,说:"你把这个掉在科普托斯了。"

朱伊慢慢地转过身,看到警察局长凯姆正站在工作坊门口。

"你弄错了。"

"你切割尸体用的就是这种刀。"

"木乃伊工匠又不是只有我一个。"

"可这几个月只有你在到处跑。"

"到处旅行也不可以吗?"

"你每次离开工作岗位都必须报告,否则就会受到指摘。巧的是你每次出门的时间都和首相——你多次企图谋害未遂的帕扎尔——遇袭的时间一样。"

"这份工作压力太大,所以我经常需要出门散散心。"

"从事这一行的人都习惯独居,而且不会擅自离岗。何况你在底比斯并没有亲戚。"

"那个地方很美。我跟所有人一样,有旅行的自由。"

"还有,你十分熟悉毒药。"

"你怎么知道?"

"我查了你的工作经历。在做木乃伊工匠之前,你曾经在医院的实验室担任助理。你对医院了如指掌,因此才能轻松地偷走药物。"

"换工作并不犯法。"

"另外,你也是个掷飞棍的高手,你的第一份工作就是猎鸟。"

"这也犯法吗?"

"所有的线索都指向一个事实——你就是那个企图刺杀帕扎尔首相的暗影吞噬者。"

"你这是恶意污蔑。"

"我有真凭实据,就是这把价格不菲的黑曜石刀。刀柄上有木乃伊工人特有的标记,还有一个塞加拉工作坊的编号。你不该把刀弄丢的,朱伊,你与刀是不能分开的。这次,是你对工作的热爱和对死亡的热爱使你泄了底呀。"

"作为呈堂证供,只有这把刀是远远不够的。"

"当然不只有这把刀,我相信最后一个关键证据就藏在这里。"

"你要搜查?"

"当然了。"

"我不同意,因为我是清白的。"

"既然你清白,又有什么好怕的呢?"

"这是我的地盘,谁都无权侵犯。"

"但我是警察局长。在带我搜寻你的地窖之前,先放下手上的铁钩。我不想看到你拿着武器。"

朱伊照做了。

"走吧。"

朱伊走下又滑又老旧的楼梯。两把时刻都在燃烧的火炬,照亮了放满棺木的巨大地窖。深处放着二十多个罐子,那是用来装死者的肝、肺、胃和肠子的。

"把罐子打开。"

"这样做是对死者的大不敬。"

"任何风险都由我来承担。"

凯姆打开了第一个做成狒狒头形的盖子,第二个狗头形盖子,第三个鹰头形盖子,这三个罐子里只有内脏。

打开第四个人头形盖子时,凯姆赫然发现一根粗粗的金条。凯姆继续找,又发现了三根金条。

"这就是你杀人的酬劳。"

朱伊抱起双臂,一副满不在乎的模样,他问道:"你要多少,凯姆?"

"你想给我多少?"

"你既然没有带狒狒和首相来,就表示你愿意谈条件。我酬劳的一半,够不够?"

"你还得满足一下我的好奇心:是谁付的钱?"

"是贝尔·特兰和他的同党。他们大部分都被你和首相消灭了,现在只剩贝尔·特兰和他的妻子西尔基斯了。说真的,她还真是个美人儿。每次要杀某个人证灭口,都是她来传达指令的。"

"布拉尼尔是你杀的?"

"我把成功的案例都记录得清清楚楚,以便老了以后可以回忆。不过,布拉尼尔并不在这个名单之中。老实说,我会很乐意接下这个任务,可惜他们没有来找我。"

"那是谁干的?"

"不知道,我也不在乎。凯姆,你的行动都在我的意料之中。我就知道,你要是发现了我的身份,一定不会告诉首相,而是会来跟我要钱。"

"你不会再骚扰帕扎尔了吧?"

"他将是我唯一失败的案例,除非你肯助我一臂之力。"

凯姆掂了掂金条说:"这是上等的金子。"

"人生苦短啊,要懂得好好把握。"

"朱伊,你犯了两个错误。"

"过去的都过去了,我们谈谈未来吧。"

"第一,你错估了我真正的价值。"

"莫非你想要全部?"

"就算你把整座金山给我都不够。"

"你在开玩笑吗?"

"第二,你找了另一只狒狒来重创杀手,你竟以为它会轻易原谅你。换成别人也许会同情你吧,但我只是个野蛮的黑人,而它则是一只又敏感又会记仇的狒狒。杀手是我的朋友,它差点因你而死,它若决定要复仇,我就不得不听它的。你也该感谢它,因为从此以后你再也不需要吞噬暗影了。"

话才说完,狒狒已经出现在楼梯下面了。凯姆从未见过它如此愤怒。它眼里的血丝更红了,毛发直竖,龇牙咧嘴地发出了一声怒吼,让人全身的血液都凝固了。

朱伊的罪行是毋庸置疑的了。他一步步往后退,就在一瞬间,杀手扑了上去。

第 42 章

"躺下。"奈菲莉对苏提说。

"我已经不痛了。"

"我要帮你检查一下心脉和气血运行情况。"奈菲莉用手腕上的水钟给苏提测了几处的脉搏,水钟里面有许多小点,它们排列成十二条直线,构成了刻度。她算出几处脉搏的速度,又把它们比较了一下,发现苏提的心跳不但规律而且十分有力。

"要不是我亲自给你开刀,我还真不敢相信你刚刚受过伤呢。你伤口结痂的速度比一般人快了两倍。"

"明天我就可以射箭了——如果御医总管允许的话。"

"不要太刺激你的肌肉,要有一点耐心。"

"不可能,那样我会觉得是在浪费生命。生命不是应该像鹰鹫高飞一样,要既猛烈又难以预料吗?"

"我接触过那么多病人,他们的确各有各的生活方式。不过,我还是得给你缠上会妨碍你这只老鹰飞翔的绷带。"

"帕扎尔什么时候回来?"

"最迟明天。"

"希望他能说服法老。我们一定要摆脱被动的局面。"

"其实你误会帕扎尔了。你不幸被遣往努比亚之后,他一直在对抗贝尔·特兰和他的同党。"

"结果显示他做得不够。"

"他已经削弱了他们的势力。"

"但他还没有完全消灭他们。"

"首相是法律的最高监督者,他不能做违法的事。"

"贝尔·特兰只遵守他自己的法则,因此这场战役对帕扎尔来说一点也不公平。帕扎尔从小就是个会顾全大局的人,而我则是勇往直前的那种人。只要设定了目标,就绝不会放手。"

"有你在,他将得到莫大的帮助。"

"前提是我和你一样,知道所有实情。"

"我给你包扎好了。"

皮拉美西斯往日欢愉的气氛今天淡了许多。街上来来往往的全是战车和士兵,海军也进驻了港口。军营全面进入戒备状态,步兵不断地进行实战演练,弓箭手们纷纷加紧操演,高层军官也一再检查马具装备。空气中弥漫着一股战前的味道。

宫殿的卫兵比平时多了一倍,大家对帕扎尔的到访毫无兴奋之情,心中的疑虑反倒更多了。

拉美西斯早已无心园艺,他和几名将军正对摊在会议室地板上的亚洲地图仔细地研究着。士兵们看到首相纷纷行礼。

"我能跟法老谈谈吗?"

拉美西斯遣走所有的将军后说:"我们已经做好了准备,帕扎尔,赛特神军团也都在边界部署完毕。有探子汇报,亚洲诸国确实正在积极聚集兵力,看来这将是一场硬仗。虽然各个将军都主张先采取攻势,以免措手不及,但我还是想再等一等,这会让敌人以为我胜券在握,因而心生胆怯。"

"不会起冲突了,陛下。"

"怎么可能?"

"因为我们有从废弃的矿坑挖到的金子。"

"消息可靠吗?"

"我已经派探险队拿着苏提画的地图上路了。"

"金子够多吗?"

"足以让亚洲各国满意了。"

"那苏提想要以什么作为回报?"

"沙漠。"

"他是认真的吗?"

"他是认真的。"

"让他担任警察队队长一职如何?"

"也许他只向往安静的生活。"

"他葫芦里究竟卖的什么药?"

"苏提想知道事情的真相。他建议我召集几个可靠的人,告诉他们您让位的真正原因。"

"秘密会议?"

"也是最后的军事会议。"

"你以为如何?"

"我的任务失败了,因为我没有找到众神的遗嘱。假如陛下允许,我将会尽我们最后的力量,让贝尔·特兰受到最严重的打击。"

这已经是天亮后西尔基斯的第三次情绪失控了。先后有三个医生前来为她看病,但成效不大,最后一位医生还让她服用了镇静剂,希望她睡一觉之后能恢复理智。可是当下午三四点她醒来时,她的病还是发作了,她又尖叫又抽搐,把全家上下搞得鸡犬不宁,只有再度服用镇静剂,她才能安静下来。但镇静剂的后遗症是很可怕的,可能会影响大脑的正常功能,并会破坏肠道的油脂分泌。

贝尔·特兰终于作出了必要的决定。他找来一名书记官,列出了他要留给孩子的遗产,并将留给妻子的遗产份额降到了法律许可范围内的最低。当初,他一反常态地签署了一份内容非常详尽的婚内合约,合约中声明若是西尔基斯的行为或心智明显表示她无法管理自己的财产,那么她的财产将由贝尔·特兰全权处理。因此他以高价收买了三名医生,开出了一张证明。有了医生的证明之后,孩子的监护权将只属于贝尔·特兰一个人,西尔基斯便再也不能干涉他们的教育事宜了。

这回太后倒是帮了他一个忙,让他看清了妻子的真面目:她时而幼稚,时而残酷,情绪喜怒无常,实在不适合身居高位。她曾经在一些宴会场合中扮演了称职的花瓶,但如今她反而成了障碍。

除了专门收容和照顾精神病患的机构之外,他还能把西尔基斯送到哪儿去呢?等她精神状态稍微稳定,可以出远门时,他就要立刻把她送到黎巴嫩去。

现在只剩签订离婚协议书了,既然西尔基斯还住在家里,他就得尽快签好这份文件。贝尔·特兰不能再等下去了,现在只有摆脱了妻子,他才能安心迎接美梦成真前的最后一个阶段。一个人只有沿路铲除失去价值的伙伴,才能顺利地迈向霸权之路。

埃及全国人民都在殷切地期待着河水满潮。地面龟裂犹如枯死的生灵,大地在热风的吹拂下已经干涸、发红,变成了一片焦土,好像随时都可能枯竭,一心只等着滋润的河水早早没过河堤,将沙漠往外推去。一种隐约不明的疲惫感席卷了一切,沙尘覆盖了树木,最后一丝绿意也逐渐干枯、萎缩。

然而,涨潮前的准备工作并没有松懈;工程人员马不停蹄地疏通河道,修护水井与桔槔,填平沟壑或修补裂缝以巩固河堤。连小孩子也要负责将一罐罐干果装好,因为这是涨水期间的主要口粮。

从皮拉美西斯回来时,帕扎尔仿佛感受到了乡土的痛苦与期盼,将来,难保贝尔·特兰不会将矛头指向洪流,指责尼罗河一年竟然只有一次满潮。在他的统治下,国家与众神、大自然之间原有的和谐关系,将从此断绝。这微妙的平衡已经维持了十九个王朝,如今即将被他破坏,恶势力也将随之人侵。

在孟斐斯的主码头上,凯姆和狒狒正等着迎接首相。

"朱伊就是暗影吞噬者。"凯姆一见到帕扎尔就说。

"布拉尼尔是他杀的吗?"

"不是,不过他是贝尔·特兰的杀人工具。在守护斯芬克斯像的卫兵遇害事件中活下来的卫兵和贝尔·特兰其他的同党都是他杀的。多次想要谋害你的人也是他。"

"你把他关起来了?"

"杀手无法饶恕他。我已经向一名书记官录了证词,其中包括对贝尔·特兰的指控,还有详细的人名与日期。现在,你安全了。"

北风驮着一袋清水与苏提一起走向帕扎尔。苏提问道:"拉美西斯答应了吗?"

"答应了。"

"那就马上召集众人吧,我随时都可以出战。"

"在这之前,我想再试试最后一个方法。"

"时间已经很紧迫了。"

"传令官已经带着召集令出发,从明天起,与会人员就会陆陆续续到来。"

"这可是你最后的机会。"

"这是埃及最后的机会。"

"你说的最后一个方法是什么?"

"苏提,我不会冒任何风险。"

"让我陪你吧。"

"让杀手跟你们一起去。"凯姆紧接着说。

"不行。"首相坚持,"我必须一个人去。"

位于塞加拉大墓地以南三十千米左右的利什特,依然像中王国时期一样平和与繁荣。这里有几座纪念阿蒙涅姆赫特一世与辛努塞尔特一世的庙宇和金字塔,他们两人都是第十二王朝时期声名显赫的法老,在经历一连串动乱之后,他们为埃及子民带来了太平盛世。那个时期距离拉美西斯二世已经有七百年了,但是这两位英明的君主却永远活在埃及人民的心目中。供奉"卡"的祭司每天都会举行祭拜仪式,祈求先王的灵魂留在人世,给后世的君王以启发。

辛努塞尔特一世的金字塔距农田不远,建造这座金字塔的白色石灰岩来自土拉采石场,由于其部分表面已经脱落,所以目前正在进行翻修。

贝尔·特兰搭乘一辆由一名前军官驾驶的马车,经由沙漠边缘的道路向这座金字塔飞奔而来,最后在通往金字塔的秘密通道的入口停了下来。贝尔·特兰神情慌张地跳下车,开口便开始呼喊祭司。在一片寂静中,他恼怒的声音听起来对先人十分无礼。

看到一名光头的祭司从礼拜堂中走出来,他立刻上前说道:"我是贝尔·特兰,是首相召我来的。"

"跟我来。"

贝尔·特兰心里着实不安。他不喜欢金字塔,也不喜欢建筑师用一大堆巨大的石块堆积而成的这座古老的圣殿,对于其中的奇妙技巧,他根本就不屑一顾。神庙是贝尔·特兰阴谋的阻碍,因此新政府一成立,他的首要的工作就是摧毁所有庙宇。只要有人不愿受利益法则的约束,不管人数有多少,都会阻碍国家的发展。

祭司带着贝尔·特兰往前走,狭窄的通道两侧的墙壁上刻着浮雕,描绘的是法老献祭的情景。因为祭司走得很慢,贝尔·特兰也只得放慢脚步,暗中却不断咒骂,因为帕扎尔在浪费他的时间,还把他叫到了这个偏僻的鬼地方来。

通道的顶端有一座连接金字塔的神庙。祭司向左转,穿过一个小小的柱厅，最后在楼梯前停了下来："上去吧，首相在金字塔顶上等你呢。"

"为什么要到那里去？"

"他在监督工程。"

"爬上去有危险吗？"

"内部的台阶已经露出来了，你只要慢慢地走，就不会有危险。"

贝尔·特兰没有告诉祭司他有恐高症，因为若是此时退却，未免可笑。不得已只好从六十几米高的金字塔的三分之一处开始爬起。

他在负责修缮的石匠们的注视之下，沿着金字塔高耸的背脊往上爬。他眼睛紧盯着石块，笨手笨脚地爬到了顶端，那里有一个平台，原来的方形尖塔已经被拆除，它会被送到金银匠那儿去镀上纯金。

帕扎尔伸出手扶住贝尔·特兰，让他站稳，然后说："真是壮观的景象啊，是吧？"

贝尔·特兰摇摇晃晃的，便先闭上眼睛以保持平衡。

"从金字塔高处望去，"帕扎尔又继续说，"整个埃及一览无余。你看到了吗？农田与沙漠、黑土与红土、荷鲁斯之地与赛特之地之间的那道界限多么突兀，但是这些土地却又是密不可分、相辅相成的。耕地代表四季的不断更迭，而沙漠则是永恒之火。"

"你为什么叫我到这里来？"

"你知道这座金字塔的名字吗？"

"我才不在乎呢。"

"它叫'上下埃及的观察者'，它矗立在此遥望着两地，也促成了两地的结合。先祖之所以不遗余力地建造这些建筑，我们之所以兴建神庙与永恒的居所，就是因为有了这些建筑，和谐才可能产生。"

"它们只是一堆没有用的石头。"

"这是我们社会的基石。我们的政府需要冥世的启发，我们的行为举止也需要永恒的启发，因为日常生活是无法让人成长的。"

"这种理想主义已经过时了。"

"你的政策会让埃及毁灭的,贝尔·特兰,而你的名誉也会被玷污。"

"我会找最优秀的人为我洗白。"

"灵魂不是那么容易就能被净化的。"

"你到底是祭司还是首相?"

"首相就是玛特的祭司!这位正义女神难道从来没有感动过你吗?"

"我考虑过,但我向来讨厌女人。如果你没有其他的话要说,我就下去了。"

"当初,我们互相扶持,那时候我一直把你当朋友,当时你只是个小小的纸商,而我也只是个迷失在大都市里的小小法官。我甚至从来都没有怀疑过你的诚意,我觉得你对你的工作、对国家,都怀抱着极大的热忱。每当我回想起那段日子,我都不敢相信,那一切竟都是假的。"

这时,忽然刮起了一阵强风,贝尔·特兰没站稳,一手抓住了帕扎尔。

只听帕扎尔又说:"打我们第一次见面开始,你就一直在演戏。"

"我本来想说服你,然后利用你,但我不得不承认,我失败了!你的顽固和短视,真的很令我失望。不过操控你倒也并非难事。"

"逝者已矣,趁现在改变你的生活吧,贝尔·特兰。把你的能力奉献给法老与埃及的子民,抛下那些难以实现的野心,你将会体会到做一名正直之士的快乐。"

"太荒谬了!你该不会真的这么想吧?"

"为什么要把人民带向不幸呢?"

"虽然你是首相,你却不知道权力的滋味。但是我知道。这个国家终将属于我,因为我能强力执行我自己的规则。"

风呼呼地吹着，他们必须嘶吼着才能让对方听清自己的声音，即便如此，他们的话仍然被风吹得断断续续。远处的棕榈树被吹弯了腰，叶子纠缠在一起，发出即将断裂的呻吟声。阵阵风沙朝金字塔猛扑而来。

"忘了你个人的利益吧，贝尔·特兰，否则你只会自取灭亡。"

"你的恩师布拉尼尔真该以你为耻；当初你帮助我，证明了你的无能，如今你如此哀求我，更证明了你的愚蠢。"

"是你杀了他？"

"我从来都不屑于弄脏我的双手，帕扎尔。"

"从今天起，不许你再提起布拉尼尔的名字。"

霎时间，贝尔·特兰在帕扎尔的双眼中，看到了自己的死亡。他惊慌地后退了一步，却失去了平衡。

帕扎尔连忙伸手抓住他的手腕，贝尔·特兰这才忐忑不安地顺着石块一步一步地爬了下去。

首相锐利的目光一直黏在他的身上，狂风也在这个时候呼啸而来。

第 43 章

五月底，尼罗河水开始转绿，到了六月底，河水则因为夹带河沙、淤泥而变成栗色。田里的活儿都停了，人们打完谷子之后，紧接着便是一段长长的休耕期。有的人想多攒点钱，便到工地上打工，因为河水漫灌，用船运巨石就变得容易多了。

每个人都很担心，不知道这次的涨水量是否足以补充土地所需的水分与养分。为了求神保佑，无论村庄还是都市的居民，都会往河里扔用陶土捏制或上了彩釉的小人；这些身形肥胖、双乳下垂、头上饰有植物的小人象征着"哈比"，即河水泛滥的活力，以及让农田欣欣向荣的神奇力量。

再过二十几天，即七月二十日左右，"哈比"之力将会波及所有土地，使埃及成为一片汪洋，届时村庄之间的交通都得靠船只来维系。再过二十几天，就是拉美西斯让位给贝尔·特兰的时候了。

帕扎尔轻轻抚摸着他的爱犬，后者正忙着从一个隐蔽的地方挖出它之前藏起来的一根骨头。

其实，勇士也感觉到了，这段时间确实充满了恐惧与不确定。帕扎尔最放心不下的就是他的忠实伙伴。将来他如果被捕并被流放，谁来照顾他的狗和驴子呢？早已习惯了悠闲生活的北风，可能得重新开始驮负重物，奔忙于尘土飞扬的小径上。他的这两个伙伴跟了他这么久，如今却恐怕难逃抑郁而终的命运。

帕扎尔不由得紧搂着妻子说："奈菲莉，你一定得离开，趁现在还来得及，你得赶快离开埃及。"

"你是让我丢下你不管？"

"贝尔·特兰太冷酷了，贪婪与野心已经让他变得无情，什么都感动不了他。"

"这一点你之前难道不知道吗？"

"我本以为金字塔的声音或许能唤醒他的良知，不承想那反倒助长了他对权力的欲望。我请求你，救救自己，也救救勇士和北风。"

"你身为首相，怎能允许御医总管在国家重病之际弃守岗位？不管最后结果如何，我们都要一起面对。你可以问问勇士和北风，它们一定也不愿意离开。"

帕扎尔和奈菲莉手牵手凝视着住宅四周的庭院，而小淘气还无忧无虑地在园中嬉戏玩耍、寻觅甜食。灾难将至的前夕，他们在这个远离纷争的避风港，享受着最后的宁静与和平。清晨，他们在池中泡了一会儿，然后才一起到林荫下散步。

这时，有下人来报："首相大人，客人到了。"

凯姆和狒狒向卫兵打过招呼后，走上了柽柳小径，他们在先人的礼拜堂前默思片刻，又在住宅门口洗净了手脚，然后才穿过侧廊来到四柱厅，首相夫妇已经在里面等着了。接着，图雅太后、前首相巴吉、卡纳克神庙大祭司卡尼和苏提也相继抵达。

"经法老允许，"帕扎尔说道，"我要向各位宣布，一向只有法老才能进入的基奥普斯大金字塔日前已遭人劫掠，窃贼包括贝尔·特兰与他的妻子，以及他们的另外三名同党——运输商德内斯、牙医卡达什和化学家谢奇。虽然这三人已经死亡，但是他们的阴谋却已得逞，他们亵渎了法老的灵柩，盗走了金面具、金链、金圣甲虫、青金石护身符、神铁制的锛子，以及金腕尺。这些珍宝已经有一部分失而复得,但是还缺最重要的一件:皮匣内的众神的遗嘱,即再生仪式上,法老必须以右手持握,然后向所有人民与祭司展示的宝物。这份由帝王代代相传的文件,可以证明法老王权的合法性。有谁会想到,竟然有人如此大胆,竟敢亵渎并偷窃圣物呢?我的恩师布拉尼尔惨遭杀害,正是因为他妨碍了这群乱贼的行动。连木乃伊工匠朱伊也被贝尔·特兰收买,做了暗影吞噬者,凯姆和狒狒已经证实了他一切的罪行。不过,这都只是一些微不足道的成果,因为我们并没有找出杀害布拉尼尔的凶手,也没有找回众神的遗嘱。新年一到,拉美西斯便不得不将王位拱手让给贝尔·特兰,贝尔·特兰将关闭所有的神庙,促成货币流通,并使利益成为唯一的法则。"

听完帕扎尔的解释,众人沉默了许久,气氛十分凝重。这场秘密会议的所有参与者都惊呆了——古老的预言仿佛应验了,天就这么塌下来了。[①]

第一个反应过来的人是苏提:"这份文件就算再珍贵,也不足以让贝尔·特兰成为一位受万民景仰的明君。"

"所以他才会花那么多时间腐蚀国家行政、败坏国家经济,还建立起对他有利的关系网。"

"你不是曾经试图予以瓦解吗?"

"可惜这张关系网就如同一个多头怪兽,每次刚刚被剁掉一个头,就马上又长出了一个新的。"

"你太悲观了,"巴吉说,"很多公务员都不会听从贝尔·特兰的命令。"

"你说错了,"帕扎尔反驳道,"埃及的行政制度一向都很重视阶级尊卑,法老的话是没有人敢违抗的。"

"那我们就来组织一场反抗运动,"苏提提议道,"我们这几个

---

① 在古埃及的传说中,天是由四根柱子支撑着的,倘若凡人与神明之间的关系破裂,天就会塌下来,压死制造纷争的人。

人就已经掌控了不少部门,首相完全可以好好地利用这些力量啊。"

这时候,卡尼要求发言。这个曾经是菜农,如今满脸皱纹的大祭司直言不讳:"对贝尔·特兰所进行的经济颠覆,神庙是绝对不会接受的。这些政策只会把我们的国家带向苦难,甚至会引发内战。法老应该是神庙的忠实信徒,如果连这首要的一点都做不到,那他也只不过是个难以服众的政治领袖罢了。"

"如此一来,整个行政体系就不会受到约束了。因为当初这些行政人员宣誓效忠的是维持天地间和谐的君王,而不是一个独裁的暴君。"巴吉也附和道。

"卫生部门也将罢工,"奈菲莉语气坚定地说,"卫生部门向来和神庙关系密切,绝不接受新的政权。"

"有你们在,我们就还不算输。"太后图雅显得十分激动,"你们也知道,后宫一向与贝尔·特兰敌对,当然,更不可能接纳行为卑劣的西尔基斯了。"

"太好了!"苏提高呼,"太后,您终于让这对可恶的夫妻失和了吗?"

"我也不知道,不过,那个幼稚且残酷的女人,精神状态不是很稳定。如果我没有猜错,贝尔·特兰一定会离开她,要么就是她会背叛贝尔·特兰。当西尔基斯到皮拉美西斯来要求我与他们合作时,她似乎信心满满,而当她离开时,脑子已经不清醒了。对了,帕扎尔首相,我有一个疑问:为什么几位法老的友人没有出席这次秘密会议呢?"

"因为法老和我还无法确认贝尔·特兰其余同党的身份。当初法老决定隐瞒真相,就是为了防止敌人得知我们的情况,从而给我们多争取一点时间。"

"你的几番作为,对贝尔·特兰的打击可不小啊。"

"可惜都没有正中要害。要想全面反抗并不是件简单的事,因为贝尔·特兰的势力已经渗透到军队与运输行业了。"

"埃及警方会站在你这边。"凯姆说,"而且苏提现在的声望如日中天,让他动员警察队,应该没什么问题。"

"法老在皮拉美西斯不是有一批驻军吗?"苏提问道。

"这就是他一直待在那里的原因。"

"驻扎在底比斯的军队会听我的命令。"卡尼说。

"请将我任命为孟斐斯军队的将军吧,我自有办法让士兵顺服。"苏提的这个提议得到了其他人的一致支持。

"现在我们要应付的,除了有受控于白色双院的水上运输部门,"帕扎尔提醒道,"还有贝尔·特兰已经插手了好几个月的灌溉部门与运河官。至于各省的省长,有的已经和他撇清了关系,但也有的依旧相信他的承诺。我很担心这会造成内部冲突,让许多人深受其害。"

"难道我们还有其他的办法吗?"太后说道,"我们要么向贝尔·特兰屈服,让受玛特女神庇护的埃及就此灭亡,要么就一起反抗暴政,给未来保留一线希望,即使牺牲生命,也在所不惜。"

巴吉到底还是说服了妻子,接下了首相委派给他的繁重工作。在他的协助下,帕扎尔拟定了河水泛滥之后关于土地开垦及重新启用灌溉池的政令,并计划在三年之内大兴土木,开展各种重大的土木与宗教工程。这些公文说明首相打算在这段时间有所作为,任何动乱都撼动不了拉美西斯的政权。

再生仪式的场面一定会十分盛大,各省的省长都带着当地的神祇雕像先后抵达了孟斐斯。宫中已经按着各人的官阶安排好了住所,而省长们也都趁此机会和那位谦恭又不失威严的首相帕扎尔交谈。在塞加拉的左塞王金字塔围墙内,祭司们忙得不可开交,头戴双冠的拉美西斯很快就要在这个大院中,以象征的形式结合上埃及与下埃及了；法老也将在这个神奇的地方与各种神力进行交流和沟通，以重获治国之力。

苏提的传奇故事已然众所周知，因此当首相任命他为将军时，孟斐斯营区的士兵个个都莫名兴奋。将军一就任便集合了所有的部队，宣布埃及与亚洲之间的危机已经解除，每个士兵都可以获得一大笔奖金。在当晚举办的庆祝会中，这位青年将军所得到的赞誉更是达到了顶峰。除了拉美西斯之外，还有谁能为士兵们带来他们所渴望的永久的和平呢？

警察部门对凯姆也越来越钦佩，大家都知道，他对首相的忠心至死不渝。凯姆根本无需多费唇舌，就能将他的属下凝聚在一起。

卡尼在征得法老与首相的同意后，向各大神庙发出了警告，各大神庙也都做了最坏的打算。不过，这些深谙神圣能量的专家从早到晚所举行的仪式丝毫没有受到影响，从第一王朝流传至今，每天早、中、晚的三次礼拜也依旧照常举行。

太后的接见厅更是没有一刻的空闲，她不断与王宫中的显要、行政机关的高层官员、王室的专侍人员、负责人才培训的书记官，以及官员夫人、礼官等交换意见。众人都认为，过度焦躁的贝尔·特兰及精神失常的西尔基斯，竟妄想打入王室的圈子，这无非是他们的疯言疯语，姑且可以一笑置之。

而贝尔·特兰可笑不出来。

这股由帕扎尔引导的大规模攻势果然有了一些收获。在他监督的行政部门里，已经开始有人不服从于他了，他开始越来越频繁地朝那些漫不经心的下属发脾气。现在人人都在传，一旦拉美西斯举行完再生仪式，首相就会任命新的白色双院院长，野心勃勃、过于激进、总是衣着不妥的贝尔·特兰，将被遣回三角洲的纸莎草种植区。还有一些人也不知道从哪里得到了消息，说太后将走上首相的法庭，控告贝尔·特兰违法贩卖"死者之书"。这些人到处散布这则消息。贝尔·特兰的确晋升得太快了,谁又敢说他不会以更快的速度跌下高台呢?西尔基斯长期躲在家里不外出,也引发了人们的猜疑,听说她得了不治之症,所以再也不去参加那些她最喜欢的宴会了。

贝尔·特兰一边咒骂,一边准备报复,无论遇到什么障碍,他都一定能扫除。成为法老,就等于拥有了神圣的权力,所有的人民都将屈服于他。忤逆帝王是重罪,自然也得处以极刑。因此,那些优柔寡断的人,终究会重新回到他身边,而支持帕扎尔的人最后也会弃首相而去,贝尔·特兰不相信这些人会遵守诺言,一直帮助帕扎尔,因为他自己就从来没有遵守过承诺与誓言。他坚信只要自己彰显威力,自然就会有人胆怯、退缩。

其实,帕扎尔有当领袖的能力,只可惜他因谨守过时的法律而迷失了方向。一个满口传统、不懂得未来需求的迂腐之人,毫无存在的必要。既然暗影吞噬者杀不了他,贝尔·特兰便打算用自己的方式除掉他,他不是反对国家进行必要的改革与转型吗?那就状告他犯了失职与叛国之罪。

只要再耐心地等十五天——再过十五天,就大功告成;再过十五天,那个冥顽不灵的首相就要下台了……贝尔·特兰的心情越来越烦躁,干脆不回家了。西尔基斯迅速憔悴,实在让人不忍卒睹,既然离婚文件都生效了,他也不想再看到这个已然又老又丑的女人。

职员都下班以后,贝尔·特兰独自留在办公室里,仔细思考着他的计划,以及接下来需要迅速确认的多项决定。他的反击一定要又快又狠。

四盏无烟的油灯照得周围亮晃晃的。失眠的贝尔·特兰整夜都在反复斟酌他即将推行的经济政策的细节,虽然之前受到了不小的打击,但他背后还有银行家与希腊商人撑腰,凭借他们的影响力,想必他的观念很快便能深入人心,更何况他还有一个颇具威力的秘密武器，它必将发挥极大的功效，不到最后关头他是不会轻易使用这个武器的。

贝尔·特兰忽然被一个声音吓了一跳。

这么晚了，办公室里早就没有人了。他讶异地站起身，开口问道："是谁啊？"

但没有人回答。

他忽然想到，夜里常常会有人巡逻，便放下心来。他重新盘坐下来，审核着未来他建立新政权的预算。

"不要出声，否则我就一刀捅下去。"

这个声音他从来都没有听到过，他问："你想干什么？"

"我问你一个问题，你只要乖乖回答，我就不会伤你。"

"你是谁？"

"知道这个对你一点好处也没有。"

"我是不会受人要挟的。"

"你可没有那么勇敢。"

"我知道你是谁了……苏提！"

"错了，你应该叫我苏提将军。"

"你是不会伤害我的。"

"那你就错了。"

"你只要动我一根汗毛，就得接受法律的制裁。"

"帕扎尔不知道我来这里。折磨你这种败类，我可不会心软。如果获悉真相必须付出这样的代价，那我也认了。"

贝尔·特兰感觉到苏提并不是在开玩笑，连忙问："你想问什么？"

"众神的遗嘱在哪里？"

"我不……"

"够了，贝尔·特兰，现在已经容不得你说谎了。"

"放开我,我说,我说……"

苏提松开手,贝尔·特兰揉了揉脖子,还瞥了一眼苏提手上那把明晃晃的匕首,"就算你杀了我,也什么都得不到。"

"我们可以试试。"

苏提边说边将匕首刺进贝尔·特兰的身体,然而贝尔·特兰脸上的微笑却让他十分惊讶,他不由得问道:"你都快死了,怎么还笑得出来?"

"你就算杀了我也无济于事——我不知道众神的遗嘱藏在什么地方。"

"你说谎。"

"你动手吧,你这么做将毫无价值。"

苏提迟疑了,贝尔·特兰笃定的神情的确让他困惑不已:他应该被自己吓得发抖,自己这番突如其来的动作会让他功败垂成,他应该快崩溃了才对啊。

"走吧,苏提将军,你这么做是一点用都没有的。"

第44章

苏提喝光了一大杯啤酒,但仍然很渴。

"不可能。"他说,帕扎尔则非常仔细地听着。

"不可能……不过贝尔·特兰没有说谎,这一点我可以确定。他真的不知道众神的遗嘱在哪里。"

奈菲莉又给苏提倒了一杯酒,这时,小淘气竟跳到了苏提肩上,它偷偷用手指蘸了一下苏提杯中的啤酒,便立刻跳到了一棵离他们最近的无花果树上,然后躲到浓密的叶子里去了。

"你恐怕被他骗了。贝尔·特兰不但有一张利嘴,伪装的技术也是一流的。"

"虽然让人难以置信,但这次他说的确实是实话。当时,我的刀马上就要刺穿他的身体了,可是听他这么一说,我又不想杀他了。我失败了……现在一切都要看你的了,首相。"

别墅的门房进来通知奈菲莉,说有一名女子坚持要见她,奈菲莉让门房把来客带到花园里,原来是西尔基斯的贴身女仆。她一看到奈菲莉,便屈身下跪:"我的主人快死了,她希望你去看看她。"

西尔基斯再也见不到她的孩子了,看到书记官背着贝尔·特兰偷偷拿来的离婚协议书,她再度陷入歇斯底里的状态,这些日子以来,她的疯病几度发作,她早已精疲力竭。她的房间里四处血迹斑斑,虽然医生给她做了手术,但她的肠胃依然不断地出血。

看到镜中的自己时,西尔基斯吓了一大跳:这个眼睛浮肿、面容走样、满口蛀牙的丑老太婆是谁啊?即便踩烂了镜子,她心里的惊恐也没有消除,她可以感觉到自己身体状况正在迅速恶化,谁都救不了她了。最后,她两腿瘫软,接着就再站不起来了。

偌大的宅邸如今只剩下园丁和她的贴身女仆,他们一起把她抬到了床上。只见她胡言乱语、高声尖叫了一阵子,忽然变得呆呆傻傻的,过了一会儿,她又开始胡言乱语起来,看来她的恶疾已经深入骨髓了。

后来,她好不容易清醒了一点,便马上让女仆去请奈菲莉。奈菲莉果真来了。她注视着西尔基斯,一如往常那般美丽、耀眼、平和。

"需要我送你到医院去吗?"

"没用的,我快死了……你敢说不是吗?"

"我要诊断以后才知道。"

"以你的经验,应该看看就知道了。我看起来很吓人,是不是?"

西尔基斯抓破了自己的脸,又愤愤地说:"我恨你,奈菲莉,我恨你,因为你拥有我梦寐以求却又永远都得不到的东西。"

"贝尔·特兰对你不是有求必应吗?"

"他抛弃了我,因为我现在又丑又不健康……我们已经正式离婚了。你和帕扎尔——我恨你们!"

"你的不幸难道是我们造成的吗?"

西尔基斯歪过头去,她头发上沾满了冷汗:"我差一点就赢了,奈菲莉,我差一点就打垮了你和你的首相。我虚伪造作的功夫,没有一个女人比得上,我赢得了你的信任与友谊……我一心想打败你、毁灭你。你本应该成为我的奴隶,分分秒秒都听我的吩咐……"

"你丈夫把众神的遗嘱藏到哪里去了?"

"我不知道。"

"贝尔·特兰对你的蛊惑已经深入骨髓了。"

"你不该这么想的!打从这项计划的一开始,我们的意见就是一致的,我从来都没有反对过他的决定。谋杀退役军人、买通暗影吞噬者行刺帕扎尔……这一切我都是赞同的,也都十分满意!传达指令的人是我,写纸条将帕扎尔引到布拉尼尔家的也是我——我让帕扎尔因涉嫌谋杀自己的老师而被送进监狱,这是多么光荣的胜利啊!"

"你心里为什么有这么多恨呢?"

"我凡事都以贝尔·特兰为先,这样他才会让我和他一起荣登高位。为了达到目的,我不惜说谎、玩弄手段,也不惜欺骗任何人。可是他竟离开了我——只因为我的身材走了样。"

"杀害布拉尼尔的贝壳细针是你的吗?"

"我没有杀布拉尼尔……贝尔·特兰离开我是不应该……可是这一切真正的罪魁祸首却是你!要是你答应给我治病,我就可以留住我的丈夫,也不至于一个人孤零零地死在这里。"

"到底是谁杀了布拉尼尔?"

西尔基斯那张变形的脸,忽然浮现出阴恻恻的笑容:"你和帕扎尔都走偏了……等你们知晓真相时,一切就都晚了,太晚了!我就算在地狱忍受魔鬼的焚烤,也要睁大眼睛看你们一败涂地,美丽的奈菲莉!"

西尔基斯说完便开始呕吐,奈菲莉急忙唤来女仆:"帮她把身体洗干净,然后熏上烟,给房间消毒,我会从医院派医生过来。"

这时候,西尔基斯突然挺起身,眼神中充满狂乱:"回来吧,贝尔·特兰,回来吧!我们一起把他们踩在脚下,我们……"

她一口气喘不过来,头往后一仰,双手交叉放在胸前,整个人直接倒了下去,再也不动了。

七月是星辰女王伊西斯的统治时期,这位神奇的魔术师用其源源不断的富含营养的乳汁哺育了天地万物。为了回报伊西斯的恩惠，女性都会以最美的样子出席于满潮期第一天举办的这场盛大的宴会。在埃及的最南端，伊西斯女神的圣地菲莱岛上，女祭司也会认真地练习届时要演奏的乐曲。

塞加拉的祭司们也已经准备就绪。举行再生仪式的庭院里，每间礼拜堂内都安放着一尊神像。

届时法老将会走上石阶，亲吻拥有超自然力量的石像，这股力量便能进入法老的体内，使他重获青春活力。法老经由神力洗礼，由宇宙定律孕育，因神庙塑造而生，他是有形与无形之间的媒介。再生仪式过后，他将再度获得能量，以此维持上下埃及的统一，使其子民团结一心，跟随他迈向富足和圆满，无论是冥世还是人间。

举行再生仪式的三天前，拉美西斯大帝抵达了孟斐斯，诸位大臣纷纷入朝欢迎。太后祝福他能通过这一仪式的考验，许多身居要职的人也都表达了他们对法老的信心。法老坚定地宣布，埃及与亚洲的和平关系将会继续，而他会在仪式过后，继续秉承玛特的法则治理埃及。

简单的欢迎会结束后，拉美西斯单独召见了首相，他问："有新的线索吗？"

"有一件事很令人不安，陛下。苏提试着用比较粗暴的手段逼贝尔·特兰就范，可是贝尔·特兰却坚称他不知道众神的遗嘱在哪里。"

"他在说谎。"

"但如果他没有说谎呢？"

"你的言下之意是……"

"也许根本没有人能向祭司、大臣与人民展示众神的遗嘱。"

拉美西斯被弄糊涂了："难道我们的敌人会把众神的遗嘱毁了？"

"他们之间发生了很严重的分歧，贝尔·特兰甚至杀了他的同党，还跟妻子离了婚。"

"如果没有遗嘱,他又打算怎么做呢?"

"我曾经尝试利用最后一次机会,唤醒他心中的良知,但是并没有成功。"

"也就是说,他还是没有放弃。"

"西尔基斯在发狂的时候说我们都搞错了。"

"这话是什么意思?"

"我也不知道啊,陛下。"

"罢了,我将在仪式举行之初退位,并将权杖与王冠置于塞加拉唯一的大门前,而祭司们要庆祝的将不是再生仪式,而是我的敌人的登基大典。"

"水务局已经确认,后天尼罗河就要开始涨水了。"

"帕扎尔,这是尼罗河最后一次淹没法老的土地了。明年河水再度泛滥时,受益的将是一个暴君。"

"陛下,我们已创建了反抗组织,贝尔·特兰想统治埃及可没那么简单。"

"他一旦成为国王,大家便不得不听命于他,他很快便能占据优势了。"

"他也没有众神的遗嘱呀。"

"他只是捉弄苏提罢了。我要回普塔神庙去了,我们塞加拉大门前见。你是个好首相,帕扎尔,埃及是不会忘记你的。"

"但我失败了,陛下。"

"这是一场前所未有的灾难,我们无力与之抗衡。"

一个好消息由南到北传遍了全埃及:今年尼罗河的涨水量将会恰到好处,不多不少。每个省都不会缺水,每个村子都将受益。由于法老让子民衣食无忧,因此得到了众神的庇佑,这次的再生仪式将使他成为埃及历史上最伟大的君主之一,全埃及人民都将诚心诚意地臣服于他。

在各个尼罗河水位标尺附近,都有人们在焦急地观望着。根据那些石头上的刻度,人们就能得知尼罗河涨水的速度和"哈比"之力的大小。看到河水流得如此湍急,河水又呈暗褐色,大家便知道一年一度的奇迹已经开始了。人人心中充满了喜悦,还没等到规定时间,便提前疯狂地庆祝起来。

参加了那场秘密会议的人却都难掩悲伤的情绪。太后图雅抱怨岁月不饶人;前首相巴吉的背越来越驼;苏提被浑身的伤痕折磨;凯姆仿佛因木鼻而感到羞耻一般,一直低着头;卡纳克神庙大祭司卡尼脸上的皱纹也加深了不少;帕扎尔威严之中透着绝望,他们每个人都在各自的岗位上尽了最大的努力,但结果仍让他们深感挫折。等新法老推行新的法律之后,他们那些微不足道的行动还能发挥多少作用呢?

"你们不能留在孟斐斯。"帕扎尔向他们建议,"我租了一艘往南行驶的船,它会从象岛出发,很容易就能把你们送到努比亚,你们可以到那里藏身。"

"我不想离开我的儿子。"图雅说。

"西尔基斯就要死了,太后。贝尔·特兰一定会怪罪于你,他会对你毫不留情。"

"帕扎尔,我心意已决,我要留下。"

"我也是。"巴吉说道,"我已经一把年纪了,什么都不怕。"

"很抱歉,我不得不反对。你们所代表的正是贝尔·特兰发誓要消灭的传统价值观,所以他绝不会放过你们。"

"如果他敢啃我这把老骨头,那我非让他断掉几颗牙不可。有我在拉美西斯和太后身边,也许他还会收敛一点。"

"贝尔·特兰一登上王位,"卡尼说,"我就将代表其他大祭司向他强调我们坚守固有法律与经济体制的决心,我也会让他明白,各大神庙是不会支持一个暴君的。"

"你这样做恐怕会有危险。"

"无所谓。"

"我也要留下来保护你的安全。"苏提说。

"我也是。"凯姆接过话头,"除了首相,谁的命令我都不听。"

帕扎尔感动得热泪盈眶,在结束最后一场会议之前,他再度祈求玛特女神保佑埃及,因为即使人类灭亡,神的法则也将绵延不绝。

向帕扎尔详述到布拉尼尔坟上祭拜的经过后,奈菲莉便出发去医院了,因为她得给一名脑部受伤的病人做手术,还有一些事宜需要交代。她十分肯定,她与恩师的心灵交流绝非幻想,虽然她无法将来自另一世的信息转换成人类的语言,但是她相信布拉尼尔是不会离弃他们的。

帕扎尔独自面对着先人的礼拜堂,任由思绪飘回过去。自他担任首相后,便无暇静思,成天都被困在那个他无法左右的现实里,时时都要约束自己狂乱的心。如今,他已经平静下来,被解放的思绪,则有如白鹭的嘴一样又尖锐又精准。往事一一在他脑中浮现:在最初也是最关键的一刻,他因为驳回了那起卫兵长调职案而无意中破坏了那些阴谋者的计划;接下来,在积极寻找真相的过程当中,他历尽了种种艰难与危险,但他并没有气馁;至今,虽然已经查出部分阴谋者的身份,知道了贝尔·特兰和西尔基斯是主谋,并已经掌握了谜团的主要线索,也知道了最后的结局,但帕扎尔还是自觉受骗了。他一直紧紧跟着这阵旋风,被绕得晕头转向,却忘了退后一步,冷静地思考。

勇士抬起头,轻轻叫了一声,有人来了。园子里的鸟儿,也因被惊动而四散飞走。有人正沿着莲花池悄悄地走向门廊。帕扎尔则紧紧握住了爱犬的颈圈。

会是贝尔·特兰派来的杀手吗？会是没有被狒狒拦截住的第二名暗影吞噬者吗？帕扎尔已经准备好迎接死亡了，埃及新任法老急于歼灭异己，而他将是第一名牺牲者。

他没有看到北风的踪影，担心它已经惨遭毒手。过一会儿，即使是徒劳，他也会请对方放过勇士。

来客出现在月光下，她手持一把短剑，裸露的胸膛上画满了奇奇怪怪的符号，额前点缀着黑白相间的条纹。

"豹子！"

"我要杀了贝尔·特兰！"

"这是战争的图案。"

"这是我们民族的习俗，这样他就无法逃脱了。"

"恐怕没这么简单，豹子。"

"他躲到哪里去了？"

"他在白色双院，现在那里警备森严，自苏提去过之后，贝尔·特兰更不敢掉以轻心了。不要去，豹子，否则你会被捕的，甚至会被杀死。"

豹子撇了撇嘴，说："够啦。"

"你快去说服苏提今晚就离开孟斐斯。你们一起逃到努比亚去，去开采你们的金矿，快乐地过完下半辈子。不要被我连累。"

"我答应了夜魔，要去杀死这个恶棍，我言出必行。"

"你何必冒这个险呢？"

"因为贝尔·特兰想伤害奈菲莉，我不允许任何人破坏她的幸福。"

豹子眨眼间便冲进了花园，帕扎尔看着她越过围墙，身形灵动如豹。

待一切恢复平静之后，勇士又睡了过去，帕扎尔也重新陷入沉思。他想起了一些奇怪的细节，为了不让自己分心，他把这些细节全都记在了黏土板上。

调查过程中一些被忽略的事情也逐渐明朗。帕扎尔连忙梳理所有的线索,又用它们印证了自己的假设,并深思了那些连他自己都不敢相信的奇怪现象。

破晓时分,奈菲莉回来了,勇士和小淘气立刻兴冲冲地迎了上去,帕扎尔也伸出双臂搂住她说:"你一定累坏了。"

"手术花了不少时间,我还得把一切都交代清楚。接手负责这个病人的医生应该不会有什么问题。"

"现在,你该休息了。"

"我不想睡。"

她这时也注意到了地上那些分类堆放的黏土板,便问:"你也忙了一整夜?"

"我真是太笨了。"

"你为什么这样骂自己?"

"我又笨又瞎,竟然不愿意看清事实。身为首相,居然还犯这种错误,实在是不可原谅。不过你说得没错——奇迹出现了,布拉尼尔的灵魂说话了。"

"你是说……"

"我知道众神的遗嘱在哪里。"

第 45 章

天狼星在东方的天空闪耀后,伴随日出而来的便是波及全埃及的尼罗河水大泛滥。经过几日焦虑的等待,新年终于在具备复原之力的洪流中到来了,此时,拉美西斯大帝即将举行再生仪式,埃及到处都是一派欢欣鼓舞的景象。

恶魔、病魔与潜在的危险都败下阵来,幸亏有御医总管的祈福,可怕的塞赫美特女神才没有在埃及散播各种疾病。每个人都用蓝色的瓷瓶储存了新年之水,这种水蕴含着原始的光明。人们将它保存在家里,便会让家运兴旺。

在王宫里,人们也依照习俗在法老的宝座下放了一个装满新年之水的银瓶。天刚蒙蒙亮,拉美西斯便坐在了宝座上。

他没有戴王冠,也没有戴项链和手链,身上只围了一条古王国时期样式的白色缠腰布。

帕扎尔向法老行礼后说:"陛下,这将是个好年头,尼罗河今年的涨水量好极了。"

"而埃及却将陷入不幸……"

"但愿我并没有辜负您的希望。"

"我没有怪你。"

"请陛下恢复法老的穿着打扮吧。"

"还有什么意义呢,首相,我已经不是法老了。"

"陛下仍是法老,而且永远都是。"

"你在开我的玩笑?贝尔·特兰马上就会走进这所宫殿,并夺走埃及。"

"他不会来的。"

"你头脑还是清醒的吧?"

"贝尔·特兰不是主谋。他只是带头掠夺了基奥普斯大金字塔,事实上,计划整个阴谋的人并没有参与那次行动。凯姆曾经对此有过怀疑,他还问过我阴谋者的人数,但我竟充耳不闻,后来当我们逐步揭发他们的计划时,贝尔·特兰一直在担任这些人的代表,而真正的操纵者却一直躲在幕后。我想我不仅已经知道他的身份,也知道了众神的遗嘱的藏匿地点。"

"还来得及把它找回来吗?"

"一定来得及。"

拉美西斯重新戴上了金项链、银手链和蓝色的王冠,他右手持权杖坐了回去。

这时候,内侍总管突然来了,他说前首相巴吉求见法老。拉美西斯尽量压制着不耐烦,问道:"他在这里不会碍事吧,首相?"

"不会的,陛下。"

前首相巴吉走进了宫殿,他神色漠然,步态僵硬,浑身上下唯一的饰物就是那个他一直佩戴在脖子上的、代表其之前身份的铜心。法老一看到他就说:"我们不一定会输,帕扎尔认为……"

拉美西斯说到这里突然停下了,因为巴吉一直都没有向他行礼。

"陛下,他就是我刚才所说的那个人。"帕扎尔说道。

法老震惊得无以复加:"居然是你,巴吉?我的前首相!"

"把权杖给我,你已经不配再当国王了。"

"你着了什么魔?竟然背叛了我……"

巴吉微笑道:"贝尔·特兰很有说服力,我也很喜欢他所期望的社会形态,我愿意和他共同塑造一个那样的社会。如果我登上王位，绝不会有人感到惊讶，人民都会觉得安心。当他们意识到我和贝尔·特兰所进行的这场变革时，一切就已经太迟了。凡是不愿追随我们的人，都不会走上成功之路，最后只能郁郁而终。"

"你已经不是我所认识的那个正直廉洁的法官，那个实事求是的测量专家了……"

"时代会变，人也会变。"

帕扎尔接着说："在认识贝尔·特兰以前，你一直尽心尽力地为法老效劳，执法时也一丝不苟。而贝尔·特兰却以另一片天地诱惑了你，他知道该如何收买你的良知，而且你本来就打算出卖它。"

巴吉听罢依旧无动于衷。帕扎尔继续说："你必须保障你孩子的未来。从表面上看，你似乎一点都不在乎物质享受，可你私底下却和一个贪得无厌的人同流合污。所以，你其实也是个贪婪的人，你要的是至高无上的权力。"

"不要再教育我了。"巴吉冷冷地打断了帕扎尔的话，并伸出手来，"陛下，把权杖给我吧，还有王冠。"

"必须有大祭司与诸位大臣在场。"

"那最好不过了，到时候你必须让位给我。"

就在那一瞬间，帕扎尔抓住了巴吉胸前的铜心。他用力一扯，链子断了，然后帕扎尔立刻把铜心交给法老："请陛下打开它看一看。"

拉美西斯拿起权杖，把铜心砸得粉碎。铜心里藏的正是众神的遗嘱。

巴吉吓了一跳，当场愣住了。

"你简直卑鄙无耻至极！"法老怒喝道。

巴吉后退了几步，冷冷地看着帕扎尔。

帕扎尔用平静的语气说："我到昨天晚上才想通。我太信任你了，所以根本想不到你会和贝尔·特兰这种人勾结在一起，更想不到你会是幕后主使。你利用了我轻信他人的弱点，而且差一点就成功了。

其实，我早就该怀疑你的。除了首相，还有谁能下达卫兵长的调职令，并把所有责任都推到已经叛国的阿舍将军身上呢？除了首相，还有谁能暗中操纵整个行政系统，策划出如此细致的阴谋呢？还有谁能掌控那个汲汲营营地想保住官位的前警察局长孟莫斯，让他唯命是从呢？还有谁能让贝尔·特兰如此顺利地晋升至高位呢？如果我后来没有当上首相，也不会发现首相的职权有这么大、范围有这么广。"

"你是被贝尔·特兰威胁了，还是勒索了？"法老问道。

巴吉没有出声，帕扎尔便替他回答："贝尔·特兰给他勾勒了一个光明的未来，并声称可以助他登上王位，而巴吉也十分懂得如何利用那个卑鄙小人。巴吉藏身于幕后，贝尔·特兰负责出头。巴吉之所以一直躲在法律制度与枯燥的几何学背后，正是因为他骨子里是个懦弱的人。有好几次，我们处境艰难，必须联手共同抗敌，但他宁可远远地逃开，也不愿帮我，我这才发现了他的本质。他根本不懂得感情与爱，他那副严谨的姿态不过是假象罢了。"

"你竟然还敢佩戴象征首相身份的铜心，人们会误以为你代表着法老的良知！"

拉美西斯的怒气让巴吉又后退了几步，但他的眼睛仍然死死地盯着帕扎尔。

帕扎尔又说："巴吉和贝尔·特兰的整个阴谋都建立在谎言之上。他们的同党并不知道巴吉是主谋，甚至还对他有所防备！他们的态度也蒙蔽了我。当老牙医卡达什成为障碍时，巴吉立即下令除掉了他。如果不是哈图莎王妃先动手报了仇，德内斯和谢奇最后也会有同样的命运。至于我，一旦除掉我，贝尔·特兰便能弥补当不成首相的遗憾了。一开始，我意外被任命为首相，他先是希望收买我，后来见没有得逞，气恼之下便想破坏我的声誉。他的企图纷纷失败了，最后只能想办法杀了我。"

巴吉听帕扎尔细数他的罪行，脸上一点表情都没有。

"在巴吉的掩护下，贝尔·特兰的计划进行得十分顺利。要知道，那铜心象征着一个尽职尽责的首相的良心，也是法老为了感谢他多年的努力奉献而准许他继续佩戴的圣物，谁会想到众神的遗嘱就藏在那里面呢？巴吉早就料到法老会有这种举动，因此这颗铜心也就成了众神的遗嘱最安全、最保险的藏匿之处。他一直藏身于幕后，在真正夺得王权之前，他绝不会让人知道自己的身份。直到最后一刻，我们的注意力仍然集中在贝尔·特兰身上，而巴吉也参加了秘密会议，便刚好可以把我们的决定告知他的同党。"

巴吉距王位只有咫尺之遥，这似乎让他压力重重，他又向后退了几步。

"我唯一没有弄错的一点是，"帕扎尔继续说了下去，"布拉尼尔被害和这个阴谋确实有关。但是我没有想到，你居然和这桩令人唾弃的罪行有关。我并不多疑，再加上我对你盲目信任，因此才掉进了你的圈套。我着实不是个称职的首相。你的计划一直都很正确——至少在拉美西斯举行再生仪式这一天的清晨之前，都是正确的。布拉尼尔应该被除掉，他如果当上卡纳克神庙的大祭司，具备了显赫的地位，必定能给我前所未有的帮助。然而，有谁知道布拉尼尔即将担任大祭司呢？只有五个人。其中三个人绝无嫌疑：法老本人、卡纳克神庙前任大祭司，还有你。另外两个人的嫌疑看起来却非常大——一个是处心积虑想除掉我并娶奈菲莉为妻的御医总管内巴蒙，另一个则是明知我清白无辜却仍把我送到监狱的警察局长孟莫斯。我一直认为他们两人之中必有一人犯了罪，后来经过多方查证，才发现他们并没有杀害布拉尼尔。涉案凶器贝壳细针让人产生的第一个联想就是凶手是个女人，因此我又先后误判凶手是德内斯的妻子、塔佩妮与西尔基斯。其实，只要仔细想想就会明白，凶手能在布拉尼尔毫无反抗的情况下，将贝壳细针扎进他的脖子，那凶手一定是和布拉尼尔非常亲近的人，而且这个人必须足够冷酷，不怕自己会因为杀了贤人而下地狱，下手必须又狠又准。经过详细调查，我发现这三个女人都不是凶手，她们并没有嫌疑。前任大祭司也是如此——在凶案发生当天，大祭司并没有离开卡纳克。"

"你难道忘了吗？还有一名暗影吞噬者呢？"巴吉反问道。

"凯姆的调查证明，布拉尼尔遇害并不是暗影吞噬者下的手。最后，就只剩下你了，巴吉。"

巴吉没有否认。

"你知道他的住处，也熟知他的习惯，于是你挑了一个没有人会注意到你的时刻，以祝贺其晋升为由前去拜访。你习惯了藏身于暗处，当然懂得如何避人耳目。接着，你趁他转过身去的时候，拿起贝壳细针，扎进了他的脖子，这枚针是你某次秘密造访贝尔·特兰家时，从西尔基斯那里偷来的。这真是世界上最卑鄙的行为！布拉尼尔死后，你果然所向披靡：我进了监狱，与你完全无关；警察局长无能，又抓不到真凶；奈菲莉受制于前御医总管内巴蒙；苏提一筹莫展；贝尔·特兰即将成为首相，最后，拉美西斯将迫于无奈，不得不让位给你。不过你忘了还存在着冥世，你太小看布拉尼尔灵魂的力量了。仅仅消灭我是不够的，你还应该防止奈菲莉看清事实。你和贝尔·特兰都瞧不起女人，其实她们的能力不容忽视，要是没有她，我就不可能成功，而你们也将顺利地成为埃及的统治者。"

"让我带着家人离开埃及吧。"巴吉声音喑哑地请求道，"我的妻子和孩子是无辜的。"

"你必须接受审判。"法老说。

"我曾经对你忠心耿耿，却没有得到应有的回报，而贝尔·特兰察觉了这一点。那个布拉尼尔，还有这个微不足道的帕扎尔，跟我和我的学识比起来，又算得了什么呢？"

"你根本不配被称为贤人，巴吉，而且你是最令人不齿的那种罪犯。你把恶魔豢养在心中，如今终于自食其果了。"

庆典当天，白色双院的办公室里空荡荡的。贝尔·特兰担心苏提又采取什么行动，便加强了警备。看到外面人人都欢天喜地，他只觉得好笑，这些人还不知道自己欢呼拥戴的是一个已经失势的君王呢。威信尽失的拉美西斯把王位让给了受人敬仰的巴吉，有谁会对此感到讶异呢？民众对这个看起来毫无野心的老首相，一定会充满信心。

贝尔·特兰看了看他的水钟，这个时候，拉美西斯应该已经退位了，巴吉也应该已经手持权杖登上了宝座。书记官一定也记录了他的第一道王令：罢免帕扎尔的首相一职，以叛国罪将他打入大牢，并任命贝尔·特兰为新任首相。再过几分钟，就会有人来接他进宫，参加新任法老的登基大典。

巴吉想必很快就会陶醉在这份他无力承担的权势之中，贝尔·特兰表面上会尽可能地讨好他、巴结他，背地里则会为所欲为。一旦他掌握了埃及的一切，就会立刻除掉这个老家伙——除非病魔在那之前已经替他解决了这个问题。

贝尔·特兰正兴致勃勃地幻想着这一切，忽然透过二楼的窗户看到凯姆正率领一支警队朝这里走来。那个努比亚警察怎么还没被解雇？巴吉竟然忘了找人取代他。他贝尔·特兰就不可能犯这样的错误，他一定会尽快把要职都换成自己的心腹和亲信。

看到凯姆那副雄赳赳的模样，贝尔·特兰有些不安，凯姆一点也不像被迫执行公务的战败之人。可是巴吉一再保证，他绝不会失误，他说过的，谁都找不到众神的遗嘱。

白色双院的警卫看到凯姆，纷纷放下武器让他进来。贝尔·特兰不由得紧张起来：一定是出事了。他连忙离开办公室，向最里面的一道安全门跑去，那是火灾时逃生用的。他好不容易才拉下门闩，便立刻打开门经由通道奔向花园，然后借着花丛的掩饰，想悄悄地沿围墙逃跑。

就在他意图打昏大门的警卫时，突然感到肩上有一股强劲的力道，将他推倒在地。由于园丁刚浇过水，地上的泥巴又湿又软，贝尔·特兰一头就栽了进去，而狒狒警察仍用力地摁着他，让他动弹不得。

在赫里奥波里斯、孟斐斯与卡纳克等神庙大祭司的见证下，法老完成了融合上下埃及的仪式，步入举行再生仪式的庭院。他独自面对众神，分享了神明转化的秘密后，又重返人间。

头戴双冠的拉美西斯，右手紧握着一个皮匣，里面装的便是法老世代相传的众神的遗嘱。在孟斐斯王宫的"圣现窗"内，法老向埃及人民展示了众神的遗嘱，以证明他是埃及合法的君王。

鹮鸟纷纷向四处飞去，散布这个消息，从米诺亚到亚洲，从腓尼基到努比亚，无论是附庸国、盟国还是敌国，都会知道拉美西斯的政权将持续下去。

满潮期的第十五天，欢乐的气氛达到了顶峰。

拉美西斯在王宫的阳台上，看着灯火通明的市区。在这炎热的夏夜里，埃及的子民只想到了生命的幸福与欢愉。

"这景象真美，帕扎尔。"

"我真不明白，为什么巴吉会着魔？"

"因为打一出生，他就已经有了心魔，任命他为首相是我的过错，不过众神却让我有了弥补的机会，于是我重新挑选了你。人潜在的心性是不会改变的，而我们这群身担民族重任、肩负传承智慧之责的人，必须能洞察到先机。现在，也该还司法正义一个公道了，只有伸张正义的国家，才可能安定而强盛。"

第 46 章

"让我们明辨是非,"帕扎尔宣布道,"保护弱者不受强权欺压。"首相宣布开庭。

三名被告巴吉、贝尔·特兰与西尔基斯,必须在帕扎尔以及由卡纳克神庙大祭司卡尼、警察局长凯姆、一名工头、一名纺织工与一名哈托尔神庙女祭司所组成的陪审团面前,为他们的罪行辩护。由于西尔基斯健康状态欠佳,首相特许她留在家中。

帕扎尔宣读了诉状,把被告的罪行原原本本地公之于世。当凯姆将西尔基斯的诉状拿给她看时,她只是沉默不语。巴吉还是一脸的漠然,对诉状中涉及他的部分毫不在意;而贝尔·特兰又是咆哮,又是比画,还咒骂陪审员,并坚称自己没有做错事。

陪审团经过短暂的商议后,作出了判决,也获得了首相的肯定。

"巴吉、贝尔·特兰与西尔基斯三人,陷害法老、违背誓言、谋害他人、沆瀣一气、背叛国家与玛特等多项罪名成立,判处他们人间与冥世双重死刑。从今而后,巴吉更名为'懦弱',贝尔·特兰更名为'贪婪',西尔基斯更名为'虚伪',这些名字将跟随他们一生一世。由于他们与光明作对,因此,他们被长枪刺中的样子将被雕刻成塑像,他们的肖像和名字将被画在纸上,并贴于塑像上,一起受世人唾弃,再被丢入火中。这样一来,这三名罪犯便能彻底地销声匿迹了。"

当凯姆送去毒药，准备让西尔基斯自行了断时，她的贴身女仆说，她在得知自己与其他共犯罪名成立后不久，又一次歇斯底里地发作，最终气绝身亡，尸体已被火化。

贝尔·特兰被关在苏提将军的军营里。他所在的牢房四面墙壁白得瘆人，贝尔·特兰一直不停地打转，眼睛死死地盯着警察局长放在牢房中的那瓶毒药。他太害怕了，不愿意服毒自尽，一听到开门的声音，便想撞倒来人，趁机逃命。

可是一看清来者是谁，他就像被钉在原地一般，一动也不能动。身上画满作战图案的豹子，右手拿着一柄短剑，左手提着一个皮袋子，她的眼神叫人心惊胆战。贝尔·特兰慢慢地往后退，最后都贴到墙上去了。

"坐下。"

贝尔·特兰乖乖照做。

"既然你很贪婪，那就吃吧！"

"吃毒药？"

"不，吃你最喜欢的食物。"

她把剑架在贝尔·特兰的脖子上，强迫他张开嘴巴，然后把袋子里的东西倒进他的口中，原来那全是希腊银币。

"尽情吃吧，贪心鬼，吃到你撑死为止！"

覆盖着白色石灰岩的基奥普斯大金字塔，在夏日艳阳的照射下，几乎化成了一道强光，刺得人睁不开眼。

双脚浮肿、体态佝偻的巴吉，举步维艰地跟在拉美西斯身后，帕扎尔则走在最后面。他们三人走进基奥普斯大金字塔的入口，走上一条缓缓上升的通道。巴吉有点喘不过气来，越走越慢，这段路十分难走，不知什么时候才是尽头。

他冒着闪腰的危险弯下身子，步入一间宽敞的石室，石室的四面墙上空无一物，天花板是由九块巨大的花岗岩组成的。最里边，是一具空空的石棺。

"这就是你千方百计想要抵达的地方。"拉美西斯说，"你那五名亵渎了圣地的同党都遭到了制裁，而你——你们中最懦弱的一个——就好好看看我们国家的能量中心。自己揭开这个你想要据为己有的秘密吧。"

巴吉犹豫着不敢动，生怕这是个陷阱。

"去啊。"法老喝道，"去见识见识全埃及最神秘的地方。"

巴吉鼓起了勇气，沿着墙走了过去，他像个小偷似的四处搜寻，却找不到任何铭文或藏匿宝藏的秘密地点。最后，他来到石棺前，探身一看："怎么是空的？！"

"你的同党不是偷了这里面的东西吗？你仔细看看。"

"没有……什么都没有。"

"看来你瞎了。你走吧。"

"走？"

"离开金字塔，再也不要出现了。"

"你要放我走？"

法老没有回答。巴吉连忙冲进又低又窄的通道，然后走了下去。

"帕扎尔首相，我并没有忘记要判处他死刑。对懦夫而言，越是剧烈的毒药，便越是光明的象征，他出了金字塔，自然会遭到毁灭性的惩罚。"

"这个圣殿不是只有陛下才能进入吗？"

"你已经是我的心腹了，帕扎尔。来，到石棺这里来。"

他们二人一并将手放在这一埃及的基石之上。

"我——拉美西斯，光明之子——有令：今后此棺不再放置任何有形的躯体。治国所需之能量将自空棺中衍生。看吧，埃及的首相，仔细看看另一世，务必心怀恭敬。当你伸张正义之时，万万不可忘记冥世的存在。"

法老和帕扎尔一起走出基奥普斯大金字塔，落日柔和的余晖洒在他们身上。在这座巨大的圣殿中，他们丝毫感觉不到时间的流逝。之前独自离开的巴吉，一走出这座净化灵魂的圣殿，便遭到雷击，一命呜呼，卫兵随即搬走了他焦黑的尸体。

苏提气得直跺脚，豹子明知这个典礼的重要性，竟然还是迟到了。虽然她一直不肯透露她身上那些图案的意思，不过他知道，只有这个利比亚女子，才能用残酷至极的手段让贪婪的贝尔·特兰服法。既然死刑犯已经身亡，凯姆便依照程序将他火化。

所有的大臣都来到了卡纳克，拉美西斯将为帕扎尔——全埃及人民称颂不已的首相——举行封赏仪式，谁都不愿错过这场盛会。最前排，站在凯姆身边的，正是盛装出席的北风、勇士和刚刚晋升为队长的杀手，它们看起来个个都神气十足。

仪式结束后，苏提就要出发了，他要到南部去重建失落之城，重整矿区。到了沙漠里，他便能尽情地欣赏美不胜收的日出了。

豹子终于来了，在项链与青金石手镯的装点下，即便是再迟钝的人，也不得不发出赞叹，她那一头犹如猛兽鬃毛的金发，更是让在场的女性又嫉又羡。小淘气乖乖地坐在她的左肩上。

此刻，她正愤懑地盯着几个目不转睛看苏提的女子，她们想必已经醉心于这位将军的风采与身姿。

法老出现时，大家都安静了下来。法老捧着金腕尺，走向充满阳光的庭院，然后朝并肩站在庭院中央的帕扎尔和奈菲莉走去。

"你拯救了埃及，使这个国度免于动乱和苦难。请收下这个具有象征意义的金腕尺吧，让它成为你的抱负与宿命。它代表了玛特，代表了衍生出所有正义之举的根基。但愿真理女神能永远守护你的心。"

法老为布拉尼尔塑造了新的雕像，并安置在神庙一个秘密的角落，与其他贤人的雕像共处一室。布拉尼尔被雕成了一个老书记官的模样，他注视着一张摊开的纸，上面刻着一段铭文："看到我的人啊，请向我的'卡'致意，并为我念出奉献的语句。请你浇水以祭奠我，将来你必会得到同等的回报。"

那双眼睛闪耀着生命的光辉：眼眶是石英岩制成的，眼珠是由水晶和黑曜石制成的，眼神中蕴含着一种永恒。

奈菲莉和帕扎尔抬头注视着卡纳克的夏夜，天空中繁星闪烁，此刻，穹顶诞生了一颗新星，那颗星划过天空，直奔北极而去。布拉尼尔的灵魂已得到安息，从此将与众神同在。

此时，尼罗河畔响起了一首古老的歌谣："上下埃及两地的居民，请放宽心吧，幸福的日子已经来临，因为正义已重返人间。真理驱除了谎言，贪心的人已受到唾弃，违抗法律的人已匍匐在地，众神喜乐，我们也将拥有美好的生活，这片土地将满载喜悦与光明。"